가
만
한

나
날

가만한 나날

김세희 소설

민음사

차례

그건 정말로 슬픈 일일 거야

지하철을 갈아타고 약속 장소로 가는 동안 연승은 들뜨고 초조한 기색이었다. 기대감으로 상기된 얼굴처럼 보이기도 했는데, 울긋불긋한 점퍼를 입은 중년의 등산객들 사이에 비좁게 끼어 앉아 한쪽 다리를 달달 떨면서 이따금 미소 지었다. 그런 그를 맞은편에서 진아가 지켜보고 있었지만, 그는 알아차리지 못하고 혼자만의 생각 속으로 빠져들었다.

토요일 오전, 그들은 초대를 받아 가는 길이었다. 점심 식사 초대였다. 진아와 연승은 대학 시절 같은 동아리—자그마한 영상 제작 모임—에서 활동했는데, 그 동아리의 선배가 그들을 집으로 초대했다.

진아는 그 선배를 잘 알지 못했다. 워낙 학번이 높기도 했고, 친한 사이도 아니었다. 얼굴조차 흐릿했다. 연승에게서 가끔씩 소식을 듣지 않았다면 이미 기억에서 잊혔을 터였다. 하지만 연승에게 그는 동아리 선배인 동시에 과 선배였다. 연승은 졸업한 뒤로도 가끔 과 행사에서 그를 만났다. 그리고 진아에게 그에 관한 얘기를 들려주었다.

"국사인의 밤에 중한이 형이 왔더라. 다음 달부터 장편 다큐 들어간대."

"그 선배 어디 다닌다고 했나?"

"다니다가 지금은 그만뒀대. 작업하려고."

"다큐는 혼자 찍어?"

"응, 개인 작업."

한번은 이런 말도 했다.

"나도 채식 한번 해 볼까? 중한이 형 채식한 지 10년이 넘었대. 그렇게 좋다고 꼭 해 보라는데."

진아는 피식 웃었다.

"너도 가만 보면 은근히 귀가 얇아."

진아는 지하철의 진동에 맞춰 흔들리는 사람들

틈으로 맞은편에 앉은 두 살 아래 남자 친구의 얼굴을 뚫어져라 쳐다보았다. 보름 만에 보는 연승의 얼굴은 생각보다 밝았다. 생각해 보면 당연한 일인데 왜 그게 의외로 여겨지는지 알 수 없었다. 우울한 것보다야 낫지 싶으면서도, 속이 끓는 건 어쩔 수가 없었다. 진아는 어서 이 부담스러운 방문이 끝나고 둘만 남게 되길 바랐다. 둘이 할 말이 많다고 생각했다. 그녀가 보기에 연승은 자신과 얘기하기를 피하고 있었다. 저 아이는 왜 항상 채근하고 따져 묻게 만드는 걸까. 왜 꼭 나를 그런 사람으로 만들까. 이런 역할은 질색이었다. 정말 속을 알 수 없는 애야.

그녀는 연승이 대학 시절 영상에 상당히 진지했다는 걸 알고 있었다. 2, 3편의 작품을 만들었고, 공모전에 출품도 했다. 하지만 4학년이 되자 당연한 수순이라는 듯 도서관에 틀어박혀 취직 준비를 했고, 일반 기업에 취직했다. 대형 할인점 체인의 유통 분야였다. 길게 보면 전망이 밝진 않았지만, 어차피 3, 4년 경력을 쌓고 이직해야 했다. 진아는 연승 또한 그렇게 사회에서 자리를 잡아 간다고 여겼고, 내심 안도했다. 그리고 그 뒤에는 현실적이고 앞가림을 잘하는 자신, 먼저 사회생활을 시작해 실제적인 조언을 해 줄 수 있었던 자신의 공이 있다고 생각했다.

그런데 연승이 더 늦기 전에 원하는 일을 하고 싶다는 것이었다. 내가 하고 싶은 일은 그거야, 라고 마음속으로만 품고 한없이 지연시키는 게 스스로에게 좋지 않은 영향을 미치는 것 같다고 했다.

"아침에 출근해 책상에 앉아서, 아, 지금 이게 아니라 그걸 해야 하는데, 이렇게 맑은 정신으로, 한 살이라도 젊을 때. 늘 그런 생각이 들었어."

그렇게 말할 때조차 그는 진아의 눈을 똑바로 보지 못했고, 어쩐지 자신 없어 보였다. 그렇게 강하고 지속적인 열망이었다면, 왜 연승은 한 번쯤 자신에게 말하지 않았을까?

진아는 이 얘기를 친구 화영에게만 털어놓았다. 연승이 영화를 찍겠다며 회사에 사표를 냈다고. 그러자 화영이 말했다.

"야, 방금 무슨 소리 못 들었어?"

"무슨 소리?"

"인생 종 치는 소리."

자기 동네에 영화감독들이 드나드는 술집이 있

는데, 자기가 보니까 영화감독들은 전부 미친놈들이라고 했다. 처음엔 멀쩡해 보이는 사람도 있지만, 술이 들어가면 역시 미친 사람이더라는 것이었다. 한 사람도 예외 없이.

"그런데 네 연하 남친은 엄청 얌전하잖아. 간호사를 하라고 해. 그게 적성 같던데."

"야, 나 지금 진지해."

"나도 진심이야. 차라리 네가 영화감독을 한다면 믿겠다. 네가 더 어울려."

"걔는 상업영화 한다는 거 아니야. 다큐 쪽인 거 같어."

그러자 화영이 동작을 멈추고 진아를 보았다.

"어, 방금 또 무슨 소리 못 들었어? 분명히……."

"그만해."

화영은 남은 술을 끝까지 마시더니 잔을 탁 내려놓고 말했다.

"야, 뭐 어때. 그냥 하라고 해. 빨리 해 보고 정신 차리면 좋은 거고. 아니라고 해도, 네가 걔한테 매인 몸도 아니잖아."

그러고는 씩 웃으며 덧붙였다.

"빨리 해 보고, 망하면 간호사 하라고 해."

평소에 화영의 필터 없는 표현을 내심 즐겼지만, 그 화살이 연승을 향하자 그렇지가 않았다. 심기가 무척 불편했다. 진아는 자신을 연승과 떨어뜨려 생각할 수 없다는 걸 깨달았다.

진아는 꼭 광인이어야 영화감독이 될 수 있다고 생각하지 않았다. 영화 나름일 테지. 원래 예술가들은 가족이나 가까운 사람에게 인정받지 못한다는 말도 기억났다. 연승은 좋은 감독이 될 수도 있었다. 연승은 굉장히 예민했다. 연승을 한두 번 만난 사람들은 그가 낙천적이고 유쾌하다고 생각한다. 그러나 그는 진아가 아는 남자들 중 제일 예민한 편에 속했다. 그 때문에 처음 사귈 때만 해도 이렇게 오래 만나게 될 줄은 몰랐다. 하지만 예민한 사람이라고 해서 모두 예술을 하는 건 아니다. 세상에 예민한 사람들은 정말로 많다. 그리고 연승은 예민하다기보다는 소심한 것처럼 보이기도 했다. 연승은 소심하고, 질투도 심하다. 가끔 단둘이서 술을 마시다가 진짜 생각을 털어놓아 깜짝 놀라게 할 때가 있었다. 대부분 주변 사람들에 대한 논평이었다. 진아도 아는 사람들, 연승과 같이 만난 적이 있는 사람들이었다. 그런데 진아는 연승이 그때 마음

속으로 그런 생각을 하는 줄 짐작도 하지 못했다. 그런 마음이었다면 왜 내색하지 않았을까? 왜 굳이 끊임없이 분위기를 띄우려 하고, 다른 사람들이 웃는 모습을 보며 안심하는 걸까.

지하철역을 나오자 햇살이 눈부셨다. 맑고 차가운, 겨울의 한낮이었다. 연승이 전화를 거는 사이 진아는 주변을 둘러보았다. 그곳은 서울 변두리의 인적 드문 대로였다. 아래쪽은 도로를 따라 한적한 상가가 이어졌고 위쪽에는 터널로 통하는 넓은 교차로가 있었다. 북쪽이라서 그런지, 아니면 사방이 터져서 그런지 무척 추웠다. 눈에 보이지 않는 파도가 몰려오듯 사방에서 길을 따라 바람이 불어왔다.

"형이 조금 늦는다고 카페에 들어가 있으라는데."

연승이 전화를 끊더니 말했다.

"카페에 들어가 있으라고? 그게 무슨 뜻이야. 얼마나 걸린다는데?"

연승은 대답 없이 어색한 표정을 지었다.

"그걸 물어봤어야지."

선배가 말한 카페는 바로 앞에 있었다. 유기농

식품 매장에 딸린 카페였는데, 불이 꺼져 있었다. 문을 열기 전이었다.

"좀 기다려 보지 뭐. 많이 늦을 것 같진 않은데. 출발한대."

연승이 말했다.

"집이 어디인 거야. 서울이긴 해?"

유리 너머로 흰색 철제 진열대에 놓인 물건들이 들여다보였다. 기왕 오기로 한 거, 짜증낼 필요는 없잖아. 진아는 유리에 비친 자신의 모습을 보며 생각했다. 이후의 우호적인 대화를 생각해서라도 연승에게 고마운 마음을 느끼게 할 필요가 있었다.

"나한테는 되게 중요한 일이야."

처음 초대 얘기를 전할 때 연승은 매달리다시피 말했다. 진아 입장에서는 잘 알지도 못하는 사람의 집까지 가는 게 반가울 리 없었다. 연승은 말했다.

"아기가 있어서 그래. 아기 때문에 밖에 나오기가 힘들어서. 가서 점심만 먹고 오자."

그러나 그 때문만은 아닌 듯했다. 연승은 중한 선배의 초대를 내심 개인적인 영예로 여겼다. 그를 가리켜 '자기 일을 하는 선배'라고 말하곤 했다. 자기 과 출신 선배 중에서 그나마 자기 갈 길을 가고 있는 사람이라면서.

진아가 듣기로, 국사학과에서 중한은 나름 유명한 모양이었다. '소중한'이라는 다소 독특한 이름 때문이기도 했다. 그는 만능 스포츠맨으로, 특히 달리기 실력이 출중해서 별명이 '말'이었다. 국사학과가 가을 체육대회에서 가장 좋은 성적을 거둔 시기가 바로 소중한이 재학 중이던 때였다. 축구 토너먼트에서는 준결승전까지 올라갔다. 최종 순위는 4위였지만, 경영학과, 경제학과처럼 압도적으로 학생 수가 많은 과들과 겨뤄 얻어 낸, 다시 이루기 힘들 성과였다. 소중한이 학교를 떠난 뒤로는 번번이 예선에서 탈락하거나 심지어 선수를 모으지 못해 몰수패의 수모를 당하기도 했다. 스포츠 팬도 아니고 땀 흘리는 한 무리의 남자들이라면 떠올리는 것만으로도 콧등이 찌푸려지는 진아에게는 특별히 마음에 와닿진 않는 얘기였다.

흥미로운 대목이 하나 있긴 했는데, 그가 4학년 때 스님이 되려고 했다는 것이었다. 그는 그때 캠퍼스 커플이었는데 말이다! 처음 그 사실을 알았을 때, 그러니까 그가 출가할 작정이라고 처음 털어놓았을 때 여자 친구는 어떤 기분이었을까. 군에 징집

되는 것도 아니고, 완전히 자발적으로 세속의 모든 인연을 끊겠다는 연인에게, 무슨 말을 할 수 있을까? 정말 황당한 일일 거라고 진아는 생각했다. 어린 나이에 그런 일을 겪게 되면 상당한 충격이 남을 것이다. 만약 그의 결심에 내 탓이 조금이라도 있다면 어떻게 하나. 반대로 나와 아무런 상관없는 결정이라 해도 그것대로 충격일 터였다.

그런데 출가를 결심한 소중한 앞에는 가족과 연인을 떼어 내는 일 못지않은 해결 과제가 가로놓여 있었다. 그건 빚이었다. 사회 부채가 있는 사람은 출가하기 전 모든 부채를 변제해야 한다는 조계종단의 원칙—출가는 자신과 모든 중생을 구하기 위한 위대한 결단이지 도피가 아니다—이 있었다. 사회에 어떤 빚도 남겨 두어서는 안 됐다. 그는 학자금 대출을 갚기 위해 6개월간 세 가지 일을 동시에 했다. 그러고 나서 최종적으로 출가 날짜와 행자 생활을 시작할 사찰이 정해졌다. 그는 삭발한 모습으로 마지막으로 학교를 방문해 교수님과 친구들에게 인사를 했다.

그 후 어찌된 일인지, 그는 결국 출가를 하지는 않았다. 얼마 뒤 복학해서 졸업을 했고, 환경 단체에 취직해 실무를 보며 영상 찍는 일을 했다. 나중엔 그곳을 나와 프리랜서로 촬영 일을 하면서 몇 편의 다큐멘터리를 찍었다. 현재는 1인 방송을 운영하고 있었다. 그리고 그는 결혼을 했다. 한때 스님이 되려 했던 그 남자의 집에는 지금 아내와 아기가 있었다. 아내도 환경 단체 쪽에서 일한다고 했다. 진아가 생각하기엔 자신과 맞지 않는 사람들이었다. 이제 연승은 그런 사람들과 어울리는 걸까?

짜증을 낸 일이 무색하게, 소중한은 금세 도착했다. 이렇게 금방 올 거면서 왜 굳이 카페에 들어가 있으라고 했는지 이해가 되지 않았다. 진아와 연승은 낡은 회색 봉고의 문을 열고 운전석 뒷자리에 탔다. 소중한은 몸을 돌려 그들이 차에 타는 모습을 지켜보았다.

"미안해서 어떻게 하냐. 날도 추운데 밖에서 기다렸니?"

나오려고 하는데 아기가 울어서 지체되었다며, 그는 몹시 미안해했다. 그러고는 진아에게 멀리까지 와 주어서 고맙다고 인사를 건넸다. 이렇게 가까이서 그와 마주하는 건 처음이었다. 그는 반듯한 이목구비에 섬세한 은테 안경을 썼고, 어깨는 운동

선수처럼 두꺼웠다.

"형, 데리러 와 주셔서 고맙습니다. 저희가 알아서 찾아가도 되는데."

연승은 순식간에 그의 대외적인 모습—명랑하고 싹싹하며, 약간은 비굴한 하인의 모습—으로 돌아와 있었다.

"고맙긴. 우리 집이 찾아오기가 힘들어. 차로 나오면 금방인데, 마을버스 정류장에서도 꽤 걸어 올라가야 해서."

그의 목소리에는 힘이 있었다. 듣기 좋은 목소리였다. 저음이지만 무겁지 않고, 또렷하게 울려 퍼졌다.

"너희들 배고프니? 아내가 지금 애를 데리고 있느라 아직 준비를 못 하고 있을 텐데."

연승과 진아는 아니라고, 괜찮다고 대답했다.

"점심 메뉴는 떡국이야. 괜찮니?"

그는 어쩐지 자신 없어 하며 말했다.

"너희들 떡국 좋아하니?"

"떡국 좋지요."

연승이 재빨리 말했다. 진아는 연승을 쳐다보았다. 연승은 앞을 보고 있었다. 연승이 싫어하는 유

일한 음식 중 하나가 떡이었다. 떡과 낙지. 아예 못
먹는 건 아니지만, 거의 손대지 않았다. 그때 갑자
기 아기 칭얼대는 소리가 들렸다. 블루투스 스피커
에서 나오는 소리였다.

"지금 후배님들 태우고 가고 있어요."

소중한이 운전을 하며 말했다.

"우주 계속 우나요?"

"아빠를 애타게 찾고 있어요."

웃음 섞인 아내의 목소리가 스피커에서 흘러나
왔다.

"곧 도착할 거예요. 떡국 맛있게 부탁해요?"

그는 아내에게 깍듯하게 존칭을 썼다. 한 마디
한 마디 반듯하고 정성스럽게 했다. 진아는 자신이
날마다 마주하는 회사 사람들, 늘상 서로 힘을 재
어 보며 재치 있는 말 한마디에도 숨은 의도가 담
겨 있어 곱씹어 보게 만드는 사람들―자신도 그중
하나가 아니라고 할 수는 없었다―을 떠올렸다. 그
래서인지 소중한의 태도가 뜻밖에 신선하게 여겨졌
지만, 사무실 안에서라면 그런 부류의 인물은 잘해
봐야 외계인, 지루한 샌님쯤으로 여겨지며 고립될
게 분명했다.

"아기가 울었어요? 이름이 우주인가 보네요."

연승이 상체를 앞으로 내밀며 물었다. 거치대에 놓인 핸드폰 배경화면이 아기 사진이었다. 머리에 커다란 노랑 리본을 맨.

"응. 우주."

그가 한 손으로 핸드폰을 터치해 다시 사진이 나오게 했다.

"우리 우주 사진."

"소우주네요?"

연승이 말했다.

"어머, 소우주. 너무 예쁘다."

진아가 말했다.

룸미러 속에서 그의 얼굴이 환했다.

"내가 요즘 계속 집에 있어서 그런지, 아빠랑 떨어지면 무조건 울고 봐."

"형이 애를 보세요?"

"같이 보는데, 최근에는 아내가 일이 있어서 내가 볼 때가 더 많았어. 얼마 전에 작업실을 정리하고 아예 집으로 들어왔거든."

그가 속도를 줄여 천천히 언덕을 오르며 오른편을 가리켰다.

"저기가 작업실이었어."

어릴 적 학교 앞 골목에 있던 구멍가게들처럼, 오래된 구릿빛 섀시인 단층 건물이었다. 저런 곳은 월세가 얼마나 할까. 진아는 흔들리는 봉고 안에서 가벼운 멀미를 느끼며 생각했다.

"작업실 정리하셨구나."

연승이 말했다.

"애기가 태어나니까 돈 문제도 있고, 작업도 잘 안 되어서. 일단 작은방에 짐을 다 옮겨 놓고 거기서 일하고는 있는데."

봉고는 굴곡진 언덕길을 파도를 타 넘듯 올라갔다. 양편 곳곳에 자그마한 빌라 건물이 비탈 아래 도시를 굽어보고 있었다. 위쪽에서 나타난 초록색 미니 마을버스가 그들이 탄 봉고와 아슬아슬하게 엇갈려 내려갔다.

"이 동네에 서울에서 제일 큰 고아원이 있어. 우리 집 바로 옆에. 우리도 여기 이사 와서 알았는데."

"고아원이요?"

연승이 물었다.

"응. 엄청 큰 고아원이야. 폐교를 개조한 건물이라 안에 운동장도 있고 공원도 있어. 어린이용 도서관이랑 북카페도 있고. 거의 날마다 우주 데리고 거기에 가. 아이 데리고 가기에 참 좋거든. 이따 떡국 먹고, 우리 거기 가서 커피 마시자."

"외부인에게도 개방되어 있나 봐요?"

진아가 물었다.

"응. 주민들한테 개방한 지 얼마 안 됐대. 우리도 처음엔 몰랐어. 1층 아주머니가 얘기해 주셔서 알았어."

봉고는 마지막 언덕을 힘겹게 올랐다. 갈림길에서 왼편으로 꺾을 때, 오른쪽으로 경사를 따라 흘러 내려가듯 둘러진 담장이 보였다. 구름과 해바라기, 사자 따위가 알록달록 그려져 있었다.

"저기야, 이따 가 보자."

소중한이 말했다.

집 안으로 들어갔을 때, 진아는 엉거주춤했다. 현관에 신발을 벗고 올라서자, 더 이상 나아갈 곳이 없었다. 맞은편은 벽이었고, 현관과 그 벽 사이는 그냥 손바닥만 한 공간이었다. 거실이라고 할 만한 공간이 없었다. 진아는 그 자리에 선 채 팔을 아래로 늘어뜨려 가방을 내려놓았다. 맞은편 벽에는 방문 두 개가 나란히 붙어 있었는데, 왼쪽 문은 반쯤 열려 있었고 안쪽으로 바닥에 깔린 주황색 겨울이불 끝자락이 보였다. 오른쪽 방문은 닫혀 있었다. 그 옆이 부엌이었다. 주방 안에서 젊은 아내가 얼굴을 내밀고 함박웃음을 지으며 인사했다.

"뭐 좀 도와 드릴 거 없어요?"

진아가 예의 바르게 물었다.

"없어요. 하는 게 없어서."

그녀는 스스럼없이 밝게 웃으며 말했다.

"조금만 기다려 주세요. 오빠가 귀한 후배님들이 온다고 얼마나 수선을 떨었나 몰라요."

그녀는 바짓단이 곡선을 그리며 발목에서 좁아지는 개량 한복 바지를 입고 있었다. 두툼한 감색 천으로 만든 바지였다. 진아의 시선이 잠시 거기 머물렀다. 화영이 하던 말이 생각났다. 개량 한복 입고 다니는 사람 중 제정신인 사람 없다는. 아마 연승도 기억할 터였다. 그 말이 웃기다고 생각해서 진아도 개량 한복 입은 사람을 볼 때마다 그렇게 속삭이곤 했으니까.

"왜 서 있니, 애들아. 앉아."

소중한이 아기를 안아 들고 말했다. 진아는 가방

에서 긴 종이 상자에 든 벌꿀 카스테라와 딸기 한 팩을 꺼내 그에게 건넸다. 그는 그걸 받고 무척 당황한 기색이었다. 카스테라와 딸기를 뭔가 다른 값나가는 물건으로 착각했나 싶을 정도로 지나치게 당황한 모습에 진아도 덩달아 당황했다.

"뭘 이렇게 비싼 걸 사 왔어? 어쩌지? 우리는 그냥 떡국밖에 준비한 게 없는데."

"비싼 거 아니에요."

진아는 손사래를 치며 뒤로 물러나다 가방끈 이음새를 밟고 비틀거렸다.

그는 한쪽 팔에 아기를 안은 채 부엌으로 갔다. 실내가 좁은 탓인지 그가 움직일 때마다 하늘을 향해 곧게 치솟은 전봇대가 돌아다니는 것 같았다. 머리가 천장에 닿을 듯했다. 어쩌면 천장이 너무 낮은 건지도 모른다. 그는 아내에게 빵과 딸기를 보여 준 다음 선반에 올려놓고, 다시 몇 걸음 걸어서 그들 앞으로 나왔다.

"연승아, 거기 베란다 문 좀 열어 볼래?"

그가 아기를 어르면서 연승에게 손짓했다.

"응, 커튼 뒤가 베란다야. 상이 있을 거야. 그것 좀 꺼내 줄래?"

크림색 격자무늬 커튼을 젖히자 잡동사니가 천장까지 가득 쌓인 자그마한 베란다가 드러났다. 그 적나라한 살림살이에 진아는 잠시 할 말을 잃었다.

"이거 되게 무겁네요."

연승이 끙끙대며 상을 꺼냈다. 정사각형 교자상을 펼치자 공간이 가득 찼다. 중한은 낯을 가리느라 손가락을 입에 넣고 칭얼대는 아기를 어깨에 올려 위아래로 흔들면서 다시 아내 쪽으로 가서 말했다.

"우리 차라도 한잔 주세요."

"차요?"

아내는 어리둥절해 보였다. 이게 무슨 소리인가, 하는 어안이 벙벙한 표정이었다. 그러나 당황한 기색은 아니었고—쉽게 당황하는 사람 같지 않았다—소형 냉장고를 열고 고개를 숙여 한참 안을 들여다보더니 은색 뚜껑으로 덮인 작은 유리병을 찾아냈다. 중한이 뜨거운 김이 오르는 컵 세 개를 쟁반에 받쳐서 상 위로 날라왔다.

"무슨 차예요?"

중한이 부엌 쪽으로 고개를 빼고 물었다.

"저도 모르겠어요."

아내가 대답하고 웃었다. 진아와 연승도 함께 웃었다.

"언제부터 우리 집 냉장고에 이게 들어 있었던 거야?"

중한이 유쾌하게 말했다.

"뭐든 감사히 마시겠습니다."

연승이 말했다.

"이상한 건 아니야."

중한이 덧붙였다.

"네, 독약이 아닌 건 확실해요."

부엌에서 아내의 웃음소리가 흘러나왔다. 진아는 한 모금 마셔 보았다. 새큼한 매실 맛이 났다.

"맛있네요."

진아가 말했다.

그들은 컵을 놓고 상에 둘러앉았다. 아내도 자기 컵을 들고 와서 앉았다. 연승의 바로 뒤, 그러니까 손을 뒤로 뻗으면 닿는 곳에 신발들이 놓여 있었다.

아기는 큰방 안에 반쯤 몸을 숨기고, 벽을 짚고 일어선 채 열린 문 너머로 손님들을 살피고 있었다. 아내가 아기를 불러 품에 껴안더니 무릎 위에 앉혔다.

"몇 개월이에요?"

진아가 물었다.

"이제 11개월이요."

아내가 아기 코를 손가락으로 가볍게 눌러 장난을 쳤다. 아기는 까르륵 웃었지만 여전히 눈은 손님들을 살피고 있었다. 진아는 아기와 눈이 마주치자 눈웃음을 지어 보였다. 아기는 별 반응 없이 진아를 응시했다.

"바로 저기서 우주가 태어났어요."

아내가 문득 생각난 듯 큰방을 가리켰다.

"가정 분만 했거든요."

"아, 가정 분만 하셨구나. 그게 자연주의 분만이죠? 좋다고 들었어요. 전 잘 모르지만."

연승이 말했다.

"맞아. 산모와 아기 모두에게 좋아."

중한이 말했다.

"저희는 처음부터 자연 분만 하려고 생각하고 있었어요."

아내의 입술에 흐뭇한 웃음이 흘렀다.

"다행히 아기 위치나 제 몸 상태가 괜찮아서 할 수 있었어요. 산모 건강이 중요해요. 특히 초산은

산모 건강 때문에 하고 싶어도 못 하는 분들이 많거든요. 저희는 인천에 있는 선생님 소개받고 찾아가서 출산 전부터 상담하고, 음, 이야기를 많이 나눴어요. 신뢰감을 형성하는 게 중요하거든요. 그래야 믿고 따를 수 있어요."

그녀는 자기가 하는 말의 의미를 곱씹듯 고개를 끄덕이며 천천히 말했다.

"관심 있으면 나중에 자세히 소개해 드릴게요. 출산 상담도요, 병원 산부인과에서 하면 엄청 비싸요."

"아, 그래요?"

진아가 맞장구쳤다.

"진통이 오면 전화를 드리는 거예요?"

연승이 물었다.

"네. 저희는 예정일이 며칠 지난 때였어요. 진통이 오자마자 바로 원장님한테 전화를 했어요. 원장님이 집에 도착하셨을 때 제 자궁이 3센티 정도 열린 상태였어요."

그녀는 진지한 얼굴로 오른손을 들어 엄지와 검지를 벌렸다.

"아."

진아가 말했다. 갑자기 이 집 안의 인구 밀도가 너무 높다는 생각이 들었다.

"오빠, 그 얘기 좀 해 주세요. 처음 우주 봤을 때."

아내가 말했다.

그러자 소중한이 말을 이었다. 조금 신이 난 눈치였다.

"알겠지만, 아이가 금세 나오는 게 아니거든. 내가 처음 들어가서 봤을 때 주먹만 한 얼굴이 이 사람 가랑이에 꽉 끼어 있었지. 시뻘겋고 쭈글쭈글한 얼굴에, 자기도 힘든지 오만상을 하고."

그는 두 주먹을 꽉 쥐고 장난스럽게 얼굴을 잔뜩 찌푸려 보였다. 아내가 아기를 품에 안은 채 몸을 뒤로 젖히며 웃었다. 진아는 따라 웃으려 했지만 어색한 웃음이 되었다. 연승이 진아의 얼굴을 흘깃 살폈다. 그러자 소중한이 빠르게 눈을 움직여 두 사람을 쳐다보았다.

"애도 얼마나 힘들었겠어요. 엄마만 힘을 주는 게 아니에요. 아기도 나오려고 같이 안간힘을 쓰는 거더라고요. 그렇지, 우주야? 너도 힘들었지?"

아내가 아기에게 얼굴을 바싹 가져다 대고 생글

생글 웃으며 말했다. 그러고는 자연 분만에 대한 예찬이 이어졌다. 그녀는 병원 출산 시 회음부 절개가 대체로 선택의 여지없이 이뤄지고, 산모에게 면도, 관장이 강요된다고 설명했다. 또한 자연 분만의 경우 병원과 달리 아기를 받아 준 인연이 계속해서 이어진다고 했다. 자신의 집에 방문했던 원장님은 본인의 손으로 받은 모든 아기들의 사진을 간직하고 있다는 것이었다. 진아의 머릿속에는 사진첩에 가득 꽂힌, 감은 눈에 표정 없는 붉은 얼굴들이 떠올랐다. 그들은 돌이 되면 우주를 인천에 데리고 가서 원장님께 인사 시킬 거라고 했다.

"아, 오빠, 그 얘기도 해 주세요."

아내가 재촉했다.

"무슨 얘기?"

"희선 씨한테 들은 얘기 있잖아요. 산부인과에서 의사들이."

그러자 소중한의 표정이 조금 굳었다. 그는 진아와 연승의 얼굴을 힐끗 살폈다.

"아이, 됐어. 뭘 자꾸 그런 얘기를 해."

그가 겸연쩍어하며 웃었다.

"아직 결혼도 안 한 애들한테."

"왜요, 얼른 얘기해 줘요. 다 알아야 해요."

진아는 그게 뭔지는 몰라도 알고 싶지 않았다. 이미 필요한 정보는 충분히 들은 것 같았다. 그러나 소중한이 입을 열었다.

"아니, 친한 여자 동기가 말해 줘서 나도 아는 건데, 병원에서 분만하려고 누워 있으면 지나가던 의사가 불쑥 거기에 손을 넣어 보고 그런대."

잠시 침묵이 흘렀다.

"거기에 왜 손을 넣어요?"

진아가 물었다. 자기 목소리가 좀 딱딱하게 나오는 걸 의식하며.

"그게, 그냥 상태 확인하려고 그러는 건데, 잘 모르는 의사들이 와서 그런다는 거지. 침대에 누운 엄마는 힘들어 죽겠는데."

"네에."

진아와 연승 모두 대꾸할 말을 찾지 못했다. 그때 마침, 다행히 아내가 벌떡 일어서더니 주방으로 떡국을 보러 갔다. 소중한이 자리에서 일어났고, 진아와 연승도 따라 일어나 떡국을 날랐다.

"만두가 몽땅 터져 버렸네요. 형체도 없이."

그녀는 그다지 미안한 기색 없이 밝게 웃었다. 원

래 요리에 소질이 없고, 그 사실이 그들 부부 사이에서 농담거리인 분위기였다. 노란색, 분홍색, 보라색, 색색의 떡이 가득 들어간 떡국은 죽처럼 끈적거렸다.

"두부 만두인데."

소중한이 아쉽다는 듯 웃으며 말했다.

"아, 두 분 채식하시죠."

연승이 진아를 봤다.

"내가 누나한테 말했었나?"

"들은 거 같아요. 두 분 다 채식하시는구나."

상 한쪽에는 육각형의 작은 유리병이 놓여 있었다. 중한이 뚜껑을 돌려서 열고 그 안에 든 회색 가루를 톡톡 자기 그릇에 뿌렸다.

"죽염인데, 너희도 좀 넣을래?"

그가 약간 멋쩍어하며 물었다. 아내도 병을 건네받아 신중한 손놀림으로 자기 떡국에 회색 가루를 뿌렸다.

"오빠는 죽염 마니아예요."

아내가 말했다.

"죽염에 우주의 기운이 스며 있다고요. 모든 음식에 죽염을 뿌려서 먹어요."

"모든 음식까지는 아니야."

그가 쑥스러워했다.

진아와 연승은 사양했다.

"오빠 만나면서 저도 죽염을 먹게 됐어요."

아내가 수저로 떡국을 저으며 말했다.

"좋다는 얘기는 많이 들었는데."

연승이 말했다. 그건 대화를 이어가는 그의 화법
이었지만, 진아는 넌 어디서 그렇게도 좋다는 얘기
를 많이 주워듣냐고 빈정거리고 싶었다.

"네."

그녀가 잠시 생각하더니 말했다.

"확실히 효과가 있어요. 저 같은 경우는 생리혈
이 맑아졌어요."

순간 중한의 얼굴이 굳었다. 그는 손님들의 표정
을 살폈다. 그러나 뭐라고 말을 하진 않았다.

아내는 머릿속으로 지난 생리혈들의 비교 검토를
마친 듯 고개를 끄덕거리며 최종적으로 말했다.

"확실히 그래요. 맞아요. 전에 비해서 생리혈이
맑아졌어요."

그릇은 무척 깊었다. 연승은 꾸역꾸역 끝까지 비
웠다. 부부는 그들에게 빈 그릇에 손을 대지 못하

게 하고는 둘이서 상을 치웠다. 소중한은 아기를 한 팔에 안은 채 자유로운 다른 쪽 손으로 그릇을 하나씩 옮겼다. 두 사람이 들어가면 꽉 차는 좁은 부엌에 나란히 서서 그들은 싱크대 물을 틀어 빈 그릇을 담그고, 후식으로 카스테라를 준비했다.

"애들아, 너희 커피도 마실래?"

소중한이 몇 발짝 나와 그들을 향해 물었다.

"커피는 카페 가서 마실 거잖아요?"

부엌 안에서 아내가 말했다.

"네, 가서 마실게요."

진아가 말했다.

"그래."

그는 부엌으로 돌아갔다. 그러더니 말했다.

"아니야, 그래도 빵 먹는데 커피도 같이 마시자. 여보, 커피도 줘요."

그는 다시 고개를 빼고 물었다.

"너희 커피 또 마실 수 있지? 커피 좋아하니? 아니면 카페 가서는 커피 말고 다른 걸로 마시면 되잖아. 거기 생과일주스도 맛있고 고구마라떼 같은 것도 있어."

"저희는 다 괜찮아요."

연승이 말했다.

"여보, 커피도 줘요."

"정말로요?"

아내의 목소리에 의아함이 묻어났다.

"별일이네요. 당신 오늘 이상하네요."

그녀는 노래하듯 말했다.

커피는 블랙이었는데, 한 모금 마시는 순간 깜짝 놀랄 만큼 맛이 있었다. 그들의 반응에 소중한은 기쁜 기색이었다.

"이거 한 방울 한 방울 오랫동안 추출해서 만드는 커피야."

"더치 커피요?"

연승이 말했다.

"아, 너희들 더치 커피 알아?"

"뭐 그렇게 대단한 거예요?"

진아가 말했다. 순간 침묵이 흘렀다. 안다는 사실이 대단치 않다는 뜻이었는데, 진아는 그제야 방금 자기 말이 어떻게 들렸을지 깨달았다.

나가기 전에 소중한은 작은방을 보여 주었다. 작업실로 쓰고 있다는 방이었다. 한쪽은 책장이었고, 검정색 책상 위에는 대형 모니터 두 대가 놓여 있었다. 그것만으로 방은 가득 찼다. 그는 안면 있는 기관에 행사가 있을 때마다 나가 영상 촬영을 해 주고 있다고 말했다.

"우주 태어나면서부터는 여유가 없어서. 그때그 때 들어오는 일만 하기에도 벅차네."

"작품 준비하는 거 있지 않으세요?"

연승이 물었다.

"지금은 없어. 우주 좀 키우고 나면."

중한이 겉옷을 입으러 방을 나간 뒤, 연승은 한 손으로 입술을 만지작거리며 책장을 훑어보았다. 그러나 책들을 살펴보고 있는 것 같지는 않았다. 연승은 중한 밑에서 같이 일을 할 수 없을까, 적어 도 당분간이라도 따라다니며 배워 볼 수 없을까 내 심 생각하고 있었다. 아마도 오늘 그를 만나 의사 를 타진해 보려 했을 터였다. 그러나 명백하게 힘 들어 보였다. 연승은 가끔 자기 과 선배들, 동기들 과 후배들에 대해 말했다. 선배들 중에 제일 높은 자리까지 올라간 사람이 누구인지, 누가 제일 유명 하다든지 또는 누가 제일 돈을 많이 번다든지. 그 러고는 장학금 때문에 우리 학교에 입학한 것이 자 기 인생에서 가장 큰 실수라고 했다. 시골에서 내가 뭘 알았어야지. 어디 가서든 자기만 잘하면 되는 줄 알았지. 사회생활을 하면서 부쩍 그런 푸념을 입에 올렸다. 진아는 아주 틀린 소리는 아니라고 생각하면서도, 어쨌거나 지금 와서 후회해 봐야 무슨 소용인가 싶었다. 그는 가장 빛나던 시절 자신의 활약을 회상하는 노인처럼 기회가 있을 때마다 진아에게 말했다. 내가 수리 영역만 빼고 수능 성적이 전부 1등급이었어. 말했나? 나중에 보여 줄게, 고향 집에 아직도 수능 성적표 안 버리고 있어.

아내는 개량 한복 위에 붉은 패딩 점퍼를 입었다. 턱까지 단단히 지퍼를 올리고, 아기도 두툼한 옷에 손으로 뜬 하늘색 털모자를 씌운 다음 얇은 담요로 싸서 팔에 안았다.

"신발이 멋지십니다."

현관을 나서며 연승이 그녀에게 말했다. 갈색 털 안감을 댄 검정 고무신이었다. 그녀도 털신을 자랑했다. 그녀의 밝은 얼굴에 행복한 웃음이 흘렀다.

"이거 귀한 거예요. 오빠가 온 시장을 다 뒤져서 사다 줬어요. 요즘엔 잘 안 팔더라고요."

"사실 시골 아줌마들 신발이지 뭐."

소중한이 웃으며 말했다.

"구하느라 애를 먹은 건 사실이야."

그러고는 앞장서서 계단을 내려갔다.

"패피세요."

진아가 말했다. 집 안에서 자신의 딱딱한 태도를 의식한 듯 부드러운 미소를 띠고 있었다.

"뭐라고요?"

아내가 물었다. 연승이 웃음을 터뜨리고는 설명했다.

"패션 피플의 줄임말이에요. 패피."

"어머. 패피. 오빠, 나 패피래요."

그녀가 턱을 높이 들고 웃었다.

"패피. 그 말 외워 둬야겠네요."

바깥 날씨는 콧속이 찡해질 정도로 차가웠지만, 진아는 너른 공간으로 나오게 되어 숨통이 트였다. 그들이 빌라에서 나가 비탈을 내려갈 때, 맞은편에서 걸어오던 외출복 차림의 중년 여자가 소중한 부부를 보고 다가왔다. 같은 빌라에 사는 이웃인 모양이었다. 마침 잘 만났다는 표정으로 다가와, 소중한 쪽은 쳐다보지도 않고는 아기를 안은 아내의 팔을 잡고 한쪽에 서서 이야기를 나눴다.

"뭐라고 하시는 거야?"

이야기를 끝내고 곁으로 온 아내에게 소중한이 물었다. 아내는 고개를 갸웃했다. 이웃이 방금 항의한 내용의 정당성 또는 시시비비를 아직 판가름 내리지 못한 표정이었다.

"너무 추운 날에는 세탁기를 돌리지 말라고 하시네요. 어제 우리가 세탁기를 돌려서 1층 베란다에 물이 샜대요."

"그랬대요?"

소중한이 말했다.

"그래, 그럼 그런 때는 돌리지 말아요."

진아는 추운 날 세탁기를 돌리면 왜 아랫집에 물이 새는지 이해가 가지 않았지만—평생 아파트에 살았으나 그런 얘기는 들어 본 적 없었다—무슨 이유가 있으리라 생각만 했다. 그녀는 세상 물정에 밝고 현실적이며 똑 부러지는 성격이지만, 모르는 것도 많았다. 서울 시내 아파트에서 태어나 평생 아파트에서 살았고, 주택이나 빌라에서 사는 생활이 어떤 것인지, 쓰레기 배출을 어떤 식으로 하는지조차 아는 바가 없었다. 때가 되면 자연스럽게 결혼을 하고, 서울 어딘가의 아파트에서 살면서 아이를 단지 내 어린이집에 보내게 되리라고 예상해 왔다. 이곳은 서울이었지만, 그녀가 아는 서울은 아니었다. 그녀는 서울 시내에 이렇게 큰 고아원이 존재한다는 사실도 처음 알았다.

담장 안은 아주 고요했다. 한파 때문인지 밖에 나와 있는 아이들은 아무도 없었고, 공기마저 얼어붙은 듯 아무 소리도 들려오지 않았다. 한밤중에 그곳이 어딘지 모르고 발을 들여놓았다면 아마도 초등학교에 들어왔다고 생각했을 터였다. 그들은 산책로를 걸어 한쪽에 떨어진 별채 같은 건물로 들어갔다. 외부 계단을 따라 2층으로 올라가자 북카페의 입구가 나왔다. 신발을 벗어 신발장에 넣고, 입구에 흩어지고 뒤집어져 있는 초록색 납작한 슬리퍼들 중에서 짝을 찾아 신었다. 40대쯤 되어 보이는 여성 둘이 한쪽 테이블에서 이야기를 나누고 있었는데, 그들이 들어서자 둘 중 몸집이 작고 안경을 낀 여자가 일어서서 카운터로 들어갔다.

그들은 뜰이 내다보이는 창가 쪽 널찍한 테이블에 자리 잡았다. 흰 벽에 액자에 넣은 커다란 사진이 걸려 있었다. 가슴에 십자가가 새겨진 옷을 걸친 나이 지긋한 백인 남자의 사진이었다. 그는 초상화 속 성인들처럼 양팔을 벌리고 입가에는 자애로운 미소를 띠고 있었다. 재단의 창립자인 듯싶었다.

"저, 궁금한 게 있어요."

진아가 소중한을 향해 말했다.

"전에 대학 재학 중일 때, 출가하려고 하셨다고 들었어요. 그 얘기 여쭤봐도 되나요?"

소중한은 갑작스러운 질문에 당황했으나 꺼리는 기색은 아니었다.

"출가를 안 하셨죠? 하긴 하셨던 거예요?"

연승이 조심스레 물었다.

아내가 품에 안은 아기를 토닥이면서 빙그레 웃었다.

"하려고 했었지. 그날 아침까지도. 하기로 되어 있었어. 이제 기억도 잘 안 나는데?"

소중한은 난감해하며 옛일을 더듬었다. 그의 양 손가락이 테이블 위에서 건반 두드리듯 움직였다. 그가 입을 열었다.

"출가하는 날 아침이었는데, 절에서 전화가 왔어. 원래 전화가 와. 용건이 있는 건 아니고, 그냥 확인 전화 같은 거지. 네, 이제 출발합니다, 하고 전화를 끊었어. 거실에는 우리 부모님이 계셨어. 전화를 끊고 내 방에 들어가서 짐을 챙기는데 문득 어떤 생각이 들더라. 갑자기 말이야. 별건 아닌데, 뭐라고 해야 할까. 내 방은 이미 다 정리를 해서 짐이 별로 없었어. 책도 나눠 줘 버렸어. 부모님과의 관계도 정리가 되어 있었고. 충분하지 않은가? 하는 생각이 들었던 것 같아. 내가 지금 절로 가거나 가지 않거나 원하는 건 이미 이룬 것 아닌가 하는 생각. 이제는 내 뜻대로 하면서 살 수 있을 것 같았어. 그래서 방에서 나와서 어머니 아버지한테 말했어. 안 가겠다고."

소중한은 커피잔의 작고 둥근 손잡이에 손가락을 끼워 조심스럽게 입으로 가져갔다. 그러고는 쑥스럽게 웃었다.

"재미없는 얘기지? 오래전 일인데, 뭐."

"그게 언제였지요?"

아내가 물었다.

"1996년 여름이네."

"뭐죠. 선배 거의 원효이신데요."

진아가 말했다.

"와, 맞네."

연승이 박수를 치며 맞장구쳤다.

"대박. 떠나는 길에 성불했어. 형 원효인데요."

"원효는 그래도 길을 떠났는데, 선배는 떠나기 전에 성불했으니 원효보다 윗길이시네요."

진아가 미소 지으며 말했다.

"무슨 소리야. 원효라니."

그는 쑥스러워하면서도 하하하 웃었다. 발성 훈련을 받은 아나운서처럼 웃음소리에 힘이 있었다.

"후회한 적은 없어요?"

아내가 물었다. 그녀는 아까부터 자기만의 리듬대로 왕복하는 시계추처럼 양옆으로 몸을 흔들고 있었다. 우주는 엄마의 품 안에서 담요에 싸인 채 잠들어 있었다.

"후회한 적 없어. 절에서 수행하는 것과 지금 밖에서 생활하는 걸 같이 두고 생각하려고 하니까. 그게 그때 했던 생각이기도 하거든. 비유가 아니라, 정말로 하루하루 수행이야. 내 일도 그렇고, 아기 키우는 것도 그렇고. 너희도 이제 결혼해 보면 알겠지만 부부 생활도 마찬가지고."

"일도 그렇다는 게 무슨 뜻이에요?"

연승이 물었다.

"내 경우엔 아버지가 좀 힘든 분이셔. 멀쩡한 대

학 나와서 이렇게 사는 걸 받아들이지 못하는 거지. 아버지가 공무원이셨거든. 주변에 동료들 자식들은 다들 대기업 들어가고 승진하고 그러니까. 나를 보지도 않으려고 하셨어."

그는 한숨을 쉬었지만, 미소 띤 얼굴이었다.

"가족 관계라는 게 내가 밖에 나가서 사람들을 만나고 일하는 데도 영향을 미치기 마련이야. 그런데 우주를 낳고 아버지와 사이가 많이 좋아졌어."

"우주를 정말 사랑하세요. 항상 보고 싶어 하시고요."

아내가 말했다.

"그러실 만하네요. 너무 예뻐요."

연승이 잠든 우주의 얼굴을 들여다보며 말했다. 진아는 그런 연승이 얼마만큼 진심인지 알 수 없었다. 아마 진심일 테지.

"둘이 결혼할 거지?"

소중한이 물었다.

"애가 회피하는 많은 주제들 중 하나랍니다."

진아가 몸을 젖혀 웃으며 말했는데, 의자의 두쪽 다리가 바닥에서 떨어질 정도로 갑작스럽고 격렬한 움직임이었다. 연승은 눈에 띄게 당황한 얼굴이 되었다.

"이 누나가 갑자기 왜 이래. 술 마셨어?"

그러고는 테이블 위 자기 손에 눈길을 주며 말했다.

"당연히 해야죠. 그런데 당장 제가 모아 놓은 돈도 없고. 앞으로는 더 그럴 테고."

잠시 후에 소중한이 말했다.

"연승이도 생각을 많이 했겠지. 본인이 지금 뭘 선택하려는지 알 거야."

그는 테이블 너머로 연승을 건너다보았다. 연승은 묵묵히 그의 말을 듣고 있었는데, 마음 한구석이 불편한 얼굴이었다. 연승은 다큐멘터리 제작에 관한, 맨땅에서 감독으로 커리어를 쌓아 가는 일에 관한 실제적인 충고를 기대했지만, 소중한의 입에서 그런 말은 나오지 않았다. 그는 자신이 만난 여러 사람들에 대해 말했다. 이런저런 이유로 이쪽 길을 택했으나 점점 자신의 선택을 세상에 원한을 품는 알리바이로 삼게 된 사람들에 대해. 비슷한 부류와만 어울리며, 아침에 출근해서 저녁에 퇴근하는 보통 사람들과는 관계를 맺지 못하게 되는 이들에 대해 긴 얘기를 늘어놓았다.

"그런데 나만 봐도 보통 사람들하고 다를 것도 없어."

그가 말했다.

"똑같은 시스템 안에 있어. 개인사업자로 등록되어 있고, 세금 신고하고, 돈도 벌어야 하고. 쉽진 않아. 똑같이 다른 사람들 돈을 받는 일이라고 해도, 내가 페이스북에 후원 요청하는 글을 올리면 사람들이 굉장히 불쌍하게 생각하거나, 아니면 아니꼽게 생각하는 사람도 있어. 지가 좋아하는 일 하면서 왜 남한테 돈을 달래? 똑같은 일도 기업체에서 하면 그렇게 생각 안 하는데, 혼자 하는 일이라고 그렇게들 생각하는 거야."

연승은 이렇다 할 대꾸를 하지 않았다. 생각에 잠겨 있는 듯 보일 뿐이었다.

"사직서를 낸 뒤로 밤에 잠이 안 와요."

연승은 그렇게만 말하고 씁쓸하게 웃었다.

헤어지기 전, 그들은 카페를 나와 도서실에도 가보았다. 부부의 뒤를 따라 복잡한 계단과 통로를 거쳐 도착한 도서실은 원색의 가구들로 꾸며진 환한 공간이었다. 한가운데 두툼한 놀이용 매트가 널찍하게 깔려 있고, 작은 텐트도 있었다. 뜰을 향한 벽에는 커다란 유리창이 많아 밖이 훤히 내다보였다. 곳곳에서 소녀들이 혼자서 또는 두셋이서 앉아 책을 읽거나 소곤거리고 있었다. 짝수 일에는 여학생이, 홀수 일에는 남학생이 이용한다고 소중한이 알려 주었다.

부부가 우주를 텐트 속 다른 아기들과 어울리게 하는 사이 진아와 연승은 도서실을 구경했다. 곳곳에 비밀스럽게 숨겨진 푹신한 의자가 있었다. 뜰을 향한 돌출 창에는 혼자 다리를 세우고 앉아 바깥 경치를 감상하며 독서하기에 안성맞춤인 자리들이 있었다. 비 내리는 날 이곳 창가에 앉아 책을 읽는, 차분한 얼굴의 소녀가 그려졌다.

"요즘 위인전은 이렇게 나오는구나."

연승이 가리키는 서가를 보니 어린이들을 위한 현대 위인전 시리즈에 반기문, 박근혜, 야구 감독 김성근이 있었다. 한 권 뽑아서 책장을 넘겨 보았다. 두께가 얇고 일러스트가 많이 들어간 책이었다. 그들은 책장을 둘러보다 텐트 쪽으로 갔다. 동네 주민으로 보이는 엄마들 서너 명이 데면데면한 얼굴로 각자 자기 아기를 따라다니고 있었다. 우주는 그중 한 아기를 따라가려고 매트 위에서 몇 발

짝 걷다 앞으로 철퍼덕 넘어졌다. 부부는 그 앞에
나란히 서 있었다.

"우리 우주, 넘어졌구나. 괜찮지?"

"일어날 수 있지?"

진아는 몇 발짝 떨어진 곳에서 그 모습을 지켜보
았다. 우주는 인상을 찌푸렸지만 울음을 터뜨리지
는 않았고, 바닥에 양손을 짚은 다음 엉덩이를 힘
겹게 쳐들고 무릎을 폈다. 소중한은 자기 앞까지
걸어온 아기를 번쩍 들어 올려 어깨에 걸쳤다.

그곳을 나와 그들은 소중한 부부와 담장 옆 갈
림길에서 헤어졌다. 부부는 놀이가 부족했는지 칭
얼대는 아기를 품에 안고 매서운 맞바람을 맞으며
꼿꼿이 서서 그들을 배웅했다.

비탈길을 내려오면서, 연승이 진아에게 물었다.

"괜찮아?"

"뭐가?"

진아가 되물었다.

"왜 그래?"

"아니, 그냥."

연승이 진아의 표정을 살피며 말했다.

"떡국 맛없었지."

"맛없었지. 내 말은, 맛이 없다는 게 아니라."

"무맛이었지."

"응, 무맛."

그들은 우체통 옆에서 깔깔 웃었다.

"왜, 죽염 좀 뿌리지 그랬어. 우주의 기운이 스민 만병통치약인데."

진아가 말했다. 연승은 웃었다. 하지만 말을 채 끝내기 전부터 진아는 어쩐지 가책을 느꼈다. 이런 농담은 이제 그만둬야 할지도 모르겠다는 생각이 들었다.

"채식 떡국이라 그렇지 뭐."

진아가 말했다. 그러고는 덧붙였다.

"정성껏 대접하는 게 느껴졌어."

연승은 그 말에 놀란 듯 진아를 쳐다보더니 고개를 끄덕였다. 그들은 다시 비탈을 내려갔다. 연승은 여전히 말이 없었고, 얼굴빛이 어두웠다. 두 사람 모두 각자 생각에 잠긴 채 묵묵히 걸음을 옮겼다. 큰길로 내려오자 드디어 평지가 나타났다. 지하철역까지는 좀 더 걸어야 했다.

"잠깐 담배 좀 사 올게."

연승이 한 블록 떨어진 곳에 편의점을 발견하고 말했다. 몇 걸음 가다가 그가 뒤를 돌아보았다.

"진아 뭐 필요한 거 있어?"

"아니, 됐어. 여기 있을게."

연승은 고개를 끄덕였다. 편의점 유리 너머로, 계산하는 손님들 뒤에 서서 차례를 기다리는 연승의 모습이 작게 보였다. 네가 세상에 원한을 품지 않을 수 있을까. 진아는 문득 생각했다. 눈길을 피하는 연승의 얼굴, 냉소적인 말을 내뱉을 때면 입꼬리를 어색하게 씰룩이는 표정이 눈앞에 떠올랐다. 네가 일그러져 가는 모습을 보게 된다면 그건 정말 슬픈 일일 거라고, 진아는 생각했다.

먼저 계산한 손님이 편의점 문을 열고 나왔다. 대학생으로 보이는 커플이었다. 그들은 팔짱을 끼고 반대편으로 걸어갔다. 편의점 안에서 연승은 점원에게 웃는 얼굴로 뭔가 말하고 있었다. 동안인 연승은 얼굴이 대학 때와 달라지지 않았다. 살도 붙지 않아서 체형도 처음 만난 때 그대로였다. 그해 가을 동아리 엠티에서, 진아는 이상할 정도로 빨리 술에 취했다. 낮 일정 때 추운 곳에서 너무 떨었기 때문인 것 같았다. 다음 날 아침 눈을 떴을 때,

진아는 방 한구석 커튼 아래서 벽을 향해 웅크리고 있었다. 여자들 방이었다. 분명 복도 건너 남자들 숙소에서 술을 마셨는데, 어떻게 이 방에 들어왔는지 기억이 나지 않았다. 끔찍한 숙취에 머리통을 부여잡고 문을 열자 거울 앞에서 머리를 말리던 화영이 진아를 보고 은근한 눈빛을 보냈다. 국사학과 이연승과 무슨 사이냐고 물었다.

"걔가 계속 옆에 있었던 거 기억 안 나?"

그러자 꿈의 한 조각처럼 지난밤의 기억 한 토막이 어렴풋이 되살아났다. 바닥에서 몸을 가누지 못하며 "나 토할 것 같아."라고 했을 때 화영이 "야, 참아!"라고 했던 것, 그리고 누군가의 낮은 목소리. "누나, 그냥 토해요. 토하는 게 나아요." 연승이 여자 숙소까지 따라와 등을 토닥이며 옆에서 토사물을 받아 냈다는 것이었다. 화영이 의미심장한 웃음을 흘렸다.

"눈물겹던데. 아주 나이팅게일이던데."

처음 와 보는 서울 변두리의 낯선 대로변에 서서, 진아는 오랜만에 회상에 잠겼다. 그 무렵의 연승, 그리고 자기 자신의 모습도 눈에 선했다. 아침밥을 먹으러 내려갔다가 그 아이를 마주쳤지만, 연승은 그냥 꾸벅 인사를 하고 지나갔다. 그는 아무 말도 하지 않았고, 진아를 쳐다보지도 않았다. 그 날 아침부터 갑자기 그 아이가 신경이 쓰이기 시작했다. 미니 축구하는 모습을 멀리서 봤는데 뒤태에 자꾸 눈길이 갔다. 저런 엉덩이를 갖고 있었나. 마른 줄만 알았는데 팔에 저렇게 근육이 있었나. 그 뒤로 사귀기까지는 얼마 걸리지 않았다. 시선을 제대로 처리하지도 못하면서 짐짓 터프한 체하는 모습에 진아는 홀딱 넘어가 버렸다. 연승과 이렇게 오랫동안 함께일 거라 생각했던 건 아니었다. 그래도 상관없었다. 어디를 둘러봐도 젊음과 시작으로 가득했고, 그녀는 자신만만했으니까.

그런데 언제부터인가 다가오는 것들이 두려워지기 시작했다. 그녀는 생각했다.

그게 언제부터였을까. 그녀는 낯선 장소에서 추위에 떨며 기억을 되짚었다.

현기증

1

원희는 지난 6월까지 사거리의 은행에서 일했다. 직장에는 걸어서 다녔고, 매주 금요일에는 퇴근길에 꽃을 샀다. 사 온 꽃—작은 수국 다발일 때도 있었고, 해바라기 한 송이일 때도 있었다—은 장식 없는 유리병에 꽂아 식탁에 올려놓았다. 주말을 다른 날들과 구별 짓고 향기롭게 만드는 그녀만의 의식이었다.

출퇴근하지 않게 된 뒤로도 그녀는 금요일 오후

에 꽃을 사는 일을 포기하지 않았다. 한번은 상률이 그녀의 달라진 형편을 지적하며, 매주 되풀이하는 사치스러운 습관에 대해 언급한 적이 있었다. 그때 그녀는 말했다.

"하지만 꽃은 너무 아름답잖아. 내겐 아름다운 것이 필요해."

지금 그녀는 학원에 다니며 반영구 화장을 배우고 있었다. 그녀는 그 일을 좋아했고 손도 빨랐다. 하지만 돈이 문제였다. 모아 놓은 저축은 빠르게 바닥을 드러냈다. 자격증을 따고 일자리를 구하기까지 얼마나 더 기다려야 할지 알 수 없었다. 그녀는 점심 값을 절약하기 위해 음식 냄새 풍기는 도시락을 가방에 넣고 다녔다.

오늘도 그녀는 정류장 앞 가게에서 꽃을 샀다. 1월의 첫 금요일이었다. 그녀가 집에 돌아왔을 때, 불은 꺼져 있었고 상률은 없었다. 퇴근이 늦어지는 모양이었다. 그녀는 병에 물을 담고 엷은 분홍색 튤립 세 송이를 꽂아 식탁에 올려놓았다. 물기 묻은 손을 의자에 던져 놓은 앞치마에 문질렀다. 그러고는 고요한 집 안을 죽 훑어보았다. 곧 이곳을 떠난다고 생각하니 기분이 이상했다. 그들은 내일 오전에 부동산에 가기로 되어 있었다. 그 일로 인해 그녀는 골치가 아팠다.

방 두 개짜리 집으로 이사를 가야겠다는 상률의 주장은 합당했다. 그는 밤 10시면 자리에 누웠고, 양질의 잠을 절실히 필요로 했다. 그러나 밤 10시는 원희에게는 너무 이른 시각이었다.

어느 날 밤, 잠든 줄 알았던 그가 벌떡 일어나 안대를 벗어던졌다. 그러고는 낮은 목소리로 말했다.

"이렇게는 더는 못 살겠다."

참을 만큼 참았다고, 원룸에서 사는 걸 더는 견딜 수 없다고 했다. 한 사람이 놀고 싶을 때 한 사람은 다른 방에서 조용히 잠을 자고, 한 사람이 자고 있는 아침에 다른 사람은 달그락거리며 아침을 먹을 수 있어야 한다고 했다. 원희는 그게 어쩐지 자신을 전처럼 사랑하지 않는다는 뜻으로 들려서 서운했지만, 그렇게 말하진 않았다. 그녀가 그렇게 말했다면 그는 화를 냈을 것이다. 아니면 한숨을 쉬면서 바보 같은 소리 좀 하지 말라고 했거나. 그래서 그들은 집을 보러 다녔고, 이윽고 그가 원하는 집이 나타났다. 그들은 몇 주간 일대의 부동산을 돌아다닌 끝에 그 집을 볼 수 있었다. 중개인이 현관을 열어 주자마자 상률은 흥분을 감추지 못했다.

"여기 너무 좋은데?"

작은방과 주방, 그리고 큰방이 기차처럼 일렬로 배치된 집이었다. 밝은 집은 아니었다. 큰방 쪽으로 해가 들어서, 오후 2시인데도 주방과 작은방은 어두웠다. 그보다 더 큰 문제는 딸린 가구가 하나도 없다는 점이었다. 가스레인지마저도 직접 사야 했다. 그래도 상률이 원하던 대로 공간이 분리된 집이었고, 여러모로 그들의 형편에서 구할 수 있는 최선이었다. 그녀의 눈에도 그 사실은 분명해 보였다. 상률은 가구 사는 비용을 자신이 부담하겠다고 말했다. 그녀는 더는 반대할 수 없었다. 어떻게 그녀가 싫다고 할 수 있겠는가. 꼭 이사를 가야만 하겠다는 상률에게, 어떻게 그녀가 "난 지금 이대로가 좋아."라고, 또는 "우리 엄마 때문이야."라고 말할 수 있겠는가. 그녀가 생각하기에도 설득력 없는 소리였다. 게다가 뻔뻔하게까지 들렸다. 엄마 때문이라니. 그녀의 엄마는 그들이 사는 방식을 이해하지 못하며, 그들의 삶에 아무런 영향력을 행사하지도 못하는데 말이다.

그들은 일찌감치 불을 끄고 누웠다. 그러나 원희

는 잠이 오지 않았다. 엄마의 목소리가 귓가를 맴돌았다. 엄마는 오전에 전화를 걸어 왔었다. 평소 엄마가 전화를 하는 시간이 아니었다.

"원희야, 엄마가 꿈을 꿨는데, 네가 바위 위에 올라가 있더라."

불안으로 가득한, 떨리는 목소리였다. 이런 시간에 오는 엄마의 전화가 좋은 소식인 적은 없었다. 원희는 짜증을 억누르며 눈을 감고 숨을 들이마셨다.

"무슨 산이었어. 양을산이었을까. 바위가 흔들거리고 위험한데, 너는 모르고 그 위에 서서 나를 보면서 웃고 있는 거야. 위험한 줄도 모르고 아주 신이 나서 웃고 있어. 너한테 조심하라고, 얼른 거기서 내려오라고 말하려고 하는데, 아니 이상하게 말이 안 나와. 마음만 급하고 아무리 해도 소리가 안 나와서 몸부림을 치다가 깼다. 너 무슨 일 있는 거 아니지? 지금 어디야?"

엄마의 조바심이 수화기를 타고 전해져 핏속으로 흘러들었다. 원희는 감정을 억눌렀다. 동요하는 기색을 보이지 말아야 했다.

"엄마, 나한테 무슨 일이 있어서 엄마가 그런 꿈을 꾸는 게 아니라, 엄마가 나한테 무슨 일이 있다고 생각하니까 그런 꿈을 꾸는 거야."

"그런 거야?"

엄마가 확신 없이 되물었다.

"그런 거야."

"그러면 다행인데……"

"그런 거야. 제발 내 걱정 좀 하지 마."

상률은 옆에서 고르게 숨을 쉬며 자고 있었다. 그녀는 그 소리를 들으며 어둠 속에 누워 있었다. 내 속은 이렇게 복잡한데, 이 사람은 잘만 자는구나. 상률이 원망스러웠다. 꼭 무리를 해서 이사를 가야만 하는 걸까. 이사를 하면 엄마가 와 볼 텐데, 혼자서 그렇게 넓은 집에 산다는 걸 뭐라고 설명할까. 회사를 그만두고 쪼들리는 형편에 그녀가 무슨 돈으로, 왜 집을 더 넓혀 이사를 가겠는가. 그녀의 가족은 그녀가 상률과 함께 산다는 걸 몰랐다. 그 생각을 하면 머리가 지끈거렸다. 그건 그녀의 엄마가 상상할 수 있는 불행의 범위를 뛰어넘는 일이었다. 결혼하지 않고 남자와 사는 일. 하지만 엄마가 모르는 게 그것뿐만도 아니었다.

상률과 살기 위해 그녀가 치러야 했던 대가는 그가 상상하는 것 이상이었다. 그러나 그녀는 한 번

도 자신이 느끼는 감정을 상률에게 제대로 설명할
수가 없었다. 오히려 그녀는 언젠가부터 자신의 괴
로움을 숨기게 되었다. 그녀는 죄책감을 느끼고 싶
지 않았다. 그럴 필요가 없는 일이었다. 난 성인이
야. 그녀는 스스로 되뇌었다. 하지만 그게 엄마한
테 어떤 의미인지는 잘 알았다. 그 생각은 그녀의
기운을 쑥 빼놓았다. 그 생각만 하면 길을 걷다가
도, 무심한 마네킹의 얼굴에 속눈썹을 붙이다가도
힘이 빠졌다. 언젠가 상률에게 그걸 설명해 보려 했
을 때가 있었다. 그때 상률은 말했다.

"부모님께 인사를 하고 말씀 드리자. 이해하실
거야. 지금 사정이 그런 걸 어떻게 하겠어? 그런데
대체 너희 부모님은 네가 어떻게 월세를 내고 있다
고 생각하시는 거야?"

그의 말은 틀린 데가 없었다. 상황을 설명하고,
이해를 구하자. 옳고도 합당한 방법이었다. 분명히
그래서 그녀는 상률을 사랑했다. 합리적인 사고, 사
태를 객관적으로 바라볼 수 있는 강인함. 그러나
그녀의 가족은 결코 합리적으로 생각하고 판단하
는 사람들이 아니다. 자신의 처지를 객관적으로 바
라볼 줄도, 인정할 줄도 모른다. 상률이 그런 식으

로 일을 해결할 수 있다고 믿는 건 그녀의 가족에 대해 모르기 때문이다. 그녀의 가족을 움직이는 건 그들이 속한 집단에서 공유되는 일종의 믿음, 금기, 평판에 대한 강한 의식 같은 것들이다. 이것들은 한데 얽혀 구분이 되지 않았고, 일상적인 두려움을 만들어 냈다. 삶에 대한 두려움. 그녀는 그녀의 엄마를 구속하고 있던 그 막연한 두려움, 공포로부터 도망치려고 애를 써 왔고, 어쩌면 자신의 인생 전체가 내내 거기서부터 벗어나려는 도주의 과정이리라는 걸 그에게 제대로 설명할 수가 없었다.

시작은 서울로 오는 것이었다. 그걸 위해 그녀가 얼마나 싸워야 했던지. 엄마를 떠나면서 그녀는 마음이 아팠다. 하지만 첫날 저녁, 편의점에 가기 위해 기숙사에서 나와 탁 트인 캠퍼스를 가로지르면서, 그녀는 그럴 가치가 있었다고 생각했다. 그녀는 그때까지 밤에 아무런 용건 없이 집 밖으로 나가본 적이 없었다.

그녀가 가슴을 떨리게 하는 밤공기를 마시는 대가로, 그녀의 엄마는 매일 새벽 기도를 다녔다. 그녀가 한번 전화를 받지 않으면, 그사이에 엄마의 상상 속에서 그녀는 교통사고로 촌각을 다투며 병원에 실려 가는 중이거나 더 험한 일을 당해 죽어 있었다.

"세상이 얼마나 악하고 무서운데."

마침내 통화가 되었을 때, 엄마는 울고 있었다. 이런 일들은 그녀를 미치게 만들었다. 엄마는 딸의 무고를 확인한 뒤 엄청나게 화를 냈는데, 그녀가 더 화가 나 있다는 걸 알고는 당황해 우물쭈물했다. 엄마는 말하곤 했다.

"널 걱정해서 그러지. 너를 생각해서 그러지. 넌 잘 모르지만, 세상이 그래."

4학년 여름방학에 그녀는 혼자서 유럽으로 배낭 여행을 갔다. 중간에 한 번, 바르셀로나의 게스트하우스에서 주변에 사람이 없을 때 집에 전화를 걸었다. 엄마는 그녀에게 함부로 돌아다니지 말라고 하며 울었다.

"엄마, 나 여행 온 거야. 내가 밖을 안 돌아다니려면 유럽까지 왜 왔겠어?"

그녀는 웃으며 말했지만 눈물이 나려 했다. 그녀는 사실 여행을 즐기지도 않았고, 꼭 하고 싶지도 않았다. 하지만 아침 일찍 일어나 해가 질 때까지 악착같이 돌아다녔다. 원한다면 어디든 가 볼 수 있으며 그래도 아무 일도 일어나지 않는다는 걸, 불길한 예감이나 꿈 따위는 힘이 없다는 걸 스스로에게 증명하고 싶었다. 결국 그녀 안에도 그런 두려움이 존재했던 것이다. 그녀는 끝내 여행을 즐기지 못했지만, 그래도 죽지는 않았다.

2

다음 날, 그들은 지하철역 앞 부동산으로 갔다. 중개인이 상륙과 원희를 맞았다. 중개인은 30대 중반쯤으로 보이는 여성이었는데, 탁구공처럼 동그란 두상이 드러나도록 긴 머리를 바짝 묶고 있었다. 찌푸린 인상이어서 원희는 처음에 그녀가 마음에 들지 않았다. 하지만 지난번 한나절 동안 같이 집을 보러 다니면서 그녀가 무척 꼼꼼하고 유능한 중개인이라는 걸 알게 되었다.

그들이 본 집을 계약하기 위해서는 또 다른 부동산을 거쳐야 했다. 중개인이 출발하기 전에 그쪽에 전화를 걸었다. 지난번에 집을 볼 때도 그 부동산에 먼저 갔었다. 복지부동산—그게 그곳의 이름이었다—의 중개인은 그 부동산의 외관만큼이나 나이 들고 구식인 인물로 보였는데, 20년간 그 자리에서 영업을 했고 돌아가신 집주인과도 그 세월만큼 거래를 해 왔다고 했다.

"계약서 미리 써 놓으세요. 우리 가서 쓰기 시작하면 안 돼요. 꼭이요? 분명히 얘기했어요?"

중개인은 자기 자리에서 반쯤 일어선 채로 전화 통화를 했는데, 무례하다 싶을 만큼 톡 쏘는 목소리였다. 원희와 상률은 소파에 나란히 앉아 있었다. 실장이 정수기 옆에 서서 종이컵에 커피를 마시며 즐거운 표정으로 그들을 보고 있었다.

"그 할매가 컴퓨터를 못 해요."

실장이 그들을 향해 느긋하게 말했다. 그녀는 40대 후반쯤 되어 보였다.

"아직도 컴퓨터를 안 쓰는 집은 정말 거기밖에 없을 거예요."

전화를 끊고 나서 그들의 중개인이 휴대전화와 두툼한 수첩을 챙기며 말했다.

"계약서 써 놓겠대?"

실장이 물었다.

"그런다고는 하는데, 가 봐야 알죠."

중개인이 신경질적으로 웃었다.

"실장님, 지금 나갈 거죠? 우리 가면서 복지에 좀 내려 주세요."

"그러자, 그러자."

실장이 차키를 집어들었다. 상률과 원희는 실장을 따라 문으로 향했다.

"잠깐만요. 나 아직 커피 한 잔을 못 마셨다."

중개인이 수첩을 옆구리에 끼고 문가의 정수기에서 급히 커피를 탔다. 상률과 원희는 뒷좌석에 앉아 그녀가 종이컵을 들고 바쁘게 걸어 나오는 모습을 보고 있었다.

"아우, 진짜."

그녀가 조수석에 앉으면서 짜증을 냈다. 조금 흘린 모양이었다.

"거기 가서 드시지."

원희가 염려하듯 말했다.

그러자 그녀가 룸미러로 뒷좌석을 보며 말했다.

"우리 중개인들은 절대 다른 부동산 커피 안 마셔요."

"그럼."

실장이 운전하면서 흥겹게 맞장구쳤다.

"절대 안 그런다."

"아, 또 그런 게 있나 봐요."

상률이 말했다.

"그럼요. 한번 다니면서 보세요. 다른 부동산 가
서 그 집 커피 마시는 쓸개 빠진 중개인이 있는가."

"근데 복지에 정수기는 있나?"

중개인이 문득 생각난 듯 물었다.

"실장님, 정수기 봤어요?"

"몰라. 없지 싶다."

실장은 그들을 사거리 횡단보도에서 내려 주었
다. 그들은 슈퍼 옆 부동산으로 들어갔다.

"계약서 써 놨죠?"

중개인이 호전적으로 문을 열면서 인사말 대신
톡 쏘는 목소리로 물었다.

"어서들 오시요."

할머니 중개인이 자기 책상에 반듯하게 앉아 웃
는 눈으로 그들을 맞았다. 지난번에도 느꼈지만, 할
머니 중개인의 자애로운 미소와 여유로움은 무엇에
의해서도 흔들리지 않았다. 할머니는 3, 40년 후배
중개인을 사납게 짖어 대는 자그마한 강아지 보듯
너그럽게 바라보았다. 입은 웃고 있지 않을 때조차

철제테 안경 너머 두 눈은 아치를 그리고 있었다.
유리 깔린 책상 뒤로는 구식 캐비닛이 있었고, 책장
에는 누렇게 바랜 서류 봉투가 가득 꽂혀 있었다.

"써 놓긴 써 놨네."

그들의 중개인이 서류를 받아 들고 보일락 말락
하게 웃었다. 자를 대고 볼펜으로 선을 그어 서식
을 작성한 종이였다. 상률과 원희가 들어갈 빌라는
지은 지 20년 가까이 된 3층짜리 붉은 벽돌 건물
이었다. 부부가 일평생 모은 돈으로 구입한 유일한
재산으로, 말년에 그들을 부지해 준 수입원이었다.
늙은 주인은 월세를 30만 원 이상 받지 않았다. 그
보다 더 받으면 젊은 사람들이 어떻게 돈을 모아서
자기 집을 장만하겠느냐는 게 그분의 말이었다고,
할머니 중개인이 말했다.

"참 훌륭하신 분이었다, 그 영감님이."

애도하듯 잠시 시선을 허공에 두고 나지막하게
읊조렸다. 그런데 2년 전 여름에 할아버지가 숨을
거두었다. 연로한 부인은 큰아들에게 건물과 세입
자 관리를 넘겼다. 그런데 큰아들이 어머니 몰래
보증금을 낮추고 월세를 50만 원으로 높였고, 그
사실을 결국 노부인이 알게 되었다. 여기까지 이야

기했을 때 그들의 중개인이 신경질적으로 눈치를 주었지만, 할머니 중개인은 그쪽으로 눈길을 주지 않음으로써 평온하게 그 신호를 묵살했다. 새로운 세입자에게 건물의 내력을 들려주는 것이 중개인으로서 자신의 사명이라고 여기는 듯 꿈쩍도 하지 않는 태도였다.

결국 노부부가 살던 4층 주인집에는 셋째아들 가족이 들어왔다. 주인 할머니는 1층으로 내려갔다. 입구에서 가장 가까운 101호에 사는 노인이 바로 노주인이었다.

"원래부터, 영감님이 셋째아들을 제일 믿었다. 이제 셋째아들이 성품도 좋고, 기계를 손볼 줄도 알고 그렇거든."

"네에."

그들에게는 어쨌든 월세가 싸서 좋은 일이었다. 그때 문이 열리더니 중년 부부가 부동산으로 들어왔다. 그들은 할머니 중개인을 향해 일가친척 어른에게 하듯 깊이 고개 숙여 인사한 뒤 상률과 원희를 향했다. 그들이 바로 셋째아들 부부였다.

"토요일이라고 분명히 말씀드렸는데, 저희 어머니가 목욕탕에 가신 모양입니다."

그들은 무척 민망해했다.

"아, 목욕하러 가셨나 보네."

할머니 중개인이 혀를 찼다.

"네, 어제도 말씀드렸는데 그새 깜박하셨나 봐요. 어머니도 같이 모시고 왔어야 하는데, 만약 마음에 걸리시면, 나중에라도……."

그들은 큰 잘못이라도 저지른 듯 상률과 원희를 번갈아 보며 어쩔 줄 몰라 했다. 상률과 원희는 괜찮다고 했다.

"그래, 할머니 안 계셔도 괜찮다. 어차피 아들이 서명하는 거니까."

할머니 중개인이 상률과 원희를 부부에게 소개했다.

"다 알겠지만, 나는 절대로 사람 아무나 안 받는다. 괜히 의심스러운 사람 받았다가 월세라도 밀리면 내가 할머니 얼굴을 어떻게 봐. 그렇지? 절대 안 되지. 이 두 사람은 내가 관상을 딱 보고 합격시켰어. 반듯한 사람들인가, 월세 안 밀리고 제 날짜에 착실하게 낼 사람들인가 내가 다 본다."

부부는 동의한다는 듯이 미소를 지으며 고개를 끄덕였다. 원희는 갑자기 고개를 들 수가 없었다.

조금 전부터 이 자리가 불편해지기 시작했다. 더 이상 중개인의 말이 귀에 들어오지 않았다. 자신이 작아지는 기분, 자기 자신을 잃어 가는 기분이 들었다. 오랜만에 느낀 기분이었는데, 기습적이었기에 어찌할 바를 몰랐다. 어린아이가 된 것처럼 무력하게 느껴졌다. 권위 있는 어른 앞에서 가끔 이렇게 될 때가 있었다. 좋은 배경에서 좋은 교육을 받고 자라난 흠잡을 데 없는 사람들 앞에 설 때. 그녀는 곧 어떤 질문이 나오리라는 걸 예감했고, 그에 앞서 자신의 표정과 마음을 준비시키려 했다.

원희는 계약서에 서명하는 셋째 아들의 두툼한 손—물건을 잘 고친다는—을 지켜보았다. 그는 볼펜을 쥐고 자기 이름을 썼다. 강준모. 볼펜을 쥔 손에서 강한 힘이 느껴졌다. 상률도 그 손을 인상적으로 보고 있었다. 마지막으로 할머니 중개인은 유리를 깐 테이블 위에 계약서 두 부를 나란히 붙여 놓고 상률에게 서명하도록 했다.

모든 절차를 마친 후, 그가 정중하게 물었다.

"그런데 두 분은 어떻게…… 신혼부부이신가요?"

상률이 볼펜을 놓고 고개를 들었다.

그 순간 원희가 대답했다.

"네. 신혼부부예요."

상륜이 그녀를 쳐다보았다. 그런 상륜과 원희를 한쪽의 둥근 의자에 앉아 있던 그들의 중개인이 쳐다보았다. 그녀는 그들에게 그런 걸 묻지 않았었다.

복지부동산을 나와 그들은 중개인과 헤어졌다. 버스를 타고 네 정거장 떨어진 곳에서 내렸다. 상륜은 조금 전 일을 입에 올리지 않았다. 왜 그렇게 대답했는지 묻지 않았고, 신경 쓰는 기색도 아니었다. 상륜은 그런 사소한 일―그에게는 사소한 일일 게 분명했다―을 마음에 담아 두는 사람이 아니었다. 그런 질문에는 적당히 대답하면 그만, 이라고 생각할 것이다. 어쩌면 이미 잊었을지도 몰랐다.

중고 가전, 가구를 취급하는 가게는 큰길에서 조금 들어간 곳에 있었다. 미리 알아봐 둔 곳이었다. 가게는 1층과 지하로 이루어져 있었는데, 가전은 지하에 있었다. 스카프를 두르고 허리에 전대를 찬 중년 여자가 가파른 계단을 통해 그들을 지하로 데려갔다. 간판을 보지 않으면 중고 가게라는 것을 모를 정도로 산뜻하고 아늑한 느낌을 풍기던 1층과 다르게 지하는 싸늘하고 어두침침했다. 을씨년스러운 시멘트 바닥 위에 덩치 큰 가전제품들이 드문드

문 간격을 두고 놓여 있었다.

그래도 처음 볼 때는 괜찮았다. 물건들은 깨끗해 보였다. 그러나 하나씩 자세히 훑어보자 좀 달랐다. 비교적 최신형이고 깨끗한 물건은 이미 표가 붙어 있었다. 세탁기도 그렇고, 냉장고도 그랬다. 그밖에는 오래되었거나, 얼룩이 있거나, 어쨌건 하나씩 하자가 눈에 띄었다. 아마 그들이 조금 늦은 모양이었다.

주인 여자는 그들이 둘러볼 수 있도록 한쪽에 서 있었다. 주인은 필요한 설명을 해 주었지만 말투는 좀 거칠었다.

"세탁기, 냉장고, 가스레인지가 필요해요."

상륜이 말했다.

주인과 상륜은 한 구형 드럼세탁기 앞에 서서 이야기를 주고받았다. 상륜은 원희도 참여하길 바라는 기색으로 그녀를 쳐다보았지만 원희는 거기 끼지 않았다.

원희는 그들에게서 멀찌감치 떨어져 가전들 사이를 어슬렁거렸다. 기분이 급속도로 가라앉았다. 세탁기, 냉장고 하나하나는 각각 사연을 간직하고 있었다. 보호소의 동물들처럼. 어떤 장소에서 어떤 사람들과 더불어 생활하다가 이곳에 놓이게 된 걸까. 그녀는 자신이 너무 쉽게 생각했다는 걸 깨달았다. 아니, 실은 아무런 생각이 없었다. 엄마에 대해서만 신경을 쓰다가 정작 집을 채울 물건들에 대해서는 생각지 못했다. 상륜이 이 가게를 알아보았고, 그녀는 별생각 없이 동의했다. 그런데 막상 눈으로 보자 안 될 것 같았다. 이 시멘트 바닥과 군데군데 찌그러지고 찍힌 자국이 있는 변색된 물건들을 감당할 수 없었다.

"이거 연희동에 엄청 잘사는 집에서 나온 물건이에요."

원희의 마음을 읽기라도 한 듯, 주인이 말했다.

"우리가 들어가서 가져왔는데, 살림이 어마어마하더라고. 이때 이런 14킬로그램짜리 드럼세탁기는 최고 부잣집에서나 썼어요. 한번 살 때 용량 큰 걸로 하는 게 편해요. 이불도 돌릴 수 있고."

원희는 주인이 자신들을 신혼부부로 여기고 있다는 사실을 깨달았는데, 이번에는 그 사실이 수치스러웠다. 주인의 눈에 자신들이 어떻게 보이는지 알 수 있었다. 신혼부부인데 혼수를 장만할 돈도 없어서 이런 캄캄한 지하에서 중고 가전제품을 둘러보고 있는 처지. 그게 자신들의 모습이었다.

"잠깐만 얘기 좀 해."

그녀는 상률의 코트 소매를 잡아당겼다. 상률은 어리둥절한 얼굴이었다. 그녀는 호소하는 눈빛으로 그의 눈을 쳐다봤다.

"잠시만 나갔다 올게요."

상률이 주인에게 말했다. 원희는 나가면서 주인 여자 쪽을 보지 않았다. 그들은 가파른 계단을 올라갔다. 원희는 앞장서서 1층의 침대와 식탁 사이를 가로질러, 유리문을 밀고 보도로 나갔다. 날은 들어올 때보다 어두웠고 4차선 도로에 차들이 달리고 있었다.

"왜 그래?"

상률이 뒤따라 나오며 말했다.

원희는 지금 제대로 된 말을 해야 한다는 걸 알았지만, 뭐라고 해야 할지는 떠오르지 않았다. 입이 떨어지지 않았다. 상률이 내 마음을 알아주지 않을까? 그러나 그의 입가는 딱딱하게 굳어 있었다. 그에게도 쉬운 일은 아니었다. 집을 계약하고, 중고가구점을 알아보고, 주인과 흥정을 하는 일 말이다.

"다음에 오면 안 될까?"

그녀는 겨우 그렇게 입을 떼었다.

"무슨 소리야? 오늘 사 버려야 해. 오늘 아니면 다음에 나 또 언제 시간이 날지 몰라."

그는 이 상황에 짜증이 난 기색이 역력했다.

"이건 아닌 것 같아."

"왜 그래? 마음에 안 들어? 내가 보기엔 괜찮은데. 이 정도면 괜찮은 거 아닌가?"

"다 거지 같아."

상률이 애써 웃음을 터뜨렸다.

"잘 돌아가기만 하면 되지 무슨 상관이야?"

"네 저축을 다 털어서, 이런 거지같이 크고 무거운 것들을 사겠다고? 마음에 안 든다고 버릴 수도 없고, 한 번 사면 최소한 3년은 써야 할 이런 짐짝들을? 우리 이게 정말 맞는 걸까?"

"이제 와서 갑자기 뭔소리야?"

그가 표정을 억제하며 말했다.

"우리 이미 집 계약도 한 거 몰라? 애처럼 굴지 마."

그는 혼자서 성큼성큼 걸어 안으로 들어가 버렸다. 유리문이 반동으로 다시 열렸다 닫히며 흔들렸다. 주인 여자는 위층에 올라와 있었다.

"가스레인지는 여기 있어요."

주인은 마지못해 뒤따라 들어오는 원희를 쳐다보며, 그들의 사정이야 신경 쓸 바 아니라는 듯 자기할 말을 했다.

"가스레인지는 이것 하나뿐이에요. 하실 거면 이거 해야 돼요. 가스레인지가 하나도 없었는데, 마침 어제 들어왔어. 언니네 것 되려고 그랬나 보다."

가스레인지는 멀리서 봐도 시커멓다. 실내에서 쓰던 물건이 아닌 듯했다.

"내가 여기 배관선도 챙겨 놨어."

주인은 부속품이 든 비닐봉지를 들어 보였다.

"이것도 따로 사려고 하면 비싸요. 그래서 내가 신경 써서 챙겨 놓은 거야."

상률이 사겠다고 말했다.

"이건 언니네가 닦아서 써야 돼요."

주인 여자가 말했다. 그들은 다시 아래층으로 내려갔고, 상률이 주인과 상의해 냉장고와 세탁기를 골랐다. 마지막에 값을 깎으려다가 상률은 무안을 당했다. 주인은 이 자리에서만 장사를 한 지 8년째라고 했다.

"여기 붙은 가격이 이 물건 가격이에요. 삼촌, 우

린 물건 갖고 장난질 안 해요."

3

돌아가는 버스에서, 그들은 빈자리를 찾아 따로
떨어져 앉았다. 그녀는 창밖을 보고 있었지만, 어
두워지는 바깥 풍경을 보고 있는 건 아니었다.

현기증이 일어나는 순간이 있다. 현실을 인정해
야만 하는 순간. 아직 받아들이지 못한, 채 인식하
지도 못했던 광경이 갑자기 빛을 비춘 듯 적나라하
게 모습을 드러낼 때. 눈을 감고 고개를 돌리고 싶
지만, 그조차 허락되지 않을 때. 지금이 바로 그때
였다. 그녀는 자신이 지금 상률과 하려는 일이 무엇
을 뜻하는지 알아차렸다. 그들은 살림을 꾸리고 있
었다. 이건 결혼과 다를 바가 없었다. 집을 구하고,
그 집을 채울 가전제품을 사러 다니고 있었다. 그
게 결혼의 뜻이었다. 이번 이사는 이전 생활의 연
장이 아니었다. 그저 방 하나 더 많은 집으로 이사
를 가는 게 아니었다.

그녀는 준비되지 않은 무대 위로 등을 떠밀리는

기분이었다. 이건 아니라고. 자신의 내부에서 무언가가 완강하게 거부했다. 그녀의 머릿속에서 결혼은 이런 게 아니었다. 언젠가 결혼이란 걸 하게 된다면 설레는 마음으로 집을 보러 다니고, 성가시지만 행복한 고심 끝에 가구를 결정하리라고 생각했다. 텔레비전에서 봤던 장면들이 떠올랐다. 웨딩숍의 샹들리에 조명 아래 흰 커튼이 열리는 장면. 드레스를 입은 신부의 환하게 빛을 발하는 얼굴. 그녀는 힘주어 눈을 감았다. 이런 식은 아니었다. 돈도 없고 소속된 직장도 없는 처지에서 이런 일을 치를 거라고는, 이렇게 참담한 심정이리라고는 생각하지 못했다.

그들은 지하철역을 나와 집으로 향했다. 말없이 4층 계단을 올라가 문을 열고 들어갔다. 그들이 살던 집으로. 집 안은 추웠지만 익숙한 냄새로 가득했고, 창문 너머로 맞은편 건물의 불 켜진 베란다가 보였다. 그들 중 누구도 불을 켜지 않았기에 그들의 집 안은 캄캄했다. 그들은 이곳에서 2년 동안 사이좋게 살았다. 그녀의 부모님이 세 번 방문했는데, 그때마다 그의 옷가지는 캐리어 두 개에, 신발들은 커다란 종이 상자에 넣어 옥상으로 이어지는

계단 옆 공간에 숨겨 두었다. 그의 짐이 적어서 가
능한 일이었다.

"우리 그냥 여기서 살면 안 돼?"

말도 안 되는 소리라는 걸 알면서도, 그녀는 그
렇게 말하고 말았다. 이성적으로 말해야 할 때 왜
이렇게 어린아이처럼 굴게 되는지 알 수 없었다. 어
둠 속에서 상률은 식탁 의자에 앉았다. 그는 조금
전에 저축을 전부 털어서 가전제품을 구입했다. 그
녀도 그 사실을 알고 있었다. 하지만 그녀는 울고
싶었다.

"난 그런 고물들을 집에 들이는 것 자체가 싫어."

잠시 무거운 침묵이 흘렀다. 이윽고 그가 입을
열었다.

"정신 좀 차려."

어둠 속에서, 그의 목소리는 무섭게 들렸다.

"그렇게 상황 판단이 안 돼?"

그녀는 그의 얼굴을 보지 않고 다음 말을 기다
렸다. 1초, 2초 지날 때마다 어둠의 중심으로 한 발
짝 한 발짝 다가서는 듯했다. 그 속에는 무엇이 있
을까.

"사람이 분수에 맞게 살아야지. 누구는 새거 사

는 게 좋은지 몰라서 이러고 있냐? 나도 돈만 있으면 그렇게 하고 싶어. 네가 원하는 대로 다 해 주고 싶어. 근데 우리 상황이 그렇게 안 되잖아. 이게 지금 우리 한계인 걸 어쩌라고?"

그의 시선이 식탁 위로 향했다. 그들은 둘 다 병에 꽂힌 꽃을 보고 있었고, 서로가 그걸 보고 있음을 느꼈다. 그녀는 그 꽃을 공격한다면, 그 튤립 세 송이에 대해 그가 뭐라고 언급하기만 한다면 돌이킬 수 없을 것이라고 느꼈다.

조금 뒤 그는 뭔가를 삼키는 소리를 냈다. 그러고는 크게 숨을 내뱉었다.

"포기할 건 포기해야지. 어떻게 네가 원하는 대로만 다 하면서 살아?"

그녀도 알고 있었다. 형편에 맞게 살아야 한다는 걸. 사는 일이 바라는 대로 흘러가 주지 않는다는 것을. 그렇지만…… 난 대단한 걸 꿈꾼 게 아닌데. 대단한 것들은 언감생심 꿈꿔 본 적도 없는데. 내가 바란 건, 아주 작은 것이야. 그게 그렇게 허황된 바람인가? 내가 이 정도도 바라지 못해? 이걸 바란다고 이렇게 분수도 모르는 사람 취급을 당해야 해?

그녀는 다시 신발을 신고 현관을 나왔다. 계단을 내려와 길로 나왔다. 갈림길에서 잠시 망설이다 건물들을 지나, 공원으로 향했다. 울고 있었기 때문에 밝은 곳으로 가고 싶지 않았다. 그녀는 공원 귀퉁이 벤치에 앉았다.

궁지에 몰릴 때면 속에서 어린아이가 튀어나왔다. 상률이 원망스러웠다. 이대로 살 수도 있었는데. 그랬다면 아무 문제없었을 텐데. 난 이사를 가고 싶지 않고, 새로운 생활을 시작할 준비가 되어 있지 않다고.

그 순간 오래전 일이 떠올랐다. 상률의 어머니가 자신에 대해 하는 말을 들었던 순간. 상률은 어머니와 통화하고 있었는데, 방이 조용해서 말소리가 다 들렸다. 그래도 그녀는 특별히 신경을 쓰고 있지 않았다. 그런데 어느 순간 상률이 말했다.

"엄마, 엄마도 딸 가진 부모면서 어떻게 그런 소리를 해."

상률은 굳은 얼굴로 자리에서 일어나 화장실로 갔다. 그러나 그녀는 화장실 문이 닫히기 전에 전화기에서 흘러나온 높은 톤의 사투리를 듣고 말았다.

"그래, 그래서 나는 내 딸 멀리 안 보냈다. 결혼

할 때까지 끼고 있다가 곱게 시집보냈지."

이상한 일이지만, 그녀는 무덤덤했다. 놀랍긴 했다. 상률의 가족은 그런 일을 신경 쓰지 않는다고만 생각했고, 상률이 부러웠다. 그래서 상률도 쿨한 성격이구나, 생각했었다.

그녀는 상처를 받지 않았다. 그런 말을 듣는 게 당연하다고 생각했던 걸까. 적어도 그렇게 말하는 중년 여성들을 이해했다. 그녀는 중학생 때부터 그런 여자애들에 대해 들어왔다. 남자와 동거하는 여자애들. 엄마 주변에는 그런 애들이 넘쳐나는 모양이었다. 엄마는 그런 이야기를 듣고 와서 그녀에게 말했다.

"가시내들이 서울로 대학만 보내 놓으면 다들 남자랑 동거를 하고. 세상에, 가시내들이 겁도 없을까. 세상이 얼마나 무서운 줄 모르고."

어린 그녀는 그런 얘기를 들으면 웃었다. 자신은 절대 그럴 리가 없다고 생각했기 때문에 한 귀로 듣고 다른 귀로 흘렸다. 그런데, 이제 그런 딸이 된 것이다. 그런 소문의 주인공 중 한 명이 되었다.

벤치에 앉아서, 그녀는 감정이 복받쳤다. 상률을 향해 화를 냈다. 그래, 너만 옳지. 너는 항상 합리적이지. 난 약해 빠졌고 감상적이고 어린애 같은 소리만 하는 사람이지. 하지만 그건 내가 나약해서만은 아니야. 네가 남자이고, 아들이기 때문이야.

그는 남이었다. 언제든 헤어질 수 있었고, 헤어지면 그만이었다. 그와 함께 이런 일까지 감수할 수는 없었다. 그래, 엄마 말이 맞을지도 몰라. 돌이킬 수 없을지도 몰라.

눈물이 흘렀다. 비참했다. 그동안 버틸 만큼 버텨 왔다. 지금까지 버틴 것만 해도 신기한 일이었다. 갑자기 모든 일에 자신이 없어졌다. 돈을 벌어 숍을 내기까지 얼마나 오랜 시간이 걸릴지 모른다. 그녀는 앞으로 자격증을 따고 교육을 마치는 데 들어가는 돈을 대강 헤아려 보았다. 1년은 더 있어야 했다. 이거야말로 허황된 일 아닐까? 내가 지금 제대로 하고 있는 걸까? 이게 다 돈 때문이야. 더 이상 버틸 수 없다고, 가족에게 도움을 요청해야 한다는 생각이 들었다. 그러자 속이 무너져 내렸다. 은행을 그만둔 게 잘한 일이었을까? 거기까지 생각하다가, 그녀는 문득 한숨을 쉬었다. 그만두겠다고 했을 때, 그녀의 엄마는 뭐라고 했던가. 정규직 직장을, 그것도 커다란 은행을 때려치우고 속눈썹을 붙이러 다니겠다고? 그건 있을 수 없는 일이었다. 친척들에게, 교회 사람들에게 어떻게 말하나?

"엄마가 생각하는 그런 정규직이 아니야. 정규직이라고 해도 예전 같은 평생 직장이 아니라니까."

"사람들이 뭐라고 하겠니. 다들 네가 어디가 모자라서 못 버텼다고 생각할 거야. 거기서 일할 능력이 안 돼서 그렇다고들 생각할 거야."

"나를 위한 거 맞아? 나를 위해서라면 그만두라고 해야 해."

엄마는 한 달 동안 연락하지 않았다. 그렇게 하나뿐인 딸에 대한 기대를 점점 내려놓았다. 하지만 엄마뿐만이 아니었다. 그녀 역시 자기 자신에 대한 기대를 내려놓는 법을 배웠다. 자신이 누릴 수 있을 줄 알았던 것. 때가 되면 손에 들어올 줄 알았던 모든 것들. 어릴 때부터 보고 배웠던, 교과서와 텔레비전이 말하던 이미지와 삶의 방식들을. 그리고 그녀는 훌륭한 딸이 될 수 없다는 걸 받아들였다. 훌륭한 딸이 되려 할수록, 그녀는 불행해졌다. 어쩌면 훌륭한 딸이 되지 않아야 한다고. 그러기 위해서 있는 힘을 다해야 할 거라고.

상륙이 아니었다면, 그녀는 아직도 스트레스에

시달리며 월급의 절반을 탈모 클리닉에 바치고 있을지도 몰랐다. 그는 그녀를 지지해 주고, 그녀가 막연한 두려움을 이겨 내고 원하는 바에 집중할 수 있도록 북돋아 주었다.

다 포기했다고 생각했는데, 아니었나. 아직도 내려놓아야 할 것이 남아 있었나.

상률이 동네를 돌다 그녀를 찾아낼 때까지, 그녀는 겨울밤의 공원에 앉아 온몸을 떨며 생각했다.

4

그들은 설 연휴에 짐을 옮겼다. 상률이 시간을 낼 수 있는 날이 그때뿐이었다. 사다리차로 짐을 올리고 있을 때 골목 끝에 냉장고, 세탁기, 가스레인지를 실은 용달이 나타났다. 장갑을 낀 인부 두 사람이 그것들을 하나씩 바퀴 달린 넓은 판에 올려 계단을 통해 옮겼다. 집주인 부부는 처음부터 운동복 차림으로 나와 있었고, 자기 일처럼 도와주었다. 그들은 원희를 '새댁'이라고 불렀다. 상률을 칭할 때는 '바깥 분'이라고 했다. 지난번에 보지 못했던 주인 할머니도 위아래 분홍 내의 차림으로 빗자루를 들고 현관과 계단을 쓸었다.

"이것 좀 봐."

인부들이 돌아간 뒤, 상률이 들어와서 말했다. 가스레인지가 깨끗하게 닦여 있었다.

"그 아줌마가 닦아 줬나?"

상률이 물었다.

"양심이 있으면 닦아 줘야지."

원희가 말했다. 그러고는 덧붙였다.

"진짜 너무 더러웠어."

그는 호스와 밸브가 든 비닐봉지를 가스레인지 위에 던져 놓았다.

"이건 또 어떻게 설치하는 거지? 가스 설치는 한 번도 안 해 봤는데."

사람들이 전부 돌아간 뒤 현관문을 닫고 나자 온몸에 힘이 풀렸다. 그들은 잠시 쉬기로 했다. 제일 힘든 부분은 끝났지만, 이제 짐을 정리해야 했고 가구도 제자리를 찾아봐야 했다. 냉장고는 선반을 전부 빼서 닦아야 할 것 같았다. 일단은 점심을 먹기로 했다. 상률이 오는 길에 가게를 봤다며 도시락을 사러 나갔다.

그가 나가자마자, 마치 지켜보고 있었다는 듯이, 휴대전화 벨소리가 울렸다. 엄마의 전화였다. 습관처럼 괜히 그녀는 가슴이 쿵 내려앉았다.

"여보세요."

아무렇지 않게 전화를 받았다. 엄마의 목소리는 평범하지 않았다. 또 그 목소리였다. 오랫동안 참다가 말을 꺼내는 듯한, 불안으로 떨리는 쉰 목소리.

"너 엄마랑 같이 일하는 선희 이모 알지. 남편이 방사선과에 근무하는."

엄마가 말했다.

"그 집 막내딸이 대학 졸업하고 광주에서 혼자 원룸 살면서 취업 준비하고 있었거든. 그런데 얼마 전부터 광주에도 못 오게 하고 왠지 낌새가 이상하더란다. 그래서 첫째 언니가 불시에 집에 가 봤대. 간다고 미리 말 안 하고."

그녀는 마음의 준비를 했다.

"그랬는데 세상에."

"세상에 왜?"

"세상에, 방 안에 사람들이 꽉 차 있더란다."

그녀의 엄마는 떨리는 목소리를 진정하려는 듯 잠시 호흡을 골랐다.

"처음에 그 언니는 무슨 사람들인가 했대. 그런데 보니까 사이비 책에, 전단지에. 그 집에서 예배를 드리고 있었던 모양이야. 다 젊은 애들이었다는데."

엄마의 목소리가 떨렸다.

"원희야, 너 혹시 그런 거 하는 거 아니지? 너 복음의 성도회라고 들어봤어? 그게 서울에서도 그렇게 유행이래."

그녀는 안심했고, 그러자 너무 웃기고 짜증이 났다. 아침부터 잔뜩 긴장하고 신경을 곤두세우고 있었던 탓인지 눈물이 핑 돌았다.

"그래서 어쨌는데?"

"언니가 들이닥치니까 사람들은 다 나가고, 언니가 그놈의 가시내를 앉혀 놓고 이야기를 했지. 집안을 보니까 죄다 사이비 전단지, 그런 것 천지였대. 그런데 그 가시내가, 잠깐 화장실에 간다고 하고는 그 길로 나가 버렸단다. 슬리퍼만 신고. 지금 선희 이모는 직장에서도 울기만 하고 밥도 안 먹어."

"아이고, 어쩜 좋아."

"근데 어제 그 가시내한테 전화가 왔대."

"뭐라고?"

"자기 잠깐 여행 다녀온다나 뭐라나. 걱정하지 말라고. 여행은 무슨."

"자기 엄마 걱정할까 봐 그래도 전화했네."

그녀의 엄마가 쉰 목소리로 말했다.

"원희야, 너 정말 그런 거 들어 본 적 없지? 엄마가 어제 밤새 생각을 해 봤다. 왜 착한 우리 딸이 설날에 집에도 안 온다고 하고…… 그 사람들이 그렇게 가족을 갈라놓고 못 만나게 하고 그런단다."

그녀는 이제 인내심이 바닥났다.

"엄마, 제발 좀. 내가 그런 얘기까지 들어야 돼? 그렇게 걱정할 일이 없어? 이사한다고 했잖아. 왜 말을 하면 그대로 믿지를 않고 다른 생각을 해. 나 지금 바빠. 나중에 통화해."

그녀는 일방적으로 전화를 끊었다. 싱크대 앞에 의자를 끌어다놓고 앉았다. 오전 11시였지만 부엌은 어두컴컴했고 사방은 조용했다. 복음의 성도회라니. 혼자 앉아서 그녀는 피식 실소했다. 엄마는 그런 게 무서워? 난 때려죽여도 그런 거 안 믿어. 그러나 그 순간, 한때 자신이 절대 남자와 동거할 일 없다고 생각했던 게 머릿속을 스쳤다. 그래, 모를 일이었다. 인생에 장담할 수 있는 일은 없다. 아무것도.

그녀는 나중에 혹시 아이를 낳게 된다면, 그 애에 대한 걱정은 절대 하지 않기로 맹세했다. 뭘 걱정하든 그 아이의 현실은 거기서 아주 아주 멀리 있을 테니.

바위가 흔들거리고 위험한데, 너는 모르고 그 위에 서서 웃고 있는 거야. 위험한 줄도 모르고 웃고 있어. 엄마의 목소리가 머릿속을 때렸다. 세상이 얼마나 무서운데. 넌 모르지만, 세상이 그래.

그녀는 숨을 크게 들이마시고 참았다가 내쉬었다. 그렇게 심호흡을 몇 번 반복하고 자리에서 일어났다. 개수대 옆 창문으로 햇볕을 반사해 번쩍이는 맞은편 건물의 붉은 벽돌 벽이 보였다. 결국 이사를 했구나. 그녀는 사방에 박스가 쌓인, 새로운 집을 둘러봤다. 그녀는 자신이 먼 훗날 이번 이사를, 지금 이 순간을 어떻게 기억할지 궁금했다.

가
만
한 나
날

1

　첫 출근을 앞둔 일요일, 나는 대학로에서 우연히 재화 언니를 만났다. 구름 끼고 쌀쌀한 바람이 불던 오후였다. 그때 스물여섯이던 나는 출근을 앞두고 마음의 준비를 한답시고 종일 원룸에 혼자 있다가, 괜히 잡생각만 가득해지고 점점 압박감이 들어서 집 밖으로 나갔다. 마로니에 공원 쪽으로 좀 걷다가 아이쇼핑을 할까 싶었다. 밤에는 엄마와 통화하고 일찍 잠자리에 들어야지.

지하철역 출구의 계단을 꽉 메운 사람들이 규칙적으로 밀려오는 파도처럼 일렁이며 끊임없이 지상으로 올라오고 있었다. 나는 그 앞을 지나다가 출구 한쪽에 서서 누군가를 기다리는 재화 언니를 보았다. 영어 학원에 다닐 때 친하게 지낸 언니로, 그때 언니는 이미 회사원이었다. 길에 서서 서로 근황을 전하다가, 나는 내일부터 작은 마케팅 회사에 출근한다고 말했다. 언니는 활짝 웃으면서 축하해 주었다. 그러더니 내가 몹시 긴장한 상태라는 걸 알아채고 깔깔 웃으며 놀려 댔다.

"맞다! 너 인생 첫 출근이지! 완전 떨리겠네?"

나는 갑자기 매달리고 싶은 심정이 되어서, 언니의 팔을 붙잡고 사회생활 선배로서 조언해 줄 게 없느냐고 물었다. 그러자 언니는 놀려 대기를 멈추고 진지하게 고민하더니 말했다.

"음, 이렇게 생각하면 어떨까? 너 자신을 프로라고 생각하는 거야. 나도 어디서 들은 얘기인데, 난 도움이 됐거든. 신입이어도 난 아무것도 몰라, 난 초짜야, 라고 생각하는 것보다 나는 프로야, 나는 프로페셔널해, 마음가짐을 그렇게 갖는 거지. 난 이 일을 프로답게 해낸다, 그런 자세로다가."

언니가 계속해서 말했다.

"난 일할 때 좀 까칠한 편이거든. 약간 완벽주의자 기질이 있어서. 그렇게 안 보일지 모르지만 내가 좀 그렇단다? 그래서 공과 사를 더 구분하려고 하는 편이야. 그런데 일할 때 말고 회식하거나 할 때는 일부러 좀 풀어. 바보 같은 소리도 하고. 그럼 사람들도 오히려 좋아해."

그때 언니가 무슨 말을 했어도 나는 황금처럼, 귀인의 귀띔처럼 받아들였을 것이다. 다음 날 아침 출근하는 만원 지하철 안에서, 그리고 낯선 사무실 문을 열고 들어가는 순간까지도 나는 주문을 외듯 나는 프로다, 나는 프로다, 중얼거리고 있었다.

신입은 나를 포함해 세 명이었다. 회의 준비로 어수선한 사무실에서 우리는 서로 어색한 목례만 나눈 채 앉아 있다가 9시 정각에 복도 맞은편 회의실로 이동했다. 앳된 얼굴의 직원이 빠른 걸음으로 테이블을 빙 돌며 자료를 나눠 주었다. 프린트 열기가 채 식지 않은 따끈따끈한 종이를 집어 드는데, 어쩐지 쑥스러워서 입가가 실룩거렸다. 진짜 회사원이 되었구나, 실감이 났다. 나는 입가의 실룩거림을 억제하며 이런 회의라면 오십 번쯤은 참석해 봤다는 얼굴로 종이를 팔락팔락 넘겼다.

자료는 영업팀, 홍보팀으로 나뉘어 있었고, 팀별로 지난주 주요 업무 내용과 이번 주에 진행할 업무가 칸 안에 정리되어 있었다. 블로그 후기 마케팅이 주력인 광고대행사로, 신생이지만 규모가 아주 작은 건 아니었다. 영업팀장이 의자를 당겨 앉으며 업무 보고를 시작했다. 지난주 계약을 따낸 곳 중에 더진코리아가 있었다. 오랫동안 공을 들인 끝에, 이번에 더진코리아에서 론칭한 실내 포차 브랜드의 광고를 맡았다. N포털에 '실내 포차'를 키워드로 검색했을 때 블로그 검색 결과 1페이지 안에 더진포차 맛집 후기가 노출되는 것이 계약 조건이었다.

"신입도 세 명이나 뽑았으니, 걱정 없겠죠?"

영업팀장이 넌지시 어깨를 들먹이며, 배턴을 넘긴다는 듯 말했다. 홍보팀장—40대 초반 남성—이 머쓱한 웃음을 지으며 말을 받았다.

"그렇게 만들어야죠."

그가 바로 나의 상사가 될 사람이었다. 신입들은 모두 홍보팀에 속했는데, 블로그를 관리하고 의뢰받은 후기를 작성하는 일을 전부 홍보팀에서 했다. 다른 두 사람은 어떨지 몰라도, 마케팅 쪽으로 경력을 시작하는 점이 내게는 중대한 의미가 있었다. 국문과 출신이지만 3학년 때 이미 전공을 살리지 않고 일반 기업에 취직하는 쪽으로 진로를 잡았다. 시간이 좀 걸리더라도 첫발을 제대로 디디는 게 중요하다는 얘기를 귀에 못이 박히도록 들었고, 맞는 말이라는 생각을 했다. 그런데 정작 회사에 입사할 때는 전공 덕을 보았다. 구인 광고에 인문학 전공자를, 그것도 글솜씨가 있는 지원자를 우대한다고 적혀 있었던 것이다. 꽤 시간이 걸렸지만, 그래도 결국 원하는 분야로 취업했다는 사실에 나는 오랜만에 성취감을 맛보았다.

2

그렇게 사회생활의 긴 이력이 시작되었다. 회의의 감흥은 곧 사라졌다. 매일 회의의 연속이었다. 특히 월요일은 '본격적으로' 회의에 들어가다가 점심시간이 되곤 했다. 그중 가장 중요한 건 콘셉트 회의였다. 새로운 블로그를 열 때마다 콘셉트 회의를 했는데, 처음엔 그게 뭔지 몰랐다. 테이블에 팀

원들이 둘러앉았고, 팀장이 선배들을 빙 둘러보며
말했다.

"자, 이번엔 어떤 인물을 만들어 볼까?"

한 선배가 자료를 한 장씩 나눠 주었다.

—익스트림 스포츠를 즐기는 30대 후반의 돌싱
남.

큰 테마 아래 그가 구상한 인물의 라이프 스타
일과 관심사가 정리되어 있었다. 친한 형을 모델로
만들어 본 인물이라고 했다. 그는 평일 출근 전에
한강 변을 따라 자전거를 타고, 주말엔 암벽 등반
을 다니며, 여름엔 서핑을 한다. 그는 형제가 몇 명
일까? 즐겨 방문하는 커뮤니티는, 챙겨 보는 예능
프로그램은 무엇일까?

팀장은 상상력을 강조했다. 그는 말하곤 했다.
사람들은 바보가 아니다. 블로그를 광고 글로 도배
하는 방식으로는 살아남을 수 없다. 딱 보면 광고
느낌이 오는 리뷰는 더 이상 통하지 않는다. 기계적
인 문구 말고, 상상력을 발휘해서 진짜 살아 있는
사람의 목소리를 내야 한다. N포털은 블로그마다
등급을 매겼고, 일정한 점수에 도달해 '최적화 블
로그'가 되면 그때부터 게시글이 검색 결과의 상위

에 올라갔다. 그러면 광고에 투입할 수 있었다. 상당한 시간과 노력이 필요한 일이었다.

팀장은 우리 신입들에게도 각자 1호기를 준비하라고 했다.

"첫 블로그는 평생 기억에 남는 법이지. 잘 생각해서 준비해 봐."

그날부터 고민이 시작되었다. 웬만한 이력을 가진 웬만한 캐릭터는 선배들이 만든 것 중에 이미 다 있었다. 내가 들어 본 적도 없는 트렌디한 관심사를 가진 인물들도 많았다. 나는 나의 이력, 관심거리 중에 차별화될 만한 것이 뭐가 있을까 고민하다가 가장 좋아하는 고전 소설의 주인공을 떠올렸다.

일주일 뒤, 우리 세 사람은 회의실 테이블에 둘러앉았다. 마지막으로 팀장이 들어왔다. 홍성식—나보다 다섯 살이 많았다—의 인물은 홍대와 합정에 이어 당시 새로이 핫 플레이스로 떠오르기 시작한 망원동에 거주하는 30대 초반 힙스터 남자였다. 예린 씨—나와 동갑이었다—는 뮤지컬을 비롯해 고급 문화 생활을 향유하고 배우의 출퇴근길까지 챙기는 등, 단순한 소비자가 아니라 스스로를 문화 산업의 일원으로 여기는 30대 중반 전문직 여성을 내세웠다.

그리고 내 차례였다. 홍성식은 내 자료를 건네받는 순간, 피식, 또는 그와 거의 흡사하게 들리는 짧은 소리를 뱉었다. 그가 나를 세상 물정 모르는 문과 출신 애송이라고 여기고 있다는 게 느껴졌고, 얼굴이 확 달아올랐다. 그는 나를 거의 딱하다는 듯 바라보았다.

그러나 팀장은 의외의 반응을 보였다. 돌이켜보면 막 시작된 내 사회생활 이력에서 중대한 기점이 된 장면이었다.

"아, 채털리 부인이라는 말 오랜만에 듣네. 명작 중의 명작이지. 대학 때 이 소설을 원서로 읽었는데 말이야."

그는 내 1호기 구상이 담긴 종이를 한 손에 들고 훑어보았다. 원서를 끼고 캠퍼스를 거닐던 때를 회상하는 듯 입가에는 수줍은 미소를 띠고 있었다. 알고 보니 그는 지방 국립대학의 영문과 출신이었다. 그는 무척 작은 체구에, 오른쪽 광대뼈 위로는 찰흙 반죽을 납작하게 붙여 놓은 것 같은 흉터가 있었다. 선천적인 것인지 후천적으로 생긴 것인지 짐작하기 어려운, 표면이 매끈매끈한 붉은 흉터였다. 그러나 아주 흉하지는 않았고, 얼굴에 난 큰 점처럼 가장 먼저 눈에 띄고 어쩌다 저런 흉터가 생겼을까 궁금해지는 정도였다.

그를 보면서, 처음에 난 조금 의아함을 느꼈다. 그는 내성적이고 유약해 보였으며 조용한 음성으로 차분하게 말을 했다. 팀장으로서 회의를 이끌어 가면서도 사람들이 자신을 주목하는 상황에 조금은 부끄러워하는 것 같았다. 이런 회사, 이런 자리에 어울리는 사람처럼 보이지 않았다. 광고 회사, 마케터라고 하면 유행에 맞게 꾸민 개성적인 외모에 적극적이면서도 쿨한 인물이 떠올랐다. 왠지 모르지만 그런 사람이 이런 일에 어울릴 거라고 생각했고, 나 역시 스스로를 거기 맞추려 했었다.

그날 그는 내 1호기 채털리 부인에 대해 말하기를, 남편과 멀리 떨어져 살며 홀로 아이와 개를 키우는 콘셉트도 좋고, 하루하루 능동적으로 행복을 추구하는 외유내강형의 성격도 좋지만, 세부적인 내용은 더 구체적으로 만들어 보라고 조언했다. 이후 몇 차례 더 피드백을 거친 뒤 우리는 각자 계정을 하나씩 받았다. 작은 화분을 품에 안은 느낌이었다. 그날 오후, 나는 블로그를 시작하는 일반인들이 올릴 법한 짤막하지만 정성을 담은 자기소개 글을 작성하며 채털리 부인을 블로그계에 데뷔시켰다.

우리는 곧이어 리뷰 업무에도 투입되었다. 음식점의 비중이 높았다. 가게에서 매장 사진과 메뉴판, 맛깔스럽게 찍은 음식 사진을 보내 주면 그걸 조합하고 배치해서 직접 가 본 것처럼 후기를 작성했다. 광고주가 삽입해 달라고 요청한 특정 문구를 자연스럽게 강조하는 요령도 생겼다.

내가 보기에 리뷰에서 가장 중요한 건 디테일이었다. 나는 그 사실을 곧 깨달았다. 구체성이 리뷰의 생생함을 좌우했다. 직접 먹어 본 것처럼, 직접 사용해 본 것처럼. 업체에서 보내 준 정보가 만족스럽지 않으면 이메일을 보내 추가로 요청했다. 그렇게까지 하는 사람은 없는 것 같았지만 상관없었다. 나는 더 잘 해내고 싶었다. 왜냐하면 나는 스스로 프로라고 여겼으니까.

—이 메뉴랑 이 메뉴의 차이가 뭔가요? 봉골레는 사진 다른 걸로 하나만 더 보내 주세요.

이렇게 해도 괜찮나? 싶을 때도 있었다. 병원이 제시한 문구를 넣어 사각턱을 절제했다는 후기를 작성할 때였다. 치아 교정, 라식 수술 체험 후기를 쓸 때도 그랬다. 이래도 되는 건가? 그러나 곧 그 감각도 사라졌다.

게다가 내가 지금껏 뭔가를 사고 찾을 때마다 검색해 참고했던 블로그 후기들도 죄다 업체를 통해 작성된 것이라는 사실을 알게 되었다. 일반인이 운영하는 블로그 글이 검색 결과 상위에 노출되기란 거의 불가능했다. 맛집이나 병원처럼 사람들이 자주 검색하는 키워드일수록 그랬다. 많은 사람들이 자주 검색하고 참조하기 때문에 시장이 되는 것인데, 시장이 되면 사람들이 원하는 진짜 정보는 닿지 않는 곳으로 밀려난다.

이것이 경제구나.

나는 세상의 이치를 목도한 사람처럼 약간의 경이로움과 체념을 느끼며 고개를 끄덕였다.

3

나의 1호기 채털리 부인이 초고속으로 최적화에 성공한 뒤, 팀장은 내게 중요한 건들을 맡겼다. 채

털리 부인은 신생아부터 6세까지 사용 가능한 '3단
계로 변형되는 프리미엄 토들러 침대'에 아기를 재
우고, 토요일 밤에는 일본에서 수입한 '개 샴푸계
의 샤넬' 제품으로 개를 목욕시켰다.

돌이켜보면 20대 중에서도 가장 열정적이던 시
기였다. 내가 채털리 부인에게 얼마나 정성을 쏟았
던가. 그보다 더 열심히 일할 수는 없었다. 그것도
완전히 자발적으로. 20대 중반까지는 돈을 지불하
고 뭔가를 학습하고 받아들이기만 했다. 그런데 이
젠 돈을 내는 것이 아니라 받았고, 내 머리와 손끝
을 써서 뭔가를 생산해 냈다. 그 느낌이 너무 좋았
다. 쓸모 있는 존재라는 느낌. 조금만 더 시간을 할
애해 정성을 기울이면 결과물이 더 좋아지는 게 눈
에 보였다.

리뷰 업무를 하느라 하루를 다 보낸 날에는 저
녁을 먹고 사무실에 남아 일상 게시글을 작성했다.
개인 블로그로 보이기 위해 일상적인 내용을 담은
글을 올려야 했고, 직원들은 가족과 친척들, 그 반
려동물들 사진까지 활용했다. 이웃 수를 유지하려
면 이웃을 맺은 블로그를 방문해 댓글도 남겨야 했
다. 업체들 간에도 쉽게 알아보지 못했다. 유령들끼

리 서로 이웃을 맺고, 훈훈한 댓글을 달고, 안부 인사를 주고받았다.

이용자들을 의식해서만은 아니었다. 벌점을 피하기 위해서이기도 했다. 사람들이야 이거 광고 아냐? 하고 넘기는 게 끝이지만, N포털은 아예 블로그를 죽일 수 있었다. N포털의 입장에서는 양질의 콘텐츠를 보유하는 게 중요했다. 애초에 그것이 블로그 서비스를 시작한 목적이었다. 블로그 모니터링 팀이 과도하게 선정적인 글, 방문자 수를 늘리기 위해 실시간 검색어를 넣어 짜깁기한 낚시글, 광고성 쓰레기 글 등에 벌점을 매겼다. 그러나 실제로 벌점 제도가 어떻게 운영되는지는 아무도 몰랐다. N포털의 로직은 공개된 바가 없었기에, 업계에는 진위를 알 수 없는 추측과 속설만 무성했다.

내 경우엔 아기와 대형견을 함께 키우는 사촌언니가 채털리 부인의 실감을 높이는 데 도움이 되었다. 언니는 사진을 자주 보내 주었다. 나는 아기의 옆모습이나 뒷모습, 그리고 개 사진을 가져다 썼다. 언니가 사진을 보내며 한 말까지 그대로 베끼기도 했다. 언니는 자신이 채털리 부인의 삶에 재료를 제공하고 있다는 사실을 꿈에도 몰랐을 것이고, 나는 이후로도 말하지 않았다. 그러나 내가 포스팅을 할 때 언니를 떠올렸던 건 아니었다. 언니의 삶은 그야말로 재료가 되었을 뿐, 채털리 부인은 어디까지나 내게 속한 인물이었으니까.

몸은 고되지만 의욕만은 최고로 가득한 나날이었다. 팀 안에서, 그리고 사무실 안에서, 내가 능력 있는 직원으로 여겨지고 있다는 걸 느꼈다. 고백하자면, 나는 적성에 맞는 일을 찾았다고 생각했다. 운이 좋게도 한 방에 말이다. 나는 전공 수업을 즐겁게 들었고, 1학년 때는 소모임에 가입해 초보적인 수준이지만 시와 소설, 소논문 형식의 글도 몇 편 썼다. 글을 완성하는 일은 재미있었다. 그러나 문학의 세계에 푹 잠기는 일은 내게 일어나지 않았다. 시의 아름다움을 감상할 수는 있었다. 어디가 어떻게 아름다운지도 설명할 수 있었다. 그러나 거기까지였다. 아마도 한편으로 실용적인 기질을 타고난 모양이었다. 한층 더 깊은 문학의 세계로 들어가려 할 때마다 번번이 그 실용적인 목소리가 나를 막아섰다. 그렇게까지 분석할 필요가 있어? 그게 그렇게 중요한 문제야?

어쩌면 그랬는지도 몰라. 나는 생각했다. 내 안

의 실용적인 목소리가 무의식중에 예술적 욕망을 억눌렀던 건 아닐까? 이곳이야말로 돈을 벌면서 창작의 욕망까지 만족시킬 수 있는, 내게 '최적화' 된 직장 아닐까? 나는—순진하게도—그런 생각을 했다.

한편 동기들은 일을 잘 못했다. 팀장은 홍성식의 의견을 높이 평가하지 않았다. 그래서 그는 팀장과 점점 사이가 벌어졌다. 자신을 인정해 주어야 할 상사가 그러지 않자, 그는 상사의 자질을 의심했다. 팀장이 옛날 사람 같다고 했다. 퀄리티 높은 콘텐츠를 요구하는 것도 불만이었다.

"그렇게 해서 어느 세월에 일을 다 하냐고요. 오히려 길이도 짧고 대충대충 막 써야 더 진짜 같지. 대체 누가 그렇게 열심히 후기를 작성하겠어? 그거야말로 돈 받고 한다고 광고하는 거 아냐? 아니, 말해 봐요. 솔직히 내 말이 맞지 않아요?"

그가 나와 예린 씨에게 말했다. 팀장이 일하는 방식도 답답하고 성격도 답답하다고 했다.

"학교 다닐 때 많이 맞았을 것 같아요. 얼굴 한쪽을 반복적으로 처맞았나 봐."

그가 주먹으로 가격하는 시늉을 하며 말했다.

그는 내게도 불만이 많았다. 그렇게까지 일할 게 뭐 있느냐고, 그러지 좀 말라고 못마땅해했다. 경진 씨가 아직 어려서 모르는데, 그렇게 뼈를 갈아 넣어 봤자 미련한 짓이라며 비아냥거렸다.

그리고 예린 씨는, 사무실에서 노골적으로 찬밥 취급을 받았다. 나는 그녀를 보면서 일을 잘 못한다고 평가되는 것, 그것도 첫 직장에서 일을 잘 못한다고 낙인찍히는 것이 한 사람의 인생에 얼마나 큰 영향을 미치는지 알게 되었다. 몇 가지 상황이 겹쳐 일단 상사가 그런 견해를 갖게 되자, 스스로에 대해 홍성식만큼 자신감이 없던 예린 씨는 점점 더, 진짜로 일을 못하게 되었다. 반년 사이에 그녀의 얼굴은 놀랄 만큼 달라졌다. 내성적이지만 때로 굉장히 발랄하게 웃는 해맑은 사람이었는데, 자꾸 눈치만 살폈다. 회의에서도 의견을 내지 못했다. 팀장이 진행 상황을 물어보면 당황하며 대답조차 우물쭈물했다. 그녀는 업무뿐 아니라 모든 일에 대해 자신의 생각을 솔직하게 말할 자신감을 잃었다. 아주 작은 일이라도 견해를 말하지 못했다.

팀장은 홍성식에게는 감히 그러지 못하면서, 그녀에겐 짜증을 냈다.

"잘 모르겠으면 경진 씨한테 좀 물어보고 배우라고."

잔인하게 느껴질 만큼 싸늘한 얼굴로, 팀장이 그녀에게 말했다.

나는 저러지 않아서, 그러니까 일을 잘해서 다행이다 싶었다. 처음부터 동기들과 거리를 두길 잘했다는 생각도 들었다. 나는 대학로 인파 속에서 재화 언니가 해 주었던 말을 되새겼다. 굳이 회사 사람들과 사적인 친분을 맺을 필요는 없었다. 나는 내 일만 잘하면 된다.

예린 씨는 결국 1년을 채우지 못하고 퇴사했다. 홍성식은 영업팀장의 제안을 받아 영업팀으로 자리를 옮겼다. 고개를 들 때마다 낮은 파티션 너머로 보이던 그의 무테 안경 낀 윗얼굴이 사라지자 속이 후련했다. 그는 밖으로 돌며 업주들과 미팅을 했다. 나를 볼 때마다 이 업계에는 미래가 없다고 아는 척하며 열심히 일하는 내 기운을 빼놓으면서도, 어찌된 일인지 정작 자신은 그만두지 않고 계속 회사를 다녔다.

4

채털리 부인이 무엇 때문인지 '저품질'을 먹었을 때는 충격이 컸다. 처음엔 믿을 수 없었고, 여파가 오래갔다. 블로거들은 저품질에 걸린 걸 '무기징역', '안드로메다행'이라고 불렀고, 업계에서는 '총 맞았다'고 표현했다. 그러면 그냥 죽을 수밖에 없었다.

한번 불량 블로그로 분류되면 벗어나기 어려웠다. 아예 불가능한 건 아니었지만, 새 계정을 만드는 편이 빠르다는 건 분명했다. 어떤 글을 올려도 검색 결과에 노출되지 않았다. 선고 이유를 알려주지 않았기 때문에, 뾰족한 해결책도 없었다. 추측은 가능했다. 그 주에 광고 글을 두 번 올렸는데, 그 두 건 모두 조회 수가 무척 높게 나왔다. 불법 프로그램을 쓴 어뷰징으로 간주됐을 가능성이 있었다. 나는 다른 업체를 의심했다. 일부 업체에서 검색 결과 상단에 있는 글을 끌어내리고 자리를 만들기 위해 매크로 공격을 하곤 했다. 끌어내리고 싶은 글의 조회 수를 일부러 폭발적으로 올려 주어, 포털 모니터링 팀의 시야에 포착되길 노리는 수법이었다.

결국에는 채털리 부인의 죽음을 받아들여야만 했다. 그래도 계정은 삭제하지 않았다. 그러기엔 그동안 쌓은 포스팅이 너무 아까웠다. 그것들이 전부 사라져 버린다고 생각하자 상실감이 밀려왔다. 채털리 부인이 의식 없이 누워 있을지라도, 그래도 가끔 방문해서 그녀를 볼 수 있는 가능성을 남겨두고 싶었다. 예전에는 어떻게 썼었지? 싶을 때마다 그녀를 방문해 기록을 훑어보았다. 그러면 그 글을 쓸 때의 열정이 되살아나는 듯했고, 거의 순수하게 느껴지는 밀도 높은 에너지가 다시 나를 데워주었다.

그러던 11월의 어느 날 밤이었다. 그날 나는 늦게까지 야근을 하고 있었다. 유독 힘든 날이었던 것을 기억하고 있다. 그날 나는 수십 개의 블로그에서 수십 명이 되어 리뷰를 썼다. 30명이 넘어갈 즈음엔 의식이 몽롱했다. 그야말로 타자 치는 기계였는데, 차라리 진짜 기계라면 편할 것 같았다. 재깍재깍 다음 사람이 될 수 있을 테니까. 나는 스스로 기계라고, 다이얼을 한 칸 돌리면 다른 채널로 바뀌는 머신이라고 중얼거렸다.

남아 있던 직원들이 하나둘 퇴근하고, 나도 슬슬

가야겠다고 생각했다. 하던 일을 정리하고 프로그램을 종료하기 전 오랜만에 채털리 부인을 방문했다. 그녀는 거기 그대로 있었다. 모든 기록을 간직한 채. 마지막 포스팅 날짜까지 그대로였다. 그녀의 삶은 얼음 속에 보존되어 멈춰 있었다.

별생각 없이 쪽지함을 열었다. 예전에 이웃들과 주고받은 쪽지들 맨 위로, 아직 읽지 않은 새로운 쪽지가 와 있었다. 최근에 받은 것이었다.

메시지를 클릭했다. 글씨가 빼곡했다. 광고인가, 싶었는데 광고는 아니었다. 블로그 이웃이라는 여자였는데, 그 여자는 자신을 B기업의 뿌리는 살균제 피해자라고 소개했다. 두 아이 중 갓난아기를 잃었고, 다섯 살 아이는 폐가 손상돼 평생 산소 호스를 끼고 살아야 한다는 진단을 받았다고 했다. 이것이 B기업의 뿌리는 살균제 '뽀송이' 때문이라는, 그 안에 포함된 독성 물질 때문이었다는 사실을 알게 되기까지 긴 시간이 걸렸다고 했다.

—채털리 부인님이 올린 후기를 보고 구매해서 쓰기 시작했거든요. 날마다 사용한다고 했는데 괜찮으신지…… 아무 일 없으시길 바라지만 혹시나 무슨 일이 있었다면 이쪽으로 연락 주세요.

이게 무슨 소리지.

메시지 끝에 적힌 링크를 클릭하자, 새 창이 뜨면서 신문 기사로 연결되었다. 큼직한 사진이 먼저 눈에 들어왔다. 로켓 모양의 산소통을 껴안고 휠체어에 앉아 있는 어린 남자아이의 사진이었다. 그리고 그 아래에는, 내게는 한층 더 충격적으로 보였는데, 턱 아래에 세탁기 호스 같은 굵은 인공호흡 장치를 연결한 한 중년 여성의 사진이 있었다. 싸한 전율이 배 속에서부터 퍼져 나가면서 양손이 싸늘하게 식었다. 인간의 몸이 호스 달린 기계와 결합된 이미지는 언젠가 SF 애니메이션에서 봤던 가상 미래 속 캐릭터를 연상시켰다. 그러나 물론 전혀 그런 게 아니었다.

몸을 돌려 뒤를 둘러보았다. 빈 의자들만 정적 속에 놓여 있었다. 나는 채털리 부인의 블로그 내 검색창에 '뽀송이'를 입력했다. 천 건이 넘는 포스팅 중에서 즉시 하나의 게시글이 검색되었다.

전혀 기억에 없지만, 내가 쓴 글이 맞았다. 침구며 패브릭 소파, 아기용품에 날마다 뿌리고 있다고, 간편한 데다 마음까지 뽀송뽀송해지는 기분이라고 쓰여 있었다.

—아기 있는 집이라면 무조건 추천이에요~~^^

심장이 세게 뛰고 있었다. B기업 살균제에 대해서는 들어 본 적이 있었다. 뉴스에서 봤고, 사람들이 얘기하는 것도 들었다. 하지만 내가 사용 후기를 올린 적이 있을 거라고는 생각지 못했다.

내가 언제 이런 글을 썼지?

포스팅 날짜를 보니 벌써 2년이 다 되어 가는 일이었다. 여전히 어안이 벙벙했다. 내가 2년 전에 쓴 뽀송이 리뷰, 그리고 지금 여자가 내게 보낸 메시지 사이에 무슨 상관이 있다는 것인지, 둘 사이가 연결되지 않았다. 이 사람은 왜 내게 메시지를 보낸 거지.

나는 아이디를 클릭해 여자의 블로그에 들어갔다. 개설한 지 5년째인 블로그였다. 메뉴별로 차곡차곡 게시글이 쌓여 있었고, 총 방문 누적수며 이웃 수를 보니 한때 활발하게 활동한 흔적이 보였다. 포스팅은 끊겼다가 최근에 다시 시작되었는데, 최근 글은 거의 B기업 뽀송이와 관련된 기사를 갈무리한 것이었다.

과거의 포스팅을 훑어보았다. 잔디밭을 배경으로 돗자리에 앉아 있는 아이들의 사진이 있었다.

아이들과 함께 찍은, 그 여자의 얼굴이 절반을 차지한 셀카도 있었다. 한때 활발하게 활동한 이웃이라면 내가 이 사진들을 보았을 수도 있었다. 그러나 기억은 나지 않았다. 나는 모든 블로그 이웃들에 대해, 진짜 이 사람이 아닐 수 있다는 전제를 깔아 놓고 있었다. 이 여자에 대해서도 그렇게 생각했을 터였다.

화살표를 계속 눌러 과거로 거슬러 올라갔다. 내가 뽀송이 후기를 올린 시점으로. 끝이 없는 집안일의 고달픔을 토로한 글, 로봇 청소기와 가스 빨래 건조기 정보를 갈무리한 글이 눈에 띄었다. 몇 건의 글에서 그녀는 가사 노동의 수고를 덜 방법을 찾고 있었다. 뽀송이 후기의 문구가 떠올랐다. 옷이며 패브릭 제품에 뿌리기만 하면 되니까 간편하다는.

이 사람이 나를 찾아오면 어떻게 하지? 갑자기 그런 생각이 들었다. 어느 순간, 나는 그녀와의 대면 상황을 상상하고 있었다. 나를 찾아와 물어보면 뭐라고 말하지? 나 때문에 뽀송이를 쓰게 됐다고 말해서 경찰이나 누가 찾아오기라도 하면. 한 번 쓰고 그 뒤로는 쓴 적이 없다고 발뺌할까. 그런데 내가 주부가 아니라는 걸 알게 될 텐데. 아이도 개도 없고, 실은 뽀송이를 사용한 적도 없다는 게 밝혀지면, 문제가 될까? 그게 처벌감이 되나? 나 때문에 회사에 말썽이 일어나면 어떻게 하지.

시계를 보니 10시가 넘어 가고 있었다. 컴퓨터 본체만 윙윙거리는 정적 속에서 나는 다시 쪽지함을 열어 그녀가 보낸 메시지를 처음부터 읽어 내려갔다. 한 줄 한 줄 읽으면서, 나는 상황을 완전히 오해하고 있다는 걸 깨달았다. 그녀는 혹시 나와 나의 가족도 피해를 입지 않았는지, 살균제 때문인데 모르고 있지는 않은지 묻고 있었다. 피해자들의 집단 소송에 대해 알려 주었다. 나를 탓하는 게 아니었다. 그녀는 나를 자기와 같은 피해자라고 여기고 있었다.

점차 심장 박동이 안정되었다. 왜인지 모르지만, 반사적으로 그녀가 내게 화를 내고 있다고, 따져 물으려고 메시지를 보냈다고 생각했던 것이다. 다시 한번 메시지를 훑어보았다. 그녀가 내게 찾아올 가능성은 없어 보였다. 그런 일은 일어나지 않을 것이다.

그제야 나는 한숨을 내쉬었다. 정수기로 가서 물

을 마시고, 다시 자리로 돌아왔다. 천을 꺼내 안경 알을 닦았다. 그러면서도 마음 한켠에서 나는 가상의 답변을 계속하고 있었다. 아무도 찾아오지 않을 거라는 사실을 이해하면서도, 그러자 더 좋은 답변들이 떠올랐다. 그녀가 채털리 부인의 후기를 읽고 뽀송이를 샀다는 걸 어떻게 알아. 그게 증명이 가능한가. 그녀와 나는 블로그 이웃일 뿐 따로 친분이 있는 사이도 아니었다. 다른 곳에서 먼저 정보를 접해 놓고 잊었을 수도 있는 일이었다.

집으로 돌아가는 길에, 캄캄한 창밖으로 눈발이 흩날렸다. 그해의 첫눈이었다. 바람을 따라 잠깐 흩날리다 흩어져 버리는 가루 같은 눈이었지만, 첫눈이라고 버스 안 여기저기서 작게 탄성이 터졌다. 사람들은 창문을 열고 사진을 찍어 친구에게, 연인에게 전송했다. 버스 안으로 차가운 눈이 섞인 밤공기가 밀려들었다.

집에 들어오니 씻고 잠자리에 들어야 할 시각이었다. 불을 끄고 이불을 덮고 누웠다. 정말 끔찍한 일이야. 나는 생각했다. 그래도 뒤늦게나마 이유가 밝혀져 다행이었다. 소송이 진행되고 있으니 합당한 보상을 받겠지. 진심으로 그러길 빌었다. 기사에 실려 있던 사진들이 떠올랐다. 그 사람들은 살아 있고 숨을 쉬는 한 평생 산소통과 거기 연결된 호스, 호흡기에서 분리될 수 없었다.

나는 돌아누우며 생각했다.

그 사람들에게 합당한 보상이라는 게 뭘까. 그런 게 있을까.

5

다음 날 나는 일찌감치 출근했다. 사무실은 어젯밤 불을 끄기 전 보았던 풍경 그대로, 지난밤 가두어진 정적 그대로였다. 나는 책상 뒤를 돌아다니며 창문을 열었다. 그리고 자리에 앉아 컴퓨터 전원을 켜고 채털리 부인 계정에 접속했다. 곧장 설정으로 들어간 다음 '계정 삭제' 버튼을 눌렀다. 그렇게 채털리 부인은 데이터베이스의 심해 속으로, 다시는 불러올 길 없는 장소 어딘가로 사라졌다. 이로써 메시지를 보내 온 여자가 내게 닿을 방법도 없어졌다.

그날도 해치워야 할 긴 리스트가 기다리고 있었

다. 고만고만한 식당들, 고양이 용품 쇼핑몰, 식품 브랜드에서 론칭한 즉석 국 5종, 안구 세척제, 탈모 샴푸 등등등. 몇몇 후기를 작성할 때 전에 하지 않던 생각들이 스쳐갔다. 그러나 그때로 돌아간다 해도 나는 뽀송이를 정성껏 리뷰했을 것이었다. 불법 대부업 광고도 아니고, 그냥 가정용 살균제였다. 대기업에서 만들었고, 전국의 마트에서 팔린 제품. 거기에 치명적인 독성 물질이 들어 있다는 걸 알 방법은 없었다. 그건 해롭지 않은, 해로울 리가 없는 제품이었다. 그래야 마땅했다.

그 후로 한 번씩 뽀송이를 검색해 새로운 뉴스가 있는지 살펴보았다. 사건의 전모를 보며, 나는 좀 충격을 받았다. 문제를 파악한 B기업은 선수를 쳐 국내 최고 권위의 연구소에 비용을 얹어 주며 안전성 테스트를 의뢰했고, 자신들에게 불리한 결과를 최종 보고서에서 누락시킨 정황이 드러났다. 그들 뒤에는 법무법인이 있었다. 이 나라 최고의 사법 엘리트들이 일하는 법무법인이 이 과정에서 조언을 제공했다. 결국 그 보고서로 인해 뽀송이와 폐 손상 사이의 연관성을 입증하는 데 몇 년이 더 걸렸다. 그래도 기업은 사과조차 하지 않고 있었다. 사람들은 산소통을 매단 환자를 휠체어에, 의료용 침대에 싣고 나왔고, 기자회견장에서 바닥을 구르며 울었다.

나는 한숨을 쉬며 뉴스 창을 닫았다.

얼마 뒤, 이번에는 살균제 치약 사건이 터졌다. 뽀송이에 함유된 독성 물질이 시중에 유통 중인 치약에도 들어갔다는 발표가 나왔다. 그날 퇴근해서 세면대에 꽂힌 치약을 확인해 보았다. 살균제 치약 목록에 올라 있는 제품이었다. 수납장을 열어 보니, 새 튜브가 두 개나 있었다. 마트에서 구입한 치약은 환불해 준다고 했지만, 언제 어디서 샀는지 기억도 나지 않았다. 나는 치약을 전부 쓰레기통에 버렸다.

동네 슈퍼 진열대에는 치약들이 그대로 쌓여 있었다. 이중에 목록에 없던 게 뭐더라. 스마트폰을 꺼내 검색하는데, 문득 피로가 몰려왔다. 검색된 것은 미백 기능성 치약 후기들이었다. 전부 광고였다.

이놈의 쓰레기 포스팅들 진짜 짜증나. 그렇게 생각하면서 나는 스스로도 어이가 없어 작게 웃었다.

다음 날 점심을 먹고 사무실에 들어가보니 직원들이 치약 얘기를 하고 있었다.

"우리집엔 한 다스가 있더라니까."

"저희 집에도요. 추석에 선물 세트 받았던 건데 그것도 환불할 수가 있나?"

"지금까지 잘만 썼는데 뭐. 괜찮아! 안 죽어!"

나는 그들의 잡담을 들으면서 전날 새로 산 치약과 칫솔을 꺼냈다. 그때 팀장이 자리에 앉은 채 고개를 들고 대화에 끼어들었다.

"계속 썼으면 어떻게 됐을지 누가 알아. 잇몸에 염증이 생겨도 치약 때문인지 몰랐겠지. 뽀송이도 그것 때문인 줄 알기까지 그렇게 오래 걸렸다는 거 아냐."

다른 직원들과 달리 심각하게 받아들이는 목소리였다. 그날 오후 그와 나란히 복도를 걷게 되었을 때, 나는 문득 그에게 말을 꺼냈다.

"팀장님, 그 뽀송이 말이에요. 뿌리는 살균제."

"응, 그거 정말 말도 안 되는 이야기더라."

점심시간에 주고받은 대화의 여운이 되살아나는지 그가 관심을 보였다.

"네. 그런데 생각해 보니까 저희도 홍보한 적이 있더라고요. 제가 리뷰했던 기억이 나요."

잠시 말이 없었다.

"그랬어? 그거 진짜 나쁜 놈들이더만. 어떻게 그

런 일이 있냐."

그는 걸음을 멈추지 않았다.

"그러게 말이에요. 앞으로 뭘 믿고 쓰겠어요."

나는 그를 따라 보조를 맞추며 말을 이어 가려
했다. 그러나 그걸로 대화는 끝이었다. 그는 걸음을
빨리했고, 나는 점점 멀어지는 그의 작은 뒤통수와
목, 좁은 어깨를 보며 뒤에서 따라 걸었다. 별생각
없이 충동적으로 꺼낸 말이었는데, 막상 그가 그냥
걸어가 버리자 순간 터무니없을 정도로 몹시 서운
한 마음이 들었다. 복도에 혼자 버려진 것 같은 기
분이었다.

왜 이래? 뭘 원했던 거야?

나는 당혹스러워 스스로 다그쳤다.

그때 나는 그가, 적어도, 대화를 더 이어 주길
바랐던 것 같다. 내 기분을 알은척해 주길 바랐다.
같은 일을 하는 사람과 얘기해 보고 싶었고, 그것
만으로도 숨통이 트일 것 같았다. 나보다 더 삶의
경험이 많은 이로부터 내가 미처 생각지 못한 관점
의 말을 듣길 기대했다. 아마도 우호적이지만 균형
잡힌, 그런 말을. 내가 아직 나이가 어려 모르는,
그런 게 있을 것 같았다.

하지만 그는 빠르게 걸어 사무실로 들어가 버렸다. 나중에라도 그가 한마디 해 주지 않을까 싶었지만, 그는 그 화제를 다시 입에 올리지 않았다. 아마 너무 바쁘고 압박을 느끼고 있어서, 회사 일 말고 다른 문제에 신경을 쓸 시간과 여유가 없었을 것이다. 까맣게 잊어버렸을 가능성도 있었다. 그 무렵 그는 정말로 옆에서 보면 어떻게 정신을 챙기나 싶을 정도로 궁지에 몰려 있었으니까.

돌이켜보면, 이미 업계의 상황은 혼란 속으로 빨려 들어가고 있었다. 3월 말 N포털이 예고한 기자회견을 앞두고 긴장감이 감돌았다. 하지만 그때까지도 나는 상황 파악을 못하고 있었다. N포털은 기자회견에서 신뢰도 있는 콘텐츠 생태계를 위해 검색 알고리즘을 대폭 바꾼다고 발표했다. 그러고는 그때까지 속설과 루머로만 전해졌던 알고리즘을 공개, 배포했다. 이후로 최적화 블로그의 게시글이 검색 결과 상단에 나오지 않았다. 최적화 블로그가 유일한 수익 모델이던 소규모 회사들은 속수무책이었다. 우리는 월가의 사무실 직원들처럼 종이 상자에 소지품을 챙겼다. 영화 속 인물을 연기하는 것처럼 현실이라는 실감이 없었다. 이후로 업계가 통째로 망해 버리는 걸 보면서, 나는 어안이 벙벙했다.

　송별회도 없고, 공식적인 식사 자리도 없었다.
팀장이 내게 다가와 마지막으로 인사하며 말했다.
경진 씨는 앞길이 창창하지. 아직 20대잖아. 나이
도 어린 데다 워낙에 일머리가 좋으니까. 어디 가서
든 잘할 거야.

　그러고는 쑥스럽게 웃으며 말했다.

　"나중에 내가 회사 차릴 때 연락하면 바로 온다
고 약속해."

　나는 애매하게 웃어넘겼지만 그런 일은 절대 없
을 거라는 걸 알고 있었다. 따져 보면 나를 높이 평
가해 주는 말인데도, 그때 내겐 그 말이 뻔뻔하게
여겨졌다. 곱씹을수록 불쾌했고, 화가 났다. 바로
온다고 약속해. 마치 그동안 자기가 내게 굉장히
잘해 주었던 것처럼. 내가 굉장히 대우받으며 일했
던 것처럼. 심지어 질문형도 아니었다. 물을 필요도
없다는 듯이, 나도 당연히 자신과 일하고 싶을 거
라는 듯이 말이다. 나는 그에게 혐오감을 느꼈다.

6

그리고 지난 주말, 나는 예린 씨를 우연히 마주쳤다. 명동 백화점 앞 넓은 길이었다. 오가는 사람도 많았는데, 모른 체할 수 없을 정도로 정면으로 마주쳐 버렸다. 우리 두 사람은 사회의 예절대로, 정말로 반갑다는 듯 인사를 나눴다. 어머, 잘 지내시죠? 이게 얼마 만인가요. 우와, 벌써 그렇게 됐나요.

"백화점 가시는 거예요?"

내가 물었다.

"아, 아니에요. 저 이 근처에서 일해서요."

"그렇구나."

예린 씨가 지금은 무슨 일을 하는지 궁금했지만 묻지는 못했다. 나는 예린 씨에게 나도 그 회사를 오래전에 그만두었다고 말했다. 그녀는 고개를 끄덕였을 뿐, 별다른 말은 하지 않았다.

"그럼, 안녕히 가세요."

잠깐 동안이지만 나는 그녀에게서 어색함, 어쩐지 주눅든 것 같은 표정을 볼 수 있었다. 내가 기억하는 표정이었다. 일을 못한다고 낙인찍힌 사람의 얼굴. 완전히 배어 버린 자신감 없는 태도.

예린 씨와 인사를 나누고 돌아서서 몇 발짝 걷는데, 갑자기 그녀가 퇴사할 무렵 나누었던 대화가 떠올랐다. 그러자 얼굴이 확 달아올랐다. 그녀는 기운 없는 모습으로, 자기는 이 일이 적성에 맞지 않는 것 같다고 말했었다. 이 일이 좋아지지가 않아요. 그때 나는 입가에 떠오르는 우월감을 최대한 억제하며, 마음속으로 비아냥거렸다. 그게 아니라 일을 못하는 거겠지. 그래서 쫓겨나는 거잖아.

그러고 나서 그때 나는 그녀에게 말했다.

"정말요? 저는 이 일이 진짜 적성에 잘 맞는 거 같은데."

그녀는 진심으로 동조해 주었다.

"네, 경진 씨는 정말 그런 것 같아요."

그녀가 그 말을 기억하고 있을까? 나는 그녀를 쫓아가 정정하고 싶은 다급한 욕망에 휩싸였다. 그땐 몰랐는데, 저도 그렇게 적성에 맞았던 거 같진 않아요. 그렇게 말해야만 했다.

나는 몸을 돌려 그녀의 뒷모습을 찾았다. 하지만 이미 그녀는 인파 속으로 멀리 사라지고 있었고, 나는 잠시 그 자리에서 대로를 바삐 오가는 사람들과, 크로스백을 메고 손에 핫도그를 든 관광객들, 그리고 그들 사이로 여기저기서 푸드덕푸드덕 날아오르는 비둘기들에 넋을 빼앗긴 사람처럼 멍하니 서 있었다.

나의 첫 직장, 나는 그곳에서 26개월간 일했다. 스물여섯 봄부터 스물여덟 여름 무렵까지다. 사무실 문을 열고 들어갈 때 얼굴에 확 와 닿던 건조한 공기며 흰 책상들이 놓여 있던 모습이 선명하다. 하지만 그곳에서 있었던 일들은 입에 올리지 않게 되었다. 어쩌다 첫 회사가 화제에 오를 때면, 작은 광고대행사에 다녔다고만 대답한다.

하지 않는 말들은 그것 말고도 또 있다. 별것 아니지만, 이를테면 이런 것. 그곳을 나온 이후 나는 『채털리 부인의 연인』을 읽을 수 없게 되었다. 책장에 꽂혀 있으나 어쩐지 펼쳐 볼 마음이 일지 않는 책. 나는 어디에서도 『채털리 부인의 연인』을 좋아한다고 말하지 않는다. 나는 그런 사람이 되었다.

드림팀

일요일 오후, 선화가 집 앞 마트에서 나오는데 점 퍼 주머니 속에서 휴대폰이 울렸다. 선화는 깜박이 는 액정을 보고 잠시 망설이다 한손에 비닐봉지를 옮겨 들고 전화를 받았다. 여보세요?

"선화 씨, 나 임은정이야. 지금 통화 돼?"

선화는 헛기침을 했다. 왠지 긴장이 되었다.

"네, 팀장님."

"안 받을 줄 알았는데, 받네."

그 말을 듣자 기분이 상했다. 괜히 받았나. 안 해 도 좋을 말로 사람 기분 나쁘게 만드는 건 여전하구나.

"잘 지내? 자기 목소리 듣는 거 정말 오랜만이
다."

"네. 팀장님도 잘 지내시죠? 무슨 일로……."

"요즘 바빠? 얼굴 한번 봤으면 해서."

선화는 가로수 아래, 거대한 플라타너스 낙엽 위
에 서 있었다. 갑자기 왜 만나자는 거지. 망설이는
기색을 감지했는지 그녀가 말했다.

"나 회사 그만둔 지 좀 됐어. 일이랑은 상관없이
그냥 한번 보자고 연락한 거야. 내가 자기 회사 쪽
으로 가도 되고."

선화는 그녀가 반년 전 회사를 그만둔 사실을
알고 있었다. 미미 선배가 메신저를 걸어와 알려 주
었다. 선화가 이직한 뒤에도 미미는 가끔씩 연락을
해 왔다. 친한 사이도 아니었는데 그랬다. 대개 선
화를 떠보거나―옮기니까 좋아? 거기 분위기는 어
때?―아니면 뭔가 입이 근질거릴 때였다. 그날도
형식적으로 안부를 묻더니, 슬쩍 흘리듯 말했다.

―임은정 팀장님 이번 달까지만 일하는 거 알
아?

순간 뭔가 큰일이 있을 거라는 생각이 들었다.

팀장이 아프거나, 무슨 병이 발견됐다거나 그런 종
류의 일. 그렇지 않고서야 그녀가 회사를 그만둘
리가 없었다.

—무슨 일인데요?

선화가 물었다.

—음, 복합적이긴 한데. 애 문제가 제일 크지 뭐.

—준이가 왜요?

—전부터 문제가 좀 있었잖아. 상담받는 건 알고
있었는데, 우리도 그렇게 심각한 줄은 몰랐어.

—팀장님 없이 회사가 돌아가긴 해요?

—흠…… 두고 보면 알겠지.

김미미는 임은정 팀장에 대한 감정이 좋지 않았
다. 선화가 기억하기에 그 두 사람은 사이가 좋았던
적이 없었다. 미미는 옆 팀이었지만 한 사무실을 썼
다. 김미미는 그야말로 거대한 구멍이었다. 일을 못
하는 데다 눈치마저 없었다. 어찌 생각하면 눈치가
없으니 버틸 수 있었을 것이다. 때로는 일을 못하는
건지 안 하는 건지 분간이 되지 않았다. 밀린 업무
가 많다고 푸념하면서도 야근할 때 지나가다 보면
인터넷 반려동물 카페에 들어가 남의 집 고양이 사
진을 보고 있었다.

김미미에게 넘어간 서류는 돌아오지 않았다. 물어도 알았다고 말할 뿐이었고, 급할 땐 아예 옆에 서서 지키고 있어야 했다. 그러면서도 선배 티를 내며 조언하려 드는 스타일이었다. 선화는 소심한 성격이라 자기보다 연차 높은 선배에게 업무를 재촉하기가 어려웠다. 한번은 그날 중으로 시청에 제출해야 하는 서류를 주지 않았다. 오전 내내 전전긍긍하다 점심시간 전에 말하러 갔다. 그때 임은정 팀장이 자리에서 벌떡 일어났다.

"지금 내가 듣는 것만 해도 선화 씨가 몇 번을 얘기했는데, 그걸 아직도 안 넘겼어? 뭐하는 거야 진짜? 애한테 똑같은 얘기를 몇 번을 하게 만들어!"

김미미는 고개를 들지 못했고 선화는 눈물을 찔끔 흘릴 만큼 속이 시원했다. 누군가 자신을 위해 이렇게 나서 준 적이 있었던가. 그런데 임은정이 나중에 선화를 회의실로 따로 불렀다.

"자기한테도 문제가 있어."

선화는 무슨 말인가 싶어 그녀를 봤다.

"자기가 만만하니까 그러는 거야."

그러더니 본인도 처음에 일할 때 꼭 '자기' 같았다고 했다. 회사 일이란 게 서로 좋은 얼굴로만 할 수 있으면 좋겠지만, 그럴 수 없다고.

"왜냐면, 사람이 그렇거든."

그녀가 옆에 앉아 말했다.

"내가 네, 네, 할 때는 이거 언제까지 해 줘, 이러던 사람이 몇 번 까칠하게 굴면 다음에는 와서 이것 좀 언제까지 해 줄 수 있을까? 이렇게 묻는다고."

기분은 나빴지만, 인정할 수밖에 없었다.

"어쨌든 돈은 우리 팀에서 나와. 직원들 통장에 돈 넣는 사람도 우리야. 당당하게 해. 사무실을 전쟁터라고 생각해. 사교 생활하라고 자기 뽑은 거 아니야."

자리에서 일어서기 전 그녀가 한 말이었다.

선화는 면접 때 봤던 그녀를, 처음 봤을 때 그녀가 자신에게 어떻게 보였는지를 기억했다. 왼쪽 맨 끝에 앉은 커트머리에 작고 네모난 무테 안경을 낀 여자였다. 희고 긴 얼굴에 차갑게 보이는 인상이었다. 질문은 별로 하지 않았고, 무표정으로 자신을 뚫어지게 응시하다 때때로 가죽 표지를 씌운 다이어리에 뭔가를 적었다. 합격 전화를 받고 상사가 그 사람만 아니길 바랐는데, 출근해 보니 바로 그 사람이었다. 그러나 의외의 면도 있었다. 첫날 밖에서

둘이 점심을 하자고 선화를 데리고 나갔는데, 그녀는 운전을 잘 못했다. 네비게이션이 가리키는 우회전 길목을 지나쳤고, 다음엔 그전 갈림길에서 핸들을 꺾었다.

"내가 몇 미터, 이런 감이 좀 없어."

그녀가 네비게이션 화면을 터치하며 애써 아무렇지 않은 듯 말했다.

선화는 조수석에 앉아 웃음을 참았다. 선화는 운전면허증조차 없었지만 그래도 네비게이션이 가리키는 20미터 앞이 어딘지는 알 수 있었다. 다음 갈림길 앞에서 자기도 모르게 외쳤다.

"지금이요, 팀장님!"

"지금? 지금?"

"네, 지금! 지금!"

그들은 식당에 도착해 설렁탕을 주문했다. 팀장은 이런저런 조언을 해 주었다. 그리고 선화를 뽑은 이유는 단 하나, 한눈 안 팔고 제일 열심히 할 것 같아서라고 했다. 선화는 얼굴이 굳는 걸 느꼈지만 고개를 깊이 끄덕이며 들었다.

"정말 열심히 하겠습니다. 그거 하나는 제가 자신있게 말씀 드릴 수 있어요."

선화는 충북이 고향이었고 거기서 대학까지 다녔다. 임용 시험을 보고 그 지역에서 계속 일할 작정이었지만 그렇게 되진 않았다. 세 번 떨어진 뒤 서울로 가기로 마음먹었다. 모든 걸 새로 시작하기로. 별 볼 일 없는 고향 도시와 무식한 가족으로부터 벗어나고 싶었다. 부모는 그녀에게 못할 거라고 했다. 아무런 경험도, 경력도 없는 네가 어떻게 서울에서 직장을 구하겠냐고. 그녀도 두려웠다. 맞는 말인 것처럼 느껴질 때가 있었다. 그러나 그녀는 해냈다. 그리고 출근 일주일 전에 혼자 서울에 올라와 고시원을 구했다. 보증금을 모을 때까지 거기서 지낼 생각이었다. 임은정은 설렁탕을 한 숟갈 한 숟갈 먹으며 그 모든 이야기를 꼼꼼히 들었다. 회사 주차장에 차를 대고 엘리베이터를 기다릴 때 그녀가 말했다.

"고시원에 산다는 얘기, 회사에서 또 누구한테 한 적 있어?"

선화는 없다고 대답했다.

"그 얘기는 하지 마. 사람들이 어떻게 생각할지 모르니까. 누가 물어보면 그냥 방 구했다고만 해."

반사적으로 알겠다고 대답하는데, 속이 뜨거워

졌다. 엘리베이터가 왔고, 선화는 다른 얘기를 이어
갔다. 방금 전 자신이 느낀 감정이 뭔지 정확히 알
지 못한 채. 그냥 제일 성실할 것 같아 뽑았다고 했
을 때 느낀 기분이었다. 가슴께에서 막 고개를 내
민 연한 싹에 끓는 물이 한 바가지 끼얹어진 듯한.

그렇게 사회생활이 시작되었다. 선화는 그녀에게
서 모든 걸 배웠다. 전화 응대하는 법, 업무상 통화
를 그날그날 다이어리에 전부 기록으로 남겨 두는
것하며, 파일 철하는 법, 컴퓨터 바탕화면 폴더를
정리하는 법 등등. 그때 선화는 스물일곱이었다. 그
리고 그녀는 인생에서 처음 만난 상사였다. 비교 대
상도 없었고, 그럴 생각조차 없었다. 첫사랑처럼.

그녀는 큰 키에 비쩍 말랐고, 코가 홀쭉하고 길
었다. 입을 다물고 일에 몰두할 때는 그 코가 더 길
어 보였다. 처음에는 몰랐지만 뒷모습을 보면 외국
여자들처럼 골반이 컸다. 그리고 진정한 워커홀릭,
일 중독자였다. 아이가 하나 있었지만 그녀는 사무
실의 그 누구보다도 오래 일했다. 그러면서도 이상
하게 회사 안에서 기를 펴지 못했다. 당시에는 아이
가 유치원에 다녔는데, 교사에게서 가끔 전화가 걸
려 왔다. 선화는 그녀가 복도 끝에서 한쪽 손으로

입을 가리고 통화하는 모습을 종종 보곤 했다. 크리스마스를 앞둔 어느 날, 그녀는 점심에 유치원에 다녀오겠다고 나갔다. 1시 30분쯤 송구스러워하는 얼굴로—가끔 정시에 퇴근할 때도 그런 표정을 짓곤 했다— 사무실에 들어와 오후 내내 화장실도 안 가고 일만 했다. 그리고 그날 저녁에도 야근을 했다.

저녁을 시켜 먹으면서 그녀는 선화에게 점심 때 이야기를 해 주었다. 유치원에서 크리스마스 트리에 매달 과자를 준비해 오라고 한 날이었다. 먼저 트리 장식을 하고 나서 남은 과자를 먹기로 했는데, 준이가 장식도 하기 전에 보란 듯이 테이블 위의 과자를 먹어 치우기 시작했다고 했다. 아이들은 화가 났고 교사가 야단을 쳐도 준이는 과자 먹기를 멈추지 않았다. 준이의 행동이 점점 통제하기 힘들어진다고, 그녀는 몹시 괴로워하며 말했다.

"오늘은 일찍 들어가 보셔야 되는 거 아니에요?"

선화가 물었다.

그러나 그녀는 고개를 저었다.

"점심에도 늦었는데, 사람들이 뭐라고 생각하겠어."

그녀는 늘 사람들의 시선을 의식했다. 그리고 선

화 또한 자신이 의식하는 것들을 의식하도록 만들었다. 그 많던 금기들…… 여름이 되어 선화가 반바지를 입고 출근하던 날 아침, 멀리서 눈이 휘둥그레진 그녀가 빠른 걸음으로 복도를 지나, 책상 사이를 지나, 그녀에게 다가와 바지를 보며 말했다.

"세상에, 난 자기가 팬티만 입고 온 줄 알았어."

그녀는 책상을 짚고 다른 손을 자기 이마에 올렸다. 아, 놀래라. 그러고는 철없는 딸에게 하듯 손바닥으로 선화의 등짝을 세게 때렸다. 그날 선화는 종일 무릎에 담요를 덮고 있었고, 다시는 짧은 옷을 입지 않았다.

그래도 선화는 그녀의 유일한 부하 직원이었고, 그녀는 자기 방식대로 선화를 챙겼다. 과일이나 마른반찬을 가져다주기도 했고 어느 날은 비닐봉지에 잡채를 담아 주었다. 내 팀과 다른 팀의 구별이 엄격했고, 다른 팀원들에게 유독 공격적이었다. 누군가 다가와 업무에 관해 얘기할 때, 선화는 자신을 주시하는 그녀의 시선을 느꼈다. 조금이라도 무르게 대응하는 듯하면 파티션 너머에서 그녀가 고개를 들었다. 그러면 선화도 미간을 찌푸리고, 딱딱하게 말을 했다. 굳이 그럴 필요가 없다 싶은 상황에서도 그랬다. 그녀는 선화를 보며 고개를 끄덕였다. 잘했다, 칭찬하듯이. 다른 팀 직원과 편하게 이야기를 하다가도 그녀가 보고 있다고 생각하면 얼굴 근육이 경직되었다.

꼭 이렇게 해야만 할까? 이해되지 않는 일들은 많았다. 선화가 위층에서 당하고 오면 임은정은 싸우고 오라고 다시 돌려보내거나, 얘기를 들어보고 자기가 직접 등판하기도 했다. 뛰쳐나가는 그녀의 뒤를 불안한 마음을 안고 종종걸음으로 따라가던 긴 복도는 오래도록 기억에 남았다.

그들은 목요일 점심에 차를 마시기로 했다. 선화가 지정한 요일과 시간이었다. 평일 점심시간은 정해져 있으니 마음이 놓였다. 그녀의 말이 길어지더라도 1시가 되면 일어설 수 있다. 그녀를 마지막으로 본 건 회사를 그만두던 환송회 밤이었다. 그 이후로는 본 적이 없었다. 전화로 이야기를 나눈 적도 없었다. 무슨 얘기를 하자는 건가? 자기도 회사를 그만뒀으니 얼굴이라도 보고 지내자고? 이제 와서 굳이?

머릿속이 복잡한 채로 선화는 계단을 올랐다. 회

사에서 두 블럭 떨어진 건물의 카페였다. 그녀는 먼저 와서 안쪽에 앉아 있었다. 더 야윈 듯했고 쓸쓸한 표정이었다. 그래도 얼굴은 환했다.

"잘 지냈어?"

그녀가 낮은 목소리로 말했다.

"네일 했네. 예쁘다."

"아, 네."

선화는 자기 손톱을 보며 말했다.

"이거, 그냥 친구 아는 분이 가게 오픈했다고 해서, 같이 갔다가 싸게 받은 거예요."

아, 나 지금 구구절절 말하고 있어. 그러지 말자고, 선화는 마음속으로 다그쳤다. 먼저 말을 많이 하면 말려드는 거야.

"이렇게 얼굴 보니까 반갑다. 정말 오랜만이네. 자기 분위기가 좀 달라진 것 같다."

그 말을 들으니 가슴이 펴졌다.

"준이도 잘 있어요? 지금 몇 학년이에요?"

"응. 이제 4학년이야. 내년이면 5학년."

선화는 고개를 끄덕였다.

"자기 나이가 올해 몇이지?"

그녀가 물었다.

"서른셋이요."

그녀가 감탄하듯 고개를 끄덕였다. 초록색 앞치마를 두른 종업원이 고풍스러운 쟁반에 커피 두 잔을 받쳐 들고 왔다. 커피잔이 각자 앞에 놓이는 동안 둘 다 침묵을 지켰다.

"나 6월까지 다니고 회사 그만뒀어."

종업원이 멀어진 뒤에 그녀가 말했다.

"네. 미미 선배한테 들었어요."

"그래? 미미 씨랑은 연락하고 지내나봐?"

"아뇨. 그냥 그만두신다는 얘기만 들었어요."

"그래……."

그녀가 테이블 건너편에서 선화의 얼굴을 응시했다. 그러다 입을 열었다. 준이와 함께 상담을 받기 시작했는데, 상담만으로 될 일이 아니라는 걸 깨닫게 되었다고 했다. 그만큼 아이의 병이 깊었다. 회사에 사정을 설명하고 장기 휴가를 신청했지만, 받아들여지지 않았다.

이런 이야기를 하려는 건 아니라고, 바쁠 텐데 간단히 얘기하겠다고 그녀가 말했다. 아이의 문제 때문에 시작한 상담이 뜻밖에 인생을 돌아보게 만들었다고. 지금껏 살아온 방식, 세상 일과 사람들을 바라보고 대하는 방식에 심각한 문제가 있다는 걸 깨달았다고 했다.

"자기에 대해서도 많이 생각했어. 진심으로 사과하고 싶어. 미안해."

선화는 무슨 말을 해야 할지 알 수 없어 그녀의 얼굴을 쳐다보기만 했다. 이런 얘기가 나올 거라고는 예상하지 못했다. 거부감이 앞섰다.

"사실 미안하다는 말은 전부터 하고 싶었어. 근데 자기가 전화를 안 받았잖아."

"네, 그랬죠."

"자기도 참 그래. 차라리 전화번호를 바꾸지 그랬어."

그 말을 듣는 순간 누군가 작은 성냥을 그어 치익 불을 댕긴 것 같았다. 마음속에 저항감이 일었다. 내가 전화번호를 왜 바꿔. 당신이 나한테 그렇게 중요한 사람인 줄 알아? 항상 이렇게 다른 사람의 의중을 넘겨짚고 터무니없이 비약했지. 게다가 퇴사할 무렵 이미 둘 사이에 대화는 없었다. 사이에 금이 간 건 훨씬 전이었다. 언젠가부터 그 많은 금기들이 어리석은 일로 여겨지기 시작했다. 공격적인 업무 스타일만 해도, 원래 사회생활이 그런 게 아니라 그녀 또한 처음 일을 시작할 때 그렇게 배웠을 뿐이라는 생각이 들었다. 다른 방식으로는 사람을 대하지 못하는 것이다. 왜 꼭 전쟁처럼 해야 할까. 그렇다고 회사 일이 사교 생활이라는 건 아니지만······.

그녀는 선화가 달라진 걸 느꼈고, 업계 젊은 사람들의 모임에 나가더니 바람이 들었다고 했다. 다들 처음에 뽑을 땐 열심히 하겠다고, 평생 다닐 것처럼 그러지. 좀 지나면 똑같아지더라. 선화는 점점 그녀를 차갑게 대했다. 그럴수록 출근해서 책상에 먹을 것이 놓여 있으면 불편했고 오후까지 손을 대지 않고 그대로 놔두었다. 이게 더 나빠. 차라리 한 가지만 하라고. 선화는 생각했다. 악역을 할 거면 악역만 해. 죄책감 없이 미워할 수 있게.

그만두겠다고 말했을 때, 그녀는 못 들은 체했다. 고려할 가치도 없다는 듯이. 사직서를 봉투에 담아 내밀자 그제야 회의실로 불렀다.

"자기가 지금은 어려서 그렇게 생각할 수 있는데."

그녀가 한숨을 쉬며 말했다.

"우리 회사 정도면 편한 거야. 우리 회사도 물론 문제가 있긴 하지만, 물론 많지, 그렇지만 다른 덴 이렇지 않아. 진짜 경쟁이 치열해. 자기처럼 약한 스타일은 큰 회사 가서 못 버텨. 나한테 차근차근 일 배워서 여기서 팀장까지 해. 자기를 위해서 하는 말이야. 우리가 학력이 좋은 것도 아니고."

얼굴에서 확 열이 났다. 그 무렵엔 이미 알고 있던 사실이지만 그녀 역시 지방대 출신이었고 그 점에 열등감을 갖고 있었다. 왜 내가 못할 거라고 단정 짓는 거야? 그러면서도 한편 마음이 약해졌다. 선화는 그녀에게 물었다.

"팀장님은, 만족하세요? 팀장님이야말로 매일 야근하시고. 다른 데로 옮길 생각은 한 번도 안 해 보셨어요?"

"나는 회사에서 많은 걸 받았어. 준이 태어났을 때 육아 휴직도 1년이나 갔다 왔고. 우리처럼 작은 회사에선 육아 휴직 주면 타격이 커. 그래도 사장님은 한마디도 안하셨어."

"너무 회사 입장에서만 생각하시는 거 아니에요? 육아 휴직은 법으로 정해져 있는데요."

"그래. 근데 자기도 알잖아, 한국 사회가 그렇잖아."

그녀는 항상 한국 사회가 그렇다고 했다. 또는

사회생활이 그렇잖아. 사람들 시선이 그렇잖아. 남자들이 다 그렇잖아. 한국 사회에서 아직 여자는……. 선화는 복도에 서서 창문 너머로 그녀를 바라보았다. 거북목으로 모니터를 들여다보는 그녀의 옆얼굴. 너무 익숙한 풍경이었다. 여기 있으면 팀장님처럼 될 것 같아요. 선화는 생각했다. 전 팀장님처럼 살기 싫어요. 팀장님도 싫고 팀장님 인생도 싫어요. 팀장님은 영원히, 아무 변화도 없이 여기서 일하시겠죠. 근데 전 아니에요. 전 싫어요.

임은정이 커피잔을 받침에 내려놓고 말했다.

"나, 내년 봄부터 새로 일 알아보려고 해. 쉽지는 않겠지만. 다시 시작해 보려고."

선화는 깜짝 놀라 그녀를 쳐다보았다.

"그래서 그전에 꼭 자기를 한번 보고 싶었어. 그래야 나도 새 출발할 수 있을 것 같아서."

새 출발이라고? 내 새 출발을 그렇게도 막으려 했던 당신이? 그녀의 자리가 떠올랐다. 사무실 제일 깊숙한 곳, 사계절 내내 등받이에 회색 플리스가 걸쳐져 있던 회전 의자. 그녀가 다른 회사에서 일하는 모습을 떠올려 보았다. 상상조차 되지 않았다. 환송회 날에도 그녀는 코트 안에 그 회색 플리스를 입고 있었다. 처음에 퇴근 후 식당에 모였을 때는 그녀의 모습이 보이지 않았다. 나중에 홀연히 나타났는데, 두터운 코트 양 어깨에 소복이 눈이 쌓인 극적인 모습으로 식당에 들어왔다. 실연이라도 당한 듯한 얼굴을 하고. 사람들이 수군거렸다. 그녀는 선화 옆에 앉으라는 사람들의 권유를 마다하고 굳이 테이블 끝 귀퉁이에 앉았다. 슬픈 모습으로 먹지도 않고 말도 않고 물잔에 물만 따라 마셨다. 선화는 너무 부끄러웠다. 적어도 마지막엔 어른스러운 모습을 보여 주리라 기대했는데, 저것밖에 안 되는 사람이었나.

식사가 마무리되고, 돌아가면서 한 사람씩 일어나 선화에게 덕담을 했다. 임은정의 차례가 되자 일제히 시선이 쏠렸다. 그녀가 자리에서 일어났다. 두 손을 앞으로 모으고, 고개를 숙인 채 입을 열었다.

"오늘 이 자리에 와야 하나 정말 망설였습니다. 주차장에 차를 세워 놓고 들어갈까 말까 계속 몇 바퀴를 걷다 왔는데요. 저는 사실 아직도 인정을 못한 상태인데…… 어디 가서 잘할 사람이면 모르겠는데, 그것도 아니고."

선화는 입술을 깨물며 앉아 있었다. 앞자리에

앉은 직원들이 뜨악한 얼굴로 서로 눈짓을 주고받았다.

그녀는 술을 마시지 않았지만 집에 가지도 않았다. 선화는 그녀가 제발 가길 바랐으나 그녀는 노래방까지 동행해 코가 쑥 빠진 얼굴로 빅마마의 「체념」을 목놓아 불렀다. 행복했어, 너와의 시간들. 아마도 너는 힘들었겠지. 너의 마음을 몰랐던 건 아니야. 나도 느꼈었지만…… 노래방 안은 숙연했고 선화는 미칠 것만 같았다.

그날이 마지막이었다. 이후로 얼굴 볼 일은 없었다.

"난 네가 날 버렸다고 생각했어."

그녀가 말했다.

"그런데 상담 선생님이 그러더라고. 그게 아니라고. 나를 떠난 게 아니라, 다른 회사로 이직을 했을 뿐이라고."

선화는 그녀를 보고 있었다. 입을 굳게 다문 채로.

"뭐라고 말 좀 해."

그녀가 말했다. 그러나 선화는 정말 무슨 말을 해야 할지 알 수가 없었다. 머릿속이 뒤죽박죽이었다.

"이렇게 중요한 자리일 줄 몰랐네요."

"뭐라고?"

그녀는 변한 것 같지 않았다. 말귀를 못 알아듣는 것조차 그대로였다. 촌스러운 옷차림도. 그녀가 다른 회사에 가서 적응할 수 있을까. 젊은 직원들과 어울릴 수 있을까. 쉽지 않을 터였다.

"무슨 말을 해야 할지 모르겠어요."

선화가 굳은 얼굴로 말했다.

"왜 그렇게 내 전화 안 받았는지 물어봐도 돼?"

임계점을 넘은 듯, 마음속이 들끓기 시작했다. 선화는 작게 한숨을 쉬고 애써 웃으며 말했다.

"그럼 제가 전화를 받고 싶을 거라 생각하셨어요?"

그러고는 또 침묵이 흘렀다.

"끝까지 저한테 잘될 거라고 안 하셨죠."

선화가 덤덤하게 말했다.

그러자 그녀는 정말 미안하다는 얼굴로 말했다.

"난 정말 자기가 잘될 거라고 생각 못 했어."

모든 게 똑같았다. 순간 더 참을 수가 없었다. 선화는 자리에서 일어섰다. 머플러와 손지갑을 챙겨 계단을 향해 걸어갔다. 그녀는 따라오지 않았다.

뭐라고 부른 것도 같았지만 상관없었다.

유리문을 힘껏 밀고 보도로 나갔다. 영하의 차가운 바람이 밀려들었다. 선화는 바람을 맞으며 걸었다. 그녀와 함께했던 4년 반의 시간. 많은 일들이 머릿속에서 지나갔다. 갑자기 만나자더니 미안하다고요? 난 지금도 하루에도 몇 번씩 내 안에 있는 팀장님 목소리랑 싸워요. 넌 너무 약해. 넌 못할 거야. 후배들한테 혹시 팀장님처럼 하고 있지 않나 늘 깜짝깜짝 놀라요. 그런데 이제 본인은 상담받고 다 극복했고 새 출발한다고? 기습적으로 연락해서 미안하다고 하면 끝이야?

이런 기분으로 일하러 들어갈 수는 없었다. 선화는 건물 사이로 들어가 빈 분수대 옆 벤치에 앉았다. 벤치는 싸늘했고 턱이 덜덜 떨렸다. 무슨 일이 있어도 팀장에게 충성하리라 다짐하던 때도 있었다. 그녀를 지켜 주리라. 술자리에서 누가 떠보듯 물어도 절대 그녀를 흉보지 않았다. 키가 크고 마른 그녀와 작고 통통한 자신이 지나갈 때 사람들이 뒤에서 드림팀이라고 빈정거려도 아무렇지도 않았다. 오래전 일이었다.

선화가 앉은 벤치에서는 카페 뒤편이 보였다. 그

녀는 아마 자리에 그대로 앉아 있을 터였다. 그 코가 쑥 빠진 창백하고 긴 얼굴을 하고. 그녀는 올해 마흔네 살이고, 새로 시작하려 하고 있었다. 그녀에게 자기가 받지 못한 축복과 격려를 주어야 한다는 생각이 들었다.

그러나 선화는 도저히 그럴 수가 없었다.

우리가 물나들이에 갔을 때

전기장판은 푸른색 부직포 백에 들어 있다. 3분의 1 크기로 두 번 접혀 있는데도 부피가 크다. 일인용 매트리스처럼 보일 정도다. 가운데 달린 한 쌍의 손잡이는 마트에서 들고 오는 사이 벌써 늘어났다. 예상 밖으로 너무 무겁고 거추장스러워, 과연 이걸 가지고 아버지한테 갈 수 있을까 싶었다. 버스 터미널까지 가려면 지하철을 두 번 갈아타야 한다. 고속버스로 세 시간가량 걸리는 곳이다.

"아아, 지금이 내일 밤이면 좋겠다."

나는 한 손으로 빈 맥주 캔을 찌그러뜨리며 주방

까지 들리게 큰 소리로 말한다. 루미가 가스레인지 앞에서 고개를 들고 어색하게 미소 짓는다. 그러고는 아무 말도 하지 않고 몸을 돌려 다 익은 부침개를 넓은 접시에 옮겨 담는다. 그녀는 부추와 새우를 넣은 부침개를 만들고 있다. 녹색 플라스틱 볼에서 흰 반죽을 떠 올려 프라이팬에 부은 다음 국자의 볼록한 뒷면을 이용해 둥글게 편다.

7시에 만나기로 했는데, 루미는 먼저 와서 마트 입구의 벤치에 앉아 있었다. 금요일 저녁이라 마트 안은 지나다니기 어려울 정도로 혼잡했다. 통로를 가로막은 카트들 사이를 빠져나가 2층으로 올라갔다. 전자 제품 코너에는 펼쳐진 전기장판들이 쌓여 있었다.

"어떤 걸로 보여 드릴까요?"

넥타이를 맨 직원이 카탈로그를 들고 나와 문자 순간 말문이 막혔다. 전기장판 종류가 이렇게 많은 줄 몰랐다.

"시골에 계신 어른 혼자 쓰실 거예요."

루미가 다가서며 차분하게 말했다.

"음, 복잡한 기능은 필요 없고, 무조건 작동이 편한 걸로요."

루미는 카탈로그를 받아 들고 검지로 훑으면서 전기장판 더미에서 몇 개를 꺼내게 했다. 나는 한 걸음 떨어져 그 모습을 바라봤다. 새삼 루미가 없다면 어떻게 옷과 물건들을 고를까 싶었다. 나는 쇼핑을 골치 아파 하지만, 루미와 있으면 안심이 된다. 그녀가 없으면 일상 생활이 곤란해질 것이다. 물론 그녀는 내 곁에 있고 앞으로도 그럴 테지만, 요즘 나는 자꾸만 혼자 남은 내 모습을 머릿속으로 그려 보게 된다. 멍하니 그런 생각을 하고 있을 때 루미가 나를 불렀다. 몇 가지 후보가 있었다. 우리는 그중 표면이 고무 지우개처럼 부드럽고 네 귀퉁이가 튼튼해 보이는 황토 장판을 골랐다.

나는 찌그러뜨린 맥주 캔을 재활용 쓰레기를 모으는 종이 상자에 던지고, 주방으로 간다. 맥주를 따라 마신 유리 잔을 개수대에 집어넣는다.

"뭐 해?"

곧바로 날카로운 목소리가 날아와, 움찔한다.

"한번 헹궈서 엎어 놓으면 되잖아. 왜 그냥 넣어 놔? 누구한테 치우라고?"

루미가 말한다.

"난 지금 뒤집개도 안 쓰는 거 안 보여?"

"왜 안 쓰는데?"

"설거지거리 하나라도 줄일 거야."

루미는 프라이팬 손잡이를 잡고 앞뒤로 몇 번 흔들다가 손목을 튕긴다. 부침개가 공중에서 한 바퀴 돌아 탁 소리를 내며 떨어진다. 노릇한 면이 위로 올라와 있다. 그녀는 이번 학기에 부설 연구소 조교 일을 정리하고 석사학위 논문을 쓰는 데 집중하고 있다. 직장인처럼 대학 도서관으로 출근하고, 아침 9시부터 오후 6시까지 칸막이 사이의 책상에서 보낸다. 주말에는 학교에 나가지 않고 집에서 쉬는 편이지만, 나는 그녀가 아버지를 만나러 갈 기분이 아니라는 걸, 갑자기 정해진 시골 방문에 대해 썩 내키는 심정이 아니라는 걸 느낀다.

올해 봄, 구청에 가서 혼인신고서 양식을 채울 때만 해도 모든 일이 잘 풀릴 것 같았다. 우리는 신혼부부에게 제공되는 낮은 금리의 대출을 받아 집을 구했고, 내년 이맘때쯤에는 결혼식을 올리기로 약속했다. 밤에 불을 끄고 누우면 루미는 손가락을 내 머리카락 속으로 집어넣어 쓸어내리면서 그날 있었던 일, 새로 공부한 내용을 들려주었다. 사방은 고요했고, 세상은 어둠 속으로 물러났다. 벽

너머에 타인들이 몸을 누이고 있다는 실감이 안 들었다. 그러나 엄마가 아버지를 요양 병원에 강제로 입원시키는 일이 벌어지면서 그 뒤로는 마음 편하게 잠자리에 드는 날이 없었다.

연락을 받고 낯선 건물을 찾아갔을 때, 아는 얼굴은 하나도 보이지 않았다. 나는 일이 어떻게 돌아가는지도 모른 채 환자가 제어할 수 없는 상태에 빠질 경우 사지를 결박하는 데 동의한다는 문서에 서명했다. 나중에 들으니, 그곳은 외삼촌이 알아본 병원이었다. 종일 술을 마시다 쓰러지곤 하는 아버지를 견디다 못해 엄마가 외삼촌에게 부탁했다는 것이다. 내가 모르는 사이 일은 벌어졌고, 종료되었다. 엄마와 누나가 사실상 아버지와 인연을 끊으면서 순식간에 나는 아버지 곁에 남은 유일한 사람이 되었다. 아버지와 나 사이에 놓여 있던 몇 겹의 칸막이가 한꺼번에 치워졌다. 텅 빈 플랫폼에 단둘이 남은 사람들처럼, 우리는 서로 마주보았다. 집을 떠나 서울에서 생활한 지 8년 만이었다.

"오늘은 내가 설거지 할게."

나는 물로 헹군 유리 잔을 조리대에 엎어 놓고 말한다.

"쓰고 싶은 그릇 다 써. 접시, 믹서기, 전부 다."

뒤에서 루미의 어깨에 양손을 올려 어루만져 보지만, 그녀는 대꾸 없이 기름이 끓는 프라이팬만 뚫어지게 바라본다. 그녀는 갈색으로 염색한 단발머리를 뒤로 묶고 잠옷으로 입는 느슨한 검정색 벨벳 바지를 입었다. 옷자락이 맨발을 발등까지 덮고 있다. 내가 볼 때마다 감탄하는 하얗고 작은 발, 살이 없어 새의 발을 연상시키는 발이다. 무심코 시선을 옮기는데, 루미의 양쪽 발가락에 잔뜩 힘이 들어가 있다. 바닥을 움켜쥐기라도 하려는 것처럼.

"거기 계시게 할 거야? 그냥 이렇게 넘어가는 거야?"

식탁을 전부 차리고, 의자를 당겨 앉으면서 루미가 묻는다. 나는 고개를 젓는다.

"불안해서 어떻게 살아."

그녀가 부침개를 여러 조각으로 가르면서 말한다.

"전화 안 될 때마다 일도 제대로 못 하면서."

나는 묵묵히 밥을 씹다가 자리에서 일어난다. 냉장고에서 맥주를 하나 더 꺼내 식탁으로 돌아온다. 루미의 눈썹이 찌푸려지지만 그냥 모른 체한다.

"일단 내려가서 봐야지. 네가 한 번 봐 줘."

"우리 내일 거기서 자고 오는 거야?"

루미가 묻는다.

"어떻게 하고 싶은데?"

루미는 대답하지 않고, 나는 내일 가서 결정하자고 얼버무린다.

아버지를 요양 병원에서 퇴원시킨 것은 전적으로 내가 내린 결정이었다. 세부 사항 하나하나 다 내가 정해야 했다. 일일이 챙기지 않으면 아무것도 진행되지 않았다. 이제까지 아버지는 엄마 담당이었는데, 더 이상 아니었다.

날마다 전화가 걸려 왔다. 아버지는 엄마를 향한 분노를 쏟아 냈다. 내보내 달라고, 자기가 왜 비싼 돈을 버리면서 이런 곳에 갇혀 있어야 하느냐고 했다. 어떤 때는 강경한 요구였고, 넋두리에 가까운 하소연일 때도 있었다. "아버지, 거기 좀 계세요." 내가 할 수 있는 말은 많지 않았다. "마음 편히 갖고요. 계시는 데 불편한 건 없죠? 다른 문제가 있는 건 아니죠?" 아버지와 이렇게 자주 통화한 적이 없었다. 아버지의 전화 목소리는 발음을 알아듣기 어려웠다. 납치되어 오랫동안 감금된 사람처럼 어

눌하게 더듬더듬 말했고, 그러다 느닷없이 소리쳤
다. "네? 똑바로 말을 하시라고요!" 내 목소리도 덩
달아 높아졌다. 엄마와 누나는 병원에서 거는 전화
를 받지 않았다. 두 사람은 아버지가 마치 집에 두
고 싶지 않은 가구라도 되는 것처럼 치워 버리기로
결심한 것 같았다. 그들은 요양 병원이 가장 좋은
해결책이라고 말했다. 누구에게 가장 좋다는 건지
는 언급하지 않았다. 내놓고 말하지는 않았지만 아
마도 계속 거기 있길 바랐을 것이다. 마지막까지.

　그러나 어느 날, 전화를 받자마자 아버지는 물나
들이로 가겠다고 말했고, 그 말은 차마 모른 체할
수가 없었다. 20년 가까이 살아온 부산의 집을, 그
리고 엄마, 누나와 함께하는 생활을 포기한다는 뜻
이었기 때문이다. 게다가 아버지를 어딘가에 가두
고 모든 자유를 박탈할 권리가 가족에게, 혹은 세
상 누구에게라도 있을까? 나는 몇몇 친척에게 연
락했다. 퇴원 수속을 밟고, 요양 병원에서 그곳까지
아버지를 모셔다 드렸다. 텅 빈 집에 아버지를 두고
돌아 나올 때부터 잘한 일인지, 무책임한 짓이 아
닌지 괴로웠다.

　물나들이로 간 지 한 달 만에, 아버지는 집 안에

서 넘어졌다. 반쯤 열린 방문에 부딪쳐 이마 한쪽이 찢어졌다.

3주 전이었다. 나는 읍내 병원의 침상에 누운 아버지를 보고, 물나들이에 들어가 필요한 물건을 챙겨 나왔다. 가을 햇살이 눈부신 날이었지만 시골 병원의 로비는 어둡고 서늘했다. 나는 플라스틱 의자에 앉아 엄마에게 전화를 걸었다. 다시 아버지 거취를 고민해 보겠다고 말했다. 그러나 서울로 돌아와 술만 마셨다. 어떻게 해야 할지 알 수 없었다. 방법이 있을 것 같지가 않았다. 그사이 아버지는 내게 상의도 없이 퇴원해 물나들이로 돌아가 버렸다.

점심시간 직전에 아버지한테 전화가 왔다. 대뜸 여긴 갑자기 겨울이라고, 추워서 잠을 이룰 수가 없다고 말했다. 여느 때처럼 어눌해서 듣기 거슬리고, 느닷없이 커지는 목소리로.

나는 멍하니 있다 인터넷 쇼핑몰에 접속했다. 전기장판을 결제해 배송시킬 생각이었다. 그런데 쇼핑몰에 접속해 살펴보니 상품 수령까지 3~4일은 걸리고, 산간 지방은 더 늦어질 수도 있다고 쓰여 있었다. 몇 군데 다른 쇼핑몰을 찾아봤지만 마찬가지였다. 나는 6층 계단을 걸어 회사 옥상으로 올라갔다. 난간에 서서 담배를 피우고, 망설이다 한 대 더 피웠다.

아버지를 보러 가는 건 루미뿐만이 아니라 내게 도 힘든 일이다. 이번에는 전기장판 때문에 더 힘 들었다. 백에 달린 손잡이 구멍은 너무 작았다. 메 는 게 아니라 들고 다니라고 만든 손잡이였다. 그래 도 어깨까지 올라가긴 올라갔다. 오른쪽 어깨로 버 틸 수 없을 정도가 되면 왼쪽으로 옮겼지만, 얼마 가지 못했다. 왼쪽으로 메면 자세가 안 나와 걷기도 힘들고 무겁기도 더 무거웠다.

루미가 몇 번이나 잠깐 자기가 들겠다고 했지만 나는 묵묵히 손을 밀어냈다. 고통스러웠지만, 또 후 련하기도 했다. 더 혹사당하고 싶었다. 나는 아버지 를 위해 뭔가 하고 있다, 그냥 내버려 두는 건 아니 다, 되뇌었다.

파라솔 옆에서 담배를 피우는 사이, 루미가 커피 를 사러 갔다. 휴게소 주차장에는 차들이 빼곡하게 늘어서 있다. 수백 장의 거울처럼 자동차 유리마다 햇빛이 반사돼 눈을 가늘게 뜨게 된다. 영하권이지 만 볕은 따뜻한 날이다.

"우리 아버지 집 보면 놀랄걸."

나는 루미에게 커피를 받아 뚜껑을 열면서 말한다.

"시골집 본 적 있어? 정말 아예 시골집. 부뚜막도 있어."

"나는 잠만 안 자고 오면 땡큐야."

그녀는 커피를 테이블에 내려놓고 주머니에서 핸드크림을 꺼내 꼼꼼히 바른다. 고개를 들더니, 어조를 바꿔 밝게 묻는다.

"고모가 살던 집이라고 했지?"

무릎까지 내려오는 슬림한 패딩 점퍼를 입고 빨간색 운동화를 신은 루미는 아침부터 명랑하게 굴고 있다. 같이 시골에 가는 건 이번이 처음이다. 루미는 아버지를 세 번 정도 본 적이 있다. 요양 병원에 있을 때는 근처까지 함께 갔지만 안에 들어가지는 않았다.

오늘따라 루미의 얼굴이 어려 보인다. 막 세수한 것처럼 하얗고 매끄러운 피부에, 귓불 언저리에 솜털이 빛난다. 평소 화장을 거의 하지 않아서 학교에서도 대학생으로 오해받는 일이 자주 있다고 한다. 그녀의 부모님은 두 분 다 건강하며 직장 생활을 하고 있다. 문득 내 얼굴이 다른 사람에게 어떻게 보일지 궁금하다. 나는 막연하게 나 자신을 어리다고 여겨 왔다. 적은 나이는 아니지만, 부모가 자기 자식을 언제나 아이라고 여기듯 스스로 아직 어리다고 생각했다. 그러나 이제 그래서는 안 된다는 걸 느낀다. 갑자기 테이블 너머의 루미가 견딜 수 없이 부러워진다. 루미는 아직 저쪽에 있는데, 나는 이쪽으로 밀려나 버린 기분이다. 보이지 않는 선이 그녀와 나 사이의 공기를 가르고 있다.

"고모 혼자 살았는데, 작년에 돌아가셨어."

내가 말한다.

"어떻게 돌아가셨는지 말했나?"

루미가 고개를 젓는다. 나는 고모가 감나무에 올라갔다가 사다리에서 떨어졌다고 설명한다. 나무는 뒷마당을 통해 올라갈 수 있는 밭 가장자리에 있었다. 다음 날 오전에 동네 사람이 풀밭에 엎드린 고모를 발견했는데, 이미 숨이 끊어진 뒤였다. 소리쳐 불렀어도 근처에 사람이 없어 몰랐을 거라고 아버지는 말했다. 병원에 옮긴 뒤에 보니 팔다리가 네 군데 부러져 있었다고 했다.

"너무 끔찍하다."

"시골이 그런 곳이야."

얼굴을 찌푸리는 루미를 보면서 나는 씁쓸하게 웃는다.

대합실에 들어서자, 의자에 앉아 있는 아버지가 보인다. 작은 몸을 웅크리듯 말고 앉아서 화가 난 초등학생 같은 얼굴로 텔레비전 화면을 보고 있다. 내가 부르자 이쪽으로 고개를 돌린다. 이마의 상처는 많이 아물었다. 길쭉한 얼굴은 다시 밝아질 가망 없이 시커멓고, 짙은 눈썹만 젊었을 때의 부리부리한 인상을 간직하고 있다. 루미가 다가가 활짝 웃으면서 인사하고, 아버지는 고개를 끄덕거리지만 시선은 내 옆구리의 전기장판을 향해 있다.

"얼마 달라던?"

좁은 보도를 걸으면서 아버지가 묻는다. 아버지는 늘 성난 사람처럼 말한다. 전에도 루미에게 아버지가 화가 나서 저러는 건 아니라고, 그냥 신경 쓰지 말라고 일러 줘야 했다.

"왜 보일러를 안 틀어요? 보일러 안 돼요?"

나는 자꾸 흘러내리는 손잡이를 끌어올리면서 말한다. 다시 어깨에 날카로운 통증이 느껴진다. 그러나 이제 손잡이의 위치를 움직여 통증을 줄여 보려는 생각조차 들지 않는다.

"좋은 거예요. 그냥 그런 줄 아세요. 루미가 아버지 드린다고 좋은 걸로 골랐어요."

대답하면서 뒤를 돌아본다. 루미는 자기는 모든 게 괜찮다는 표정으로 격려하듯 고개를 끄덕거린다.

차도는 텅 비었다. 프랜차이즈 가게의 알록달록한 간판마저 서울 거리에서 볼 때와 달리 바랜 듯 보인다. 이미 문을 닫은, 내놓기 위해 비워진 가게 같다. 아버지는 더는 묻지 않고 앞장서 걷는다. 낡은 양복바지가 엉덩이 중간까지 흘러내려 점퍼 아래로 줄무늬 팬티가 보인다. 팬티는 새것인 듯, 파랗고 검은 줄무늬가 선명하다. 한눈에 봐도 천이 거친 싸구려 시장 물건이다.

"아버지, 허리띠는요?"

나는 소리친다. 도착한 지 5분밖에 되지 않았는데 벌써 서울로 돌아가고 싶다. 아버지는 허리춤을 붙잡아 끌어올리지만, 몇 걸음 떼자 다시 슬금슬금 줄무늬가 나타나고 점점 길어진다. 한 노인이 조심성 없이 전기장판을 밀치면서 지나간다. 앞뒤로 길고 부피가 커서 끄트머리만 살짝 쳐도 온몸이 휘청인다. 거리를 오가는 노인들은 모조리 표정이 없거나 희미하게 찡그린 얼굴이다. 얼굴에 검은 더께가 앉았고, 이마와 볼에는 호박 표면처럼 깊은 주름이 패었다. 몇 시간 전에 서울 지하철에서 본 희고 날렵한 사람들과 다른 인종처럼 보일 정도다. 그러나 아버지는 이곳에서 평생을 보낸 노인들과 다르다. 아버지의 얼굴은 볕에 그을려 검은 것이 아니다.

점심을 먹는 동안 아버지는 거의 말을 하지 않는다. 병원에서 퇴원해도 좋다고 말했으며, 이제 술은 안 마신다고 묻는 말에만 띄엄띄엄 답한다.

"무슨 술? 누가 무슨 술을 마셔?"

내가 추궁하자 소리친다. 점심때가 지난 시간이라 식당에 손님은 우리뿐이다. 아버지는 콜라를 두 병 시킨다. 루미는 긴장한 얼굴로 아버지의 잔을 주시하고 있고, 술을 따르듯 두 손으로 콜라를 채운다.

식당을 나와 다시 아버지는 앞서 걷는다. 운동장이 휑한 초등학교 앞을 지나, 교차로를 지나, 좁은 길로 접어든다. 목욕탕이 있는 길이다.

"오늘은 루미 있잖아요. 그냥 집으로 가요."

그러나 아버지는 입을 다물고 길 한가운데 고집

스럽게 서 있다. 루미가 다가와서 내 팔을 만진다.

"내가 이거 갖고 어디 가 있을게. 목욕하고 와."

나는 아버지와 루미를 번갈아 보고, 전기장판을 바닥에 조심스럽게 내려 내 종아리에 기대 세운다. 양손으로 머리를 감싼 채 두 블록 더 가면 던킨도 너츠가 있다고 설명한다.

"정말 괜찮겠어? 들 수 있겠어?"

루미는 오른쪽 어깨에 제 키만 한 전기장판을 메고 걸어간다. 주변을 살피며 천천히 걸음을 뗀다. 맞은편에서 머리에 보따리를 인 할머니가 다가와 손에 든 짐으로 전기장판을 밀치면서 지나간다. 루미는 휘청하지만, 곧바로 균형을 잡고 좀더 빨리 걷기 시작한다. 나는 횡단보도를 건너 점점 작아지는 루미의 뒷모습을 보면서 그녀가 이대로 사라져서 영영 돌아오지 않을 것 같은 기분에 사로잡힌다.

"잘못한 거야."

아버지가 옷 보관함 앞에 서서 바지를 벗으며 내뱉듯 말한다.

"네?"

"잘못한 거라고! 호적에 먼저 올리지를 말았어야

됐어."

나는 한숨을 내쉬면서 벗은 옷가지를 정리하고 보관함 문을 닫는다. 누군가 탕에서 나올 때 잠깐 유리문이 열리고, 그 틈으로 뜨거운 수증기와 물 냄새가 흘러나온다. 아버지와 함께 목욕탕에 다니던 어린 시절이 떠올라 잠시 마음이 너그러워진다.

"아빠."

나는 장난스럽게 부른다.

"아빠, 난 쟤 없으면 안 돼요."

"이기적이고, 돈도 안 벌고, 네 엄마랑 똑같아."

팔다리는 마르고 배만 볼록하게 나온 아버지의 몸을 바라본다. 가슴은 어린아이처럼 얄팍하다. 아버지는 심각한 수준의 간경화를 앓고 있다.

"배에 복수가 찼어요. 앞으로 계속 그럴 거예요. 어지간하게도 드셨네요. 이제 정말 술은 못 드시게 해야 돼요."

커다란 안경을 낀 읍내 병원의 의사가 3주 전에 그렇게 말했다. 아버지가 만취한 상태에서 문턱에 걸려 넘어졌다는 이야기를 들었을 때 잠시 멍했다. 또 술을 마셨구나. 결국 그랬구나. 한 번도 상상하지 못했던 것처럼 충격을 받았다. 나는 아버지의 하루를, 물나들이에서의 일상을 알지 못한다. 친한 사람도 없는 적막강산에서 뭘 하고 지내는지 알고 싶지 않았다.

사물함을 열쇠로 잠그고 내 배를 내려다본다. 몸집이 크고 팔다리에 근육이 붙어 있다는 점은 다르지만, 내 배의 모양 역시 심상치 않다.

"20대에 이 정도 간 수치는 만 명 중에 한 명 있을까 말까예요. 젊다고 방심하면 큰일 나요."

이건 지난 건강 검진 뒤에 의사가 전화를 걸어와 한 말이다. 나는 이 이야기를 루미에게 들려줬고, 그녀는 그 뒤로 내가 술을 마실 때마다 질겁했지만 요즘은 포기한 상태다. 하루는 일어나 보니 냉장고 문에 내 간 수치와 혈압, 몸무게가 적힌 노란 정사각형 포스트잇이 붙어 있었다. 나는 루미가 보는 앞에서 그걸 거칠게 떼어 낸 다음 구겨서 던져 버렸다.

"다른 사람이 아무리 말해 봤자 무슨 소용이 있겠어. 나도 이래라저래라 하기 싫어. 진짜 싫어, 이런 거."

그녀가 말했다. 술을 끊지 않는 이상 약효가 없다는 걸 알면서도 나는 병원에서 처방한 간 수치를 낮춰 준다는 알약을 하루에 세 번 물과 함께 삼킨다. 루미는 나를 이해할 수 없다고 말하고, 나는 아버지를 이해할 수가 없다. 나는 아버지에게 어쩔 생각인지, 이렇게 시골에 있는 게 정말 좋은지 물으려고 하지만, 아버지는 수건 한 장을 든 채 김이 서린 유리문을 열고 혼자 안으로 들어가 버린다.

"루미는 이기적인 게 아니라 그냥 어떻게 해야 할지 모르는 거예요."

나는 온탕에 들어가 등을 기대고 몸을 미끄러뜨려 가슴까지 담근다. 물이 너무 뜨거워 온몸에 소름이 쭉 끼친다. 양쪽 어깨가 화끈거린다.

"아버지를 어려워해서 그래요. 아직 어리잖아요. 우린 이제 스물여덟 살이에요."

아버지는 완강하게 눈을 감고 있다. 수면 아래로 작은 몸이 흔들린다. 문득 나는 아버지가 조금도 두렵지 않다는 사실을 깨닫고 놀란다. 이 작은 남자가 무척 두렵고 혐오스러웠던 적이 있었다. 아버지는 새어머니 밑에서 20대 중반까지 농사를 짓다가, 혼자 부산으로 나가 갖은 고생을 하며 가정을 꾸렸다. 평생 공사 현장에서 일했다. 창원, 마산 일대까지 다니면서 보름에서 한 달, 두 달 동안 일을 하다가 연장 가방을 메고 훌쩍 돌아와 현관에서 더러운 신발을 벗고 있었다. 그랬다, 아버지를 혐오했지만 좋은 것들을 해 드리겠다고 다짐하던 때도 있었다. 부산에 집이 있고 가족이 있는데 왜 말년을 이렇게 보내야 하는지, 속이 답답해진다. 엄마와 누나는 아버지를 자기들 눈앞에서 치우는 데 성공했다. 그렇게 생각하면 어쩔 수 없이 엄마가 원망스럽다.

루미는 다른 입장이었다.

"난 너희 어머니를 이해할 수 있을 것 같은데."

언젠가 불을 끄고 잠자리에 들기 전이었다.

"평생 얼마나 시달렸겠어? 더 이상 참고 싶지 않은 거지. 왜 그걸 참아야 돼?"

이런 말도 했다.

"그러는 넌 도망쳤잖아. 그렇게 말할 권한이 없지. 아버지 꼴 보기 싫어서 서울로 대학 왔다며?"

나는 엄지와 검지로 뜨거운 물의 표면을 튕기면서 지금쯤 루미가 무슨 생각을 하고 있을지 상상한다. 던킨도너츠 매장으로 전기장판을 메고 들어가 한쪽 구석에 내려놓고, 그 옆에 앉아 커피를 마시는 모습을 그려 본다.

루미는 엄마와 다르다. 엄마는 아버지가 술에 취

해 목소리를 높이면 똑같이 소리쳤고, 아버지가 식탁에 있던 엄마를 향해 담뱃갑을 던졌을 때는 벌떡 일어나 앉아 있던 의자를 집어던져 버렸다. 내가 흥분하고 소리 지를 때 루미는 입을 다문다. 작은 가슴이 오르락내리락하고, 그러다가 방으로 들어가 버린다. 루미는 엄마와도 다르고, 우리 가족 누구와도 다르다. 그녀는 조용하지만 야심에 차 있다. 계획을 세우고, 실천한다. 그리고 그렇지 않은 나를 보고 고개를 갸웃거린다. 나는 이제 책을 읽지 않으며 신문도 인터넷으로만 건성으로 훑어볼 뿐이다. 주말에는 점심때까지 잠을 자고 운동도 하지 않는다. 예전엔 이렇지 않았다. 나는 루미가 마지막으로 자신의 논문 진행 상황에 관해 말했던 게 언제인지 떠올리려 애쓰지만, 기억이 나지 않는다. 마지막 섹스는 언제였을까. 확실히 3주 전 내가 물나들이에 다녀온 이후로는 없었다. 그래서인지도 모른다. 자꾸 이런 장면을 상상하게 된다. 어느 날 퇴근해서 보니 집 안이 어딘가 달라져 있는 것이다. 방에 들어가 보면 옷장이 비어 있고, 신발장에는 내 신발만 남아 있고, 식탁 위에는 쪽지 한 장이 붙어 있다. 아무리 전화를 걸어도 그녀는 받지 않는다.

낮은 금리, 그게 루미가 법적인 부부 관계를 승낙한 유일한 이유였다. 준비가 되면 그때 식을 올리자고 우리는 편하게 생각했다. 내 이름으로 대출을 받기는 했지만 그녀가 경제적으로 내게 의존하는 건 아니다.

"난 네가 대범해서 좋아. 너는 속에 꼬인 게 없어."

사귄 지 얼마 되지 않아 그녀는 말했다. 내가 자신과 달라 좋다고 했다. 솔직하고 단순하며, 거침없이 감정을 표현하는 점이 부럽다고 했다. 하지만 나는 그저 깊이 생각하지 않는 성격일 뿐, 그녀가 생각하는 그런 사람은 아닐지도 모른다. 내가 집에 남아 있었다면, 엄마와 아버지 사이에서 조금이나마 중재를 했다면 이 지경까지 오지는 않았을 거라는 생각이 들 때가 있다. 아마 그럴 것이다. 이렇게까지 되지는 않았을 것이다. 아버지를 어째야 할지 모르겠고, 그런 생각이 들 때면 안 된다는 걸 알면서도 술을 찾게 된다.

"재밌는 책 좀 갖다 드리지 그래?"

아버지의 시골행을 앞두고 루미가 말했다. 가끔 그 말이 떠오른다. 책이라니. 우리 아버지는 자기 이름 석 자도 겨우 쓰는 사람이라고 말하려다가 나는 그냥 입을 다물었다.

　루미는 물나들이라는 이름이 아름답다고 말한다. 마을은 고요하고, 자세히 살펴보지 않으면 거기 있다는 걸 알아차리지 못할 정도로 물이 조용히 흐른다. 평평한 접시에 담아 놓은 것처럼 수심이 고르게 얕은 강물이다. 키는 작지만 둥치가 넓은 느티나무를 중심으로 여러 갈래로 길이 뻗어나간다. 버스에서 내려 집까지 가는 동안 우리는 누구와도 마주치지 않는다. 좁은 길은 바람에 깨끗하게 쓸려 종잇조각 하나 없고, 멀리서 개 짖는 소리가 희미하게 들린다. 공기는 새벽처럼 차갑다. 집은 골목 가운데쯤에 있다. 끝까지 걸어가면 물가로 내려갈 수 있는 완만한 비탈이 나온다.

　각오는 했지만 집 안은 생각 이상으로 엉망이다. 한 군데 한 군데 둘러볼 때마다 조마조마할 정도다. 3주 전에 왔을 때는 택시를 골목 밖에 세워 놓고 필요한 물건만 급하게 챙겼는데, 그래도 엉망이라는 것은 대충 알 수 있었다. 오늘 살펴보니 마루는 신발을 신고 출입한 듯 흙투성이고, 화장실 세

면대는 라면 찌꺼기로 막혀 있고, 부엌 싱크대 수도
는 틀면 쉭쉭 소리만 날 뿐 물이 나오지 않는다. 설
에 고모의 자식들이 찾아오기라도 하면 어떨지 생
각이 미치자 머리가 아파 온다. 고모의 첫째 아들
은 이 집을 쓰라고 흔쾌히 허락하면서 내게 효자라
고 했다.

루미는 싱크대 서랍을 하나하나 열어 본다. 쌀은
가득 있지만 다른 먹을 만한 건 아무것도 없으며
냉장고도 텅텅 비어 있다.

흙은 방 안에서도 밟힌다. 읍내에서 사 와 깔았
던 노란색 보온용 매트엔 군데군데 담뱃재 구멍이
뚫려 있다. 루미는 전기장판을 깔기 전에 매트를
들어내고 방바닥부터 청소하자고 말하고, 마루 한
쪽에서 파란 걸레를 찾아 욕실로 들어간다.

집 안이 너무 추워서 나는 벗어 두었던 점퍼를
다시 입는다. 두터운 점퍼라 입으면 움직임이 둔해
지지만 어쩔 수 없다. 가만히 있으면 안 돼, 움직여
야 해. 그러면서도 나는 등을 기대고 차가운 마루
에 주저앉는다. 손 하나 까딱할 마음이 일지 않는
다. 완전히 무기력한 상태로 나는 다리를 앞으로
쭉 편다. 욕실에서 나온 루미는 나를 보더니 한숨

을 쉬고 혼자서 방에 들어간다.

"아버지가 비스킷을 좋아하셔?"

왜 그러느냐고 묻자 루미는 바닥에 비스킷 부스러기가 많다고 한다. 쓰레받기를 들고 나와 보여주는데, 까만 흙과 먼지 틈에서 각진 비스킷 조각들이 보인다. 아버지는 이 냉방에서 비스킷으로 연명하고 있는 건가? 나는 마비된 동물처럼 꼼짝하지 않은 채 눈앞에 보이는 마당을, 대문을, 그 위의 푸른 하늘을 바라본다. 그게 마당, 대문, 하늘이라는 생각도 들지 않는다. 그것들은 그저 거기에 펼쳐져 있다. 말이 통하지 않는 아버지, 자기 자신을 황폐하게 방치하는 아버지도 그 풍경의 일부다. 아버지를 여기 두는 것은 뭐라고 둘러대도 정당화할 수 없는 일이다. 그게 더 이상 모를 수 없는 사실로 가로놓여 있다. 하지만 여기가 아니면 어디에? 우리 집은 방이 하나뿐이고, 엄마와 누나에게는 아무것도 기대할 수 없다.

나는 입을 굳게 다문 채 전기장판을 갖고 들어가 백에서 꺼낸다. 완전히 펼쳤더니 기억보다 훨씬 커서, 장롱 앞의 방바닥 전체를 덮는다. 코드를 꽂고 세기 조절 다이얼을 중간에 맞추자 장판은 금세 따뜻해진다.

"나 여기서 잠은 못 자겠어."

루미가 무릎을 꿇고 이불에 손을 넣고 녹이면서 말한다. 평온한 목소리지만, 이미 마음을 정했다는 걸 알 수 있다.

"괜찮아?"

그녀가 묻고, 나는 애써 미소를 지어 보인다.

"아버지."

나는 아버지를 찾아 마당으로 나간다.

"아버지, 잠깐 들어와 보세요."

마루로 올라가는 댓돌 오른편에 푹 꺼진 깊은 공간이 있고 거기에 불을 때는 아궁이가 있는데, 아버지는 그 안에 들어가 있다. 나를 보고 부스럭거리면서 그 구멍에서 올라온다.

"뭐하세요?"

"뭐하기는."

무뚝뚝하게 내뱉는다.

"나무를 뭐하러 때요? 저 아궁이가 되긴 돼요?"

아버지는 아무 말 않고 내 옆을 지나쳐 마루 앞에서 신발을 벗는다.

"아빠, 우리 요양 병원으로 가요."

나는 아버지의 등 뒤에서 말한다. 친척집에 방문하자고 말하는 것처럼, 애써 밝은 목소리로.

"겨울 동안만이라도 거기 있다 오세요."

아버지는 요양 병원이라는 말을 한 번에 알아듣는다.

"내가 거길 왜 가."

양말 신은 발로 댓돌에 서서, 결국 소리가 높아진다.

"비싼 돈 내면서 거기엘 왜? 말 같지도 않은 소리를 하고 있어."

아버지와 내가 서로를 향해 소리 지를 때, 루미는 마루에, 아버지 뒤쪽에 서 있다. 그녀는 섬뜩할 정도로 아무 표정도 없이 마당의 한 점을 바라보고 있다. 나는 욕설을 내뱉고 대문을 나선다. 어디로 가겠다는 생각도 없이 골목을 걷는다. 뒤에서 삐걱거리는 대문 소리가 나고, 루미가 따라 나온다. 구불구불한 길을 돌아나가자, 눈앞에 폭이 넓은 강물이 나타난다. 잔잔한 물결이 오후에서 저녁으로 넘어가는 때의 햇살을 받아 반짝거린다.

"밖이 더 따뜻한 것 같아."

루미가 말한다. 그러고는 비탈을 따라 내려가서

손끝을 물에 담그고 다시 올라온다. 물기를 바지에 문지른 다음, 주변을 둘러보고 "굉장히 아름다운 곳 같은데." 하고 말한다. 그녀의 평온한 얼굴이, 조금도 해를 입지 않은 듯 보이는 모습이 갑자기 내 속의 뭔가를 건드린다. 나는 그녀의 친구들이 가끔 우리 아버지 이야기를 꺼낸다는 사실을 안다.

"우리 집에 모시고 가자고 하면 어떻게 할 거야?"

강물을 바라보면서, 내가 말한다.

"당분간만 그렇게 하자고 하면?"

그녀는 두려워하지 않는다. 슬픈 눈으로 나를 바라보다가 천천히 말한다.

"그게 말이 안 된다는 거, 너도 알 거라고 생각해."

나는 숨을 들이마신다. 더 밀어붙이고 싶지만, 그래서는 안 된다는 걸, 괜한 짓이라는 걸 느낀다. 양쪽 어깨에 통증이 느껴진다. 너무 피곤하다. 대신 내 입에서 이런 말이 튀어나온다.

"내가 아버지처럼 되면 너도 날 떠날 거야?"

루미가 고개를 한쪽으로 기울이고 믿을 수 없다는 표정으로 나를 본다. 나는 그녀가 언젠가 결혼식을 올릴 생각이 있긴 한지, 아버지 때문에 피하는 게 아닌지, 나를 남편으로 여기긴 하는지 묻고 싶지만, 쉴 새 없이 찰싹이는 맑은 물을 바라보면서 가까스로 숨을 삼킨다.

서울로 오는 버스 안에서, 나는 잠을 이루지 못한다. 버스는 캄캄한 고속도로를 질주하고, 밖을 내다보고 싶지만 창문에는 내 얼굴과 옆자리에서 잠이 든 루미의 옆얼굴이 또렷하게 되비친다. 문득 그 요양 병원이 떠오른다. 국도변에 있던 병원. 아버지가 머물던 곳. 처음 찾아갔을 때, 터미널에 내려서 스마트폰으로 지도를 확인한 뒤 루미와 말없이 걸었다. 20분쯤 걷자 주유소가 하나 나타났고, 맞은편에 병원 건물이 보였다. 작은 병원이었다. 길을 향해 있는 5층짜리 건물 한 채가 다였고, 주변을 낮은 담장이 두르고 있었다. 왜 이런 곳에 병원이 있을까 의아했다. 차들이 빠른 속도로 달리는 국도이고, 주변에는 아무것도 없었다. 밤이 되면 주유소도 문을 닫고 불을 끈다고 했다. 나는 다시 병원의 마당을 가로질러 안으로 걸어 들어가는 내 모습을, 아버지의 사지를 결박시켜도 좋다는 서류 끝에 한 번 더 이름을 적고 서명하는 모습을 그려 본다.

루미가 눈을 뜨고 몇 시인지 묻는다. 시간을 알려 준 다음 침묵을 지키고 있다가, 내가 입을 연다.

"국도변에 있던 병원 기억나?"

루미가 자세를 고쳐 앉으면서 내 쪽을 본다.

"기억나지. 가끔씩 생각해."

"뭐를? 그 병원을?"

"응. 너 들어가고 나서 기다렸던 때가 가끔 생각나. 나 혼자 주유소 편의점에서 기다렸잖아. 딱 35분 있다가 네가 나왔어."

나는 그걸 세고 있었느냐고 묻는다.

"그냥."

루미가 얼버무린다.

"네가 들어갈 때 시계를 봤는데 3시 정각이었거든. 주차장에 작은 응급차가 두 대 있었는데, 저 두 대 중에 너희 아버지가 실려 온 차가 뭘까 생각했어. 왼쪽일까, 오른쪽일까 하면서."

"그때 안에서 난 끔찍했어. 넌 몰라."

루미가 숨을 크게 들이마셨다가 내쉰다.

"그래, 난 모르지."

집에 돌아왔을 때는 무너져 내릴 정도로 피곤하고 속이 텅 비어 있다. 저녁을 먹지 못했고 휴게소에서도 내리지 않았으니 루미도 배가 고플 것이다. 소파에 털썩 주저앉아 뭘 좀 시켜 먹을지 묻는다.

"부침개 반죽 잔뜩 남았는데."

루미가 냉장고 문을 열고 말한다.

"이거 오늘 안 먹으면 상할 거야."

피곤하지 않은지 물으니 괜찮다고 한다. 루미는 볼을 꺼내 조리대 위에 올리고 랩을 벗긴다. 나는 화장실에 가려다가 어젯밤 전기장판이 놓여 있던 벽, 이제 비어 있는 현관쪽 벽을 바라본다. 주방으로 가서 맥주를 꺼낸다. 루미가 반죽을 국자로 젓다가 고개를 든다.

"오늘은 정말 한잔해야겠어."

그럴 생각은 아니었는데, 목소리가 높아진다.

"오늘까지만 마실게."

아무 소리도 나지 않는다. 나는 스스로도 속이지 못하면서 혼자 중얼거린다.

"정말로. 오늘까지만."

루미는 잠시 침묵을 지키고 있다가 자기도 하나 달라고 한다. 캔을 따서 건네주자, 선 채로 마신다.

나는 소파에 앉아 그녀가 프라이팬에 기름을 두르고, 반죽을 떠 올리고, 재빨리 국자 뒷면으로 둥글게 펴는 모습을 바라본다. 그녀는 한쪽 면이 익는 동안 기다리면서 벽에 기대 맥주를 홀짝인다.

"나도 술 마셨어."

루미가 말한다. 나는 무슨 말인가 싶어 그녀를 본다.

"아까 낮에. 던킨도너츠 안 갔어. 멀리 간판이 보이는데 진짜 더는 못 걷겠는 거야. 그런데 바로 옆에 호프집 문이 열렸더라고. 들어가 보니까 아직 청소 중인 것 같았는데, 아줌마가 아무 말 안 하고 받아 줬어. 진짜 기분이 이상했어. 처음 와 본 곳에서, 옆에는 거대한 전기장판을 내려놓고."

그녀는 몸을 돌려 오른손으로 프라이팬 손잡이를 잡는다. 무게를 가늠하듯 몇 번 앞뒤로 흔들더니 손목을 튕긴다. 그야말로 눈 깜박하는 사이에, 부침개가 공중제비를 돌아 착지한다. 잘 익은 쪽이 위로 올라와 있다.

"나도 한 번 해 볼까?"

나는 소파에서 일어나 주방으로 간다. 루미는 의아한 표정이지만 옆으로 움직여 자리를 내준다. 나는 프라이팬 손잡이를 잡는다.

"이거 생각보다 무거운데?"

"힘으로 하는 게 아니야."

루미가 피로한 얼굴로 미소 짓는다.

나는 그녀가 했던 것처럼 프라이팬을 앞뒤로 흔들다가 위로 튕긴다. 튕겼다고 생각했는데, 엉거주춤하게 팬을 허공으로 높이 들어 올렸을 뿐이다. 부침개는 그대로다.

"다시 해 봐."

그녀는 뒤로 물러나 식탁 의자에 앉는다. 나는 팔에 힘을 주고 손목을 튕긴다. 손목 안쪽에 잔 근육들이 불거지고, 이번에는 부침개가 떠올랐다가 팬 끝으로 쏠리면서 귀퉁이가 접힌다. 한 번 더 시도하지만 꼼짝도 안 한다.

"이거 뭐야? 어떻게 하는 거야?"

루미가 턱을 괴고 잠시 생각에 잠겼다가 말한다.

"그게, 스스로 할 수 있다고 믿어야 해."

나는 이게 정말 중대한 일이라도 되는 것처럼, 이걸 뒤집으면 모든 게 바뀌기라도 할 것처럼 눈을 감고 정신을 집중한다. 눈꺼풀 안으로 빛 조각들이 춤을 추며 한데 모였다가 흩어진다. 루미에게 말하

고 싶다. 낮에, 강변에 갔을 때, 자꾸만 거기 혼자
서 있는 늙은 내가 그려졌다고. 두렵다고. 70살이
나 80살 먹은 내가 물 건너편에 있었다고. 등 뒤로
루미가 다가오는 게 느껴지고, 내 어깨에 두 손이
올라온다. 나는 여전히 감은 눈꺼풀 안으로 흐르는
물을 보고 있다. 팬을 꽉 쥔 채로.

얕은 잠

눈을 떴을 때 미려는 해변의 풍경이 어딘가 달라졌다는 것을 알아차렸다. 텅 빈 모래사장이 먼저 눈에 들어왔다. 처음에 미려는 몸을 그을리던 사람들이 비치 타월을 걷어 자리를 떠났다고 생각했지만, 해변을 두르듯 이어져 있던 호텔 건물 대신 키 작은 관목들이 솟아 있는 것을 보았다. 하얀 개가 모래를 튀기며 모래사장 이쪽에서 저쪽으로 가로질러 뛰어갔다. 개는 순식간에 멀어져 작은 점이 되었고, 맨몸에 반바지를 걸친 남자가 발목까지 모래에 묻고 서서 개를 불렀다.

미려는 흔들리는 서핑 보드 위에서 상체를 높이 세웠다. 엎드린 채 팔꿈치를 쭉 펴고 고개를 들었다. 그녀는 모래사장에서 시선을 거두어 양옆을, 아득하게 펼쳐진 수평선 위를 훑었다. 정운은 어디로 갔을까. 어디선가 적당한 파도를 기다리고 있을 텐데. 눈을 가늘게 뜨고 최대한 멀리까지 훑어보았지만 정운은 보이지 않았다. 미려는 주변의 소리가 한꺼번에 멎은 것 같던 그 순간의 정적을 기억했다. 음소거된 스크린에서 상영되는 느린 화면을 보고 있는 것처럼. 철썩거리는 물소리와 개 짖는 소리와 바람 소리가 사라졌다. 들리는 것은 자신의 심장이 박동하는 소리뿐이었다.

조금 전까지 미려는 보드 위에 엎드려 물결에 따라 흔들리는 움직임을 즐기고 있었다. 양손을 포개 턱을 얹었는데 가끔 짠물이 입술까지 올라왔다. 눈을 감고 힘을 빼고 있을 뿐이라고 생각했지만 모르는 사이에 얕은 잠에 들었을 수도 있었다. 미려는 미끌거리는 보드 위에서 다리를 끌어 올려 앉아 보려고 했다. 그러자 오른발에 연결된 체인이 발목을 묵직하게 잡아당겼다. 서핑 강습을 담당한 남자는 짧은 휴식 시간이 끝나자 다시 보드의 체인을 발목에 채웠다. 자유 연습 시간을 주겠다고, 어쩐지 불친절하게 들리는 말투로 말했다. 짧은 머리칼과 눈썹을 노랗게 탈색한 남자였다. 오른쪽 눈썹에는 은단만 한 크기의 피어싱을 하고 있었다. 미려가 보기에는 자기보다도 더 어릴 것 같았다.

몇 시쯤 됐는지 궁금했지만 시계가 없었다. 정운은 방수 시계를 갖고 있는데. 미려는 생각했다. 그녀가 몸에 걸친 것이라고는 스리피스 비키니—바다처럼 푸른 바탕에 짙은 파랑과 초록 물결무늬가 있고, 반짝거리는 은색 실이 많이 섞인—뿐이었다. 문득 자신이 헐벗고 한없이 무방비한 존재처럼 여겨졌다.

보드는 바다 위에서 물살을 따라 사선으로 움직이고 있었다. 느리지만 꾸준하게 움직였고, 이제 개와 남자 모두 시야에서 사라졌다. 보드를 대여한 가게의 위치를 어림해 보려 했으나 불가능했다. 좌표로 삼을 만한 건물을 정해 두지 않았다니, 믿을 수가 없었다. 보드 대여점이나 특정한 건물을 시야에 넣어 두는 대신 정운이 근처에 있는지만 눈여겨보았던 것이다. 익숙한 낭패감이 미려를 관통하고 지나갔다. 외출 준비를 하고 건물 밖으로 나왔을 때, 그다음에 어느 방향으로 걸음을 옮겨야 할지 몰라 멍하게 서 있는 일이 있었다. 정운과 여러 번 갔던 장소를 혼자 찾아갈 때였다. 미려는 거기까지 몇 번 버스를 타고 갔는지, 심지어 그 버스가 서는 동네의 정류장이 어디였는지도 기억이 안 났다. 길눈이 어두운 탓도 있지만 무엇보다 정운만 따라다녔기 때문이었다. 그걸 모른다는 게 말이 돼? 나 없으면 어떡할래? 미려가 전화를 걸어 물어보면 정운은 믿을 수 없어 했다.

미려는 일단 해변으로 올라가기로 마음먹었다. 그러자 당장 서핑 보드가 짐이 되었다. 초급자용 보드는 미려의 키보다도 더 길었고 두께도 한 뼘은 되었다. 거의 보트 같았다. 파도를 타면 단숨에 미끄러져 갈 수 있겠지만, 도와주는 사람 없이는 엄두가 나지 않았다. 보드에 아랫배와 가슴을 붙이고 엎드린 자세로 양팔을 팔꿈치까지 물속에 넣어 노처럼 저었다. 조금 전까지만 해도 조금은 흡족한 기분으로 초록색 물 위에 떠 있었는데, 아름답게만 보이던 바다가 이제 거대한 자석처럼 보드를 잡아당겼고 철썩거리는 물살은 겨우 나아간 거리보다 훨씬 뒤로 그녀를 밀어 보냈다. 보드는 해변까지 똑바로 가로질러 나아가지 못했다. 자꾸 옆으로 밀려났다. 미려는 마음을 편안하게 가지고 규칙적으로 호흡하려 노력하면서 양손을 오므려 빽빽한 물살을 뒤로 밀어냈다.

마침내 발이 부드러운 바닥에 닿았을 때, 미려는 보드에서 내렸다. 마지막 힘을 짜내어 미끌미끌한 보드를 겨우 모래 위로 밀어 올렸다. 바다와 뭍의 경계에 서서 팔을 털고, 손목과 팔꿈치 사이를 주물렀다. 그녀가 닿은 곳은 모래사장이 아니었다. 땅은 짙은 색깔에 축축했고, 젖은 고무를 밟는 느낌이 났다. 군데군데 풀이 한 줌씩 뿌려진 것처럼 흩어져 자라고 있었다. 멀리 보이는, 시시각각 색깔이 달라지는 바다에 정운은 없었다. 시야가 미치는 범위는 너무 좁았으며 해변은 끝도 시작도 없이 그저 길게 이어져 있었다. 미려는 거기서 자신을 밀어내는 것 같은 무심함을 느꼈다. 자연의 무심함. 군데군데 떠 있는 구름이 분홍빛으로 물들고 있었다.

미려가 태어나고 자란 곳도 항구 도시였으나, 고향 바다와 이곳은 전혀 달랐다. 하나뿐인 해수욕장은 강이나 호수 같았다. 그녀는 그게 바다라는 것을 믿기 어려웠다. 모래사장은 끝에서 끝까지 빤히 보였고 모래 색깔도 칙칙했으며 물은 허옇게 거품이 끼어 있었다. 아이일 때 그녀는 그 물속에서 튜브를 타고 놀았다. 물때를 잘못 맞춰 가는 일도 있었다. 울퉁불퉁하게 드러난 검은 바닥에 물이 차오르기를 기다리며 비치백을 안고 돌계단에 쪼그려 앉아 기다렸다. 얼른 들어가고 싶어요. 미려는 아빠에게 졸랐다. 물이 없는데 어떻게 들어가? 아빠는 화를 냈다.

중요하지도 않은 생각들이 길목을 막듯 두서없이 떠오르던 중에 미려는 하나의 단서를 기억해 냈다. 처음 바다로 들어갈 때 근처에 카메라를 가진 남자가 있었는데, 그 남자의 어깨 뒤로 상아색 건물의 한 귀퉁이가 보였다. 호텔 건물이었고, 건물 앞에 잇대어 만든 발코니에 비치 체어가 줄지어 놓여 있었다. 미려는 사람들에게 그 건물을 아는지 물어봐야겠다고 생각했다. 그러나 보드와 연결된 체인이 오른쪽 발목에 채워져 있어서 뭍으로 올라와도 자유롭지 않았다. 체인의 길이는 1미터에 못 미치는 정도였고, 수갑처럼 생긴 철제 고리가 발목에서 맞물려 있었다. 미려는 보드를 옆으로 세운

다음 앞부분을 들어 올려 옆구리에 받쳤다. 뒤쪽은 땅에 끌면서 걸었다. 바닥은 평평하지 않았다. 완만한 오르막이었고, 구릉이 시야를 차단해 그 너머는 보이지 않았다.

처음 서핑을 제안한 사람은 정운이었다. 그들은 오늘 아침 북쪽 해안에 도착했다. 정운이 렌터카를 운전했고, 미려는 조수석 창문에 매달려 바깥 풍경을 봤다. 내내 해안 도로였지만 경치가 계속 달라졌다. 아침에 만들어 은박지에 싸 온, 치즈 바른 베이글을 중간에 꺼내 먹었다. 미려가 그것을 조금씩 찢어서 정운의 입에 넣어 주었다. 손가락에 묻은 크림치즈를 핥으면서, 미려는 해안 도로를 따라 드라이브를 하는 지금이 이번 여행에서 가장 좋은 순간이라고 생각했다.

정운은 음악을 틀고 싶어 했지만 미려가 그것을 너무나 싫어한다는 사실을 알기 때문에 겨우 참았다. 미려는 조용히 풍경을 감상하고 싶어 했다. 거리에서 들리는 소리와 새들의 지저귐, 사람들이 만들어 내는 소음을 그대로 듣고 싶었다.

정말 아름다운 곳이네. 미려가 말했다. 멀리 보

이는 절벽, 층층이 까맣게 드러난 표면을 보고 있었다. 이런 곳에서 태어났다면 뭐가 됐을까? 뭔가 다른 사람이 되지 않았을까?

글쎄. 정운이 대답했다.

대학엔 갔을까?

미려는 그렇게 말하고 손을 창밖으로 뻗었다. 여기서는 바깥이 보이지 않는, 상쾌한 공기가 통하지 않는 막힌 공간에 들어앉아 시간을 보낸다는 것 자체가 부자연스럽게 생각되었다. 이런 곳에서 태어났다면 쉬는 날 해변에 나가서 수영을 하고, 날마다, 정말 날마다 텅 빈 바다 위로 해가 지는 모습을 보고, 너무 복잡한 생각은 하지 않고 지낼 것 같았다.

그럴까. 정운은 한숨을 쉬었다. 여기가 외국도 아니고, 사는 게 다 똑같지. 그렇게 쉽게 달라지겠냐.

그들은 6년 동안 같이 살았고 만나기 시작한 것은 그보다도 더 전이었다. 둘 다 여행을 즐기지 않았으므로 미려는 정운이 분위기를 바꾸고 싶다면서 어느 날 밤 침대로 노트북을 들고 와 몇 가지 여행 상품을 보여 주었을 때 깜짝 놀랐다. 남쪽 해안의 작은 호텔에 일정 전부를 예약하고 왔는데, 정운은 도착하자마자 후회했다. 해변에는 이른 아침부터 자정까지 관광객들이 개미 떼처럼 몰려 있었다. 모래사장에 누워 팔을 쭉 뻗으면 누군가의 손가락이나 머리카락이 닿았다. 이게 출근 지하철하고 뭐가 달라? 정운은 불평했다.

섬의 북쪽은 아주 달랐다. 해변의 폭은 좁았지만 모래가 깊었다. 탁 트인 바다는 푸른색이 더 짙은 듯했고 파도가 높게 일어 대양의 가장자리에 서 있는 실감이 들었다. 관광객도 훨씬 적었다. 정운은 환호성을 지르며 한 차례 수영을 하고 나오더니 일일 서핑 강습을 하는 가게를 찾아냈다. 미려는 서핑을 원하지 않았다. 서핑 같은 건 한 번도 하고 싶었던 적이 없었다. 자기가 그런 걸 할 수 있을 리가 없다고 확신했다. 그러나 정운은 새로운 일을 시도조차 하지 않으려 한다고, 미지의 체험을 덮어놓고 거부한다고 비난했고, 미려 역시 그 평가를 의식했다. 지금 안 하면 언제 해 보겠어. 정운이 말했다. 미려는 정운의 기분을 맞춰 주고 싶었다. 의외의 모습을 보여 그를 놀라게 하고 싶다는 생각이 들었다. 미려는 벌떡 일어났다. 좋아, 한번 해 보지 뭐. 죽기야 하겠어. 그러나 위아래 검정색 유니폼을 입고 눈썹에 피어싱을 한 남자가 발목에 체인을 채웠을 때, 자신이 수영을 못한다는 사실이 문득 떠올랐다.

수영을 못한다고요? 피어싱한 남자가 어이없다는 듯 바라보았다. 남자의 옷자락에서 미려의 발등으로 미지근한 물이 뚝뚝 떨어졌다.

어떻게 해? 난 수영 못하잖아. 미려가 외쳤다.

정운은 단발머리를 뒤로 묶고 짙은 선글라스를 낀 다른 남자와 함께 있었다. 그 남자도 똑같이 광택이 나는 검정색 스태프용 옷을 입고 있었다. 두 스태프는 자기들끼리 좀 떨어진 곳으로 가서 의견을 주고받았다. 피어싱한 남자는 등을 돌리고 있어 미려 쪽에서는 표정이 보이지 않았다. 선글라스를 낀 남자는 황당하다는 듯 웃었고 어깨를 으쓱했다. 피어싱한 남자가 말을 마치고 다가오더니, 해변과 가까운 얕은 곳에서 연습을 하자고 했다. 이런 경우는 별로 없지만요, 하고 덧붙였다.

미려는 정운과 떨어지는 것이 불안했지만 뭐라고 할 수가 없었다. 그만두기에는 늦었다. 정운은 먼저 바다로 들어가면서 미려를 안심시킬 때 늘 그러듯, 입술을 내밀며 고개를 지그시 *끄덕여* 보였다.

골 세리머니를 하는 선수처럼 집게손가락으로 허공을 가리켰다. 미려는 가슴이 서늘해졌다. 엄마와 떨어지는 아이처럼 온몸이 얼어붙었다. 꿈속에서, 가까운 사람이 눈앞에서 위험한 상황으로 빠져드는 것을 보면서 저지하지 못할 때 같았다. 미려는 애써 미소 지었다. 인상을 쓰거나 초조해하는 모습을 보이면 정운이 싫어하리라는 걸 알아서였다. 미려는 피어싱한 남자가 시키는 대로 보드 위에 엎드렸다. 그가 뒤에서 보드를 밀어 미려를 물속에 집어넣었다. 차가운 물이 곧바로 가슴에 닿았다.

상아색 건물을 안다는 사람은 나타나지 않았다. 미려는 30분은 족히 걸었을 것 같았다. 이제 자기가 본 것이 정말 상아색 건물이 맞는지, 거기 정말 테라스와 비치 체어가 있었는지 확신할 수 없는 지경이 되었다. 자신이 기계처럼, 건전지가 떨어지기 직전의 자동인형처럼 느껴졌다. 의지 없이도 몸이 움직였다. 더 이상은 절대로 걸을 수 없을 것 같았지만 또 발을 들어 올렸고, 앞으로 내디뎠다. 여기가 대체 어딜까? 미려는 생각했다. 얼마나 멀리 떠내려온 것인지 가늠하기 어려웠다. 깜박 잠들었다고 해도 짧은 시간에 불과했다. 아주 얕은 잠이었다. 이럴 수가 있나? 미려는 주위를 둘러보았다. 서핑을 시작한 해변에서 그리 멀리 떨어진 곳이 아니라는 건 분명했다. 그렇지만 풍경이 달랐다. 풍성하던 모래가 사라졌고, 관광객들이 보이지 않았다. 곳곳에 자라난 관목들은 어쩐지 쇠락한 기운을 자아냈으며 공기에는 희미한 물비린내가 감돌았다. 조금 떨어진 물웅덩이에는 기름이 만든 오색 무지개가 얇게 끼어 있었다.

미려는 노부부가 가리킨 방향으로 걷고 있었다. 그들은 둘 다 깡말랐고 검게 그을렸으며 무릎까지 내려오는 고무 앞치마를 두르고 있었다. 양동이를 들고 어디론가 가는 중이었다. 노부부는 미려의 말을 듣고 서로 얼굴을 흘긋 보았다.

이 근처에는 그런 걸 빌려 주는 데가 없어.

남편 역시 모른다는 사실을 표정에서 읽고 할머니가 대답했다. 머리에 두른 스카프를 턱 아래에서 작은 매듭을 지어 묶고 있었는데, 입 주변은 박물관에 전시된 토기처럼 실금으로 뒤덮여 있었다. 처진 눈꺼풀 아래로 보이는 작은 눈동자가 탁했다. 그 눈동자는 비키니와 훤히 드러난 흰 팔다리, 알록달록한 보드를 재빨리 훑었다. 미려는 노부부의 굳게 다문 입에서 경멸을 느꼈다. 아니면 혐오. 자신이 지나가자마자 혀를 차거나 고개를 절레절레 흔들면서 욕지거리를 할지도 모른다는 생각이 들었다.

저쪽으로 가면서 다시 물어봐. 할머니는 겨우 그렇게 말해 주었다.

걷다 보니 안쪽으로 들어간 부지가 나왔다. 오른쪽에, 질척이는 흙바닥에 작은 컨테이너 두 개가 나란히 세워져 있었다. 그 사이를 가로질러 빨랫줄이 걸려 있었는데, 때에 전 커다란 옷들이 잔뜩 걸려 있었다. 미려는 축축한 공기 속에서 한 줄기 연기 냄새를 맡았다. 컨테이너 출입문이 반쯤 열려 있었지만 안을 들여다보기가 겁이 났다. 그 응달의 컨테이너와 긴소매 빨래들은 서글픈 느낌을 자아냈다. 미려는 자신의 스리피스 비키니와 서핑 보드가 어울리지 않는 그 장소를 빨리 벗어나고 싶었다.

얼마 가지 않아 미려는 바닥에 앉아 그물을 손질하는 남자들 무리를 만났다. 남자들 다섯 명, 아니면 여섯 명이 겨울 이불처럼 부피가 큰 그물 속에서 고개를 들었다. 전부 피부색이 어두운 외국인이었다. 외국인 노동자들이구나. 미려는 생각했고,

말문이 막혔다. 호텔이 어디 있는지 물을 엄두가 나지 않았다. 한국말로 물어야 하는지 아니면 영어나 다른 말로 물어야 하는지도 판단이 서지 않았다. 그들은 아무 말도 하지 않았고 움직이지 않았다. 미려는 고개를 돌리기 전에 한 남자와 눈이 마주쳤다. 눈썹이 짙고 콧등이 넓은 남자였다. 그는 감정이 담기지 않은 큰 눈으로 미려를 바라보았다. 그들 모두 미려가 보드를 끌고 지나갈 때까지 손을 멈추고 바라보고 있었다.

미려는 발소리를 들었다. 뒤에서 누군가 따라오고 있었다. 미려는 눈을 감았다가 떴다. 숨을 들이마시고 마음의 준비를 했다. 캡모자를 쓴 한 남자가 오른쪽 높은 곳에, 관목들 사이에 서 있었다. 그가 한쪽 팔을 벌려 뒤를 가리켰다. 미려는 뒤를 돌아보았다. 자신의 발 뒤로, 깊이 팬 한 줄기 선이 죽 이어져 있었다.

당신, 긴 꼬리를 가진 것 같네.

발음이 어눌하고 억양이 이상한 한국말이었다. 하지만 미려는 그 뜻을 알아들었다. 남자가 낄낄대며 웃었다. 적어도 미려에게는 그렇게 들렸다. 같이 들어 줄까요. 남자가 묻자 미려는 완강하게 거부

의사를 표시했다. 그러자 남자는 과장된 태도로 고개를 끄덕이며 입술을 삐죽 내밀더니, 그렇다면 혼자서 잘해 보라는 듯 관목 너머로 훌쩍 사라져 버렸다.

미려는 가슴이 빠르게 뛰었지만 아무렇지 않은 체하려고 애썼다. 뒤를 돌아보지 않았고 지친 기색을 보이지 않으려 노력하면서 걸었다. 머리 위에서 맴돌고 있는 독수리들을 의식하며 걸어가는 초식동물처럼. 바짝 긴장해 있었으나 체력은 완전히 바닥난 상태였다. 현기증이 일었으며 갈증도 심했다. 미려는 정운을 생각했다. 정운도 자신을 찾고 있을 거라는 생각이 들었다. 미려가 없어진 것을 훨씬 전에 알아챘을 수도 있었다. 그러나 어쩌면 정운은 지금도 물속에 있을지도, 보드 위에서 적당한 파도를 기다리고 있을지도 몰랐다. 그럴 수도 있다고 미려는 생각했다. 그렇게 생각하자 꼭 그럴 것만 같았다. 휴식 시간이 끝난 뒤에 그들은 스태프 없이 바다로 나갔다. 정운은 적당한 곳에 자리를 잡고 파도를 기다렸다. 엎드린 채 고개를 뒤로 젖히고 물결이 이는 모습을 지켜봤으며, 패들링을 하고, 제대로 속력을 받지 못한 보드 위에서 비틀거리다 물속으로 곤두박질쳤다. 그 모습을 미려는 보드에 엎드려 바라보았다. 집요한 건지 아니면 진취적인 건지 잘 판단할 수 없었다. 그녀는 피곤했다. 온몸에 전해지는 흔들림을 느끼면서 포갠 손등 위에 턱을 괴고 눈을 감았다.

미려는 정운이 나타나기를, 늘 그랬듯 듬직한 태도로 단숨에 문제를 해결해 주기를 간절히 바랐다. 울면 안 돼. 미려는 자기 자신에게 말했다. 너 지금 울려고 하잖아. 다시 발에 모래가 밟히기 시작했다. 저만치 눈앞에 모래사장이 펼쳐졌다. 지켜보는 사람이 없다고 확신하자 미려는 바닥에 주저앉았다. 석양이 바다 가득 넘실거렸다. 바람이 부는 대로 수면은 잘게 부서졌고 풀들이 흔들렸다. 부드러운 바람이었다. 해변은 텅 비고 황량했지만 너무나 평화로웠으며 고요했다.

소리를 질러야 할까? 미려는 생각했다. 지금 나는 응급 상황인가? 보드를 끌고 한 발짝도 더 움직일 자신이 없었다. 그러나 주변은 너무나 조용하고 또 아름다웠기 때문에 이상한 기분이 들었다. 풍경은 자신의 다급함과 극명하게 대조되었다. 고통을 느끼는 것은 그녀뿐이었다. 자신을 감싸고 있는 막,

얇은 피부 안은 공포로 가득 차 있었지만, 그 밖에 는 한없이 무심한 입자들이 떠돌고 있었다. 미려는 자신의 몸 밖으로 나간 것처럼, 하늘 높은 곳으로 솟구쳐 거기서 내려다보는 것처럼 자신을 바라보 았다. 수영복을 입고 알록달록한 초급자용 서핑 보 드를 옆에 끼고 텅 빈 해변에 서 있는 자신이 보였 다. 줌 아웃해 더 높은 곳으로 올라가자, 동그란 지 구의 표면에, 대양 가장자리에 서 있는 점처럼 작은 자신이 보였다. 그녀가 스스로 마음을 가라앉힐 때 쓰는 방법이었다.

낮에, 피어싱한 남자는 미려를 데리고 바다 가운 데로 들어간 다음 자리를 잡았다. 미려는 모래사장 을 향해 보드 위에 엎드려 있었다. 피어싱한 남자 는 뒤에서 보드가 흔들리지 않게 붙잡고 먼 바다에 서 일어나는 파도의 움직임을 살폈다. 적당한 파도 가 다가오면 그가 신호를 보냈다. 패들, 외치자 미 려는 양팔을 물속에 집어넣어 노를 저었다. 열심히 젓긴 했지만, 그다음은 어떻게 해야 할지 알 수 없 었다. 일어설 수는 없다고 생각했다. 그건 불가능한 일처럼 여겨졌다. 애초에 그녀에게는 일어날 마음이 없었던 건지도 몰랐다. 그런데 양팔로 노를 저으면서 시선을 앞으로 향한 짧은 순간, 저만치 떨어진 곳에 어린 소년이 보였다. 그 애는 보드 위에 똑바로 서서 비틀거리며 버티다가 풍덩 빠졌다. 그 모습을 보자, 겁먹지 않고 일어나 보겠다는 마음이 생겼다. 초등학교 체육 시간에 뜀틀을 앞구르기로 넘을 때, 달려가서 두 발로 동시에 발판을 밟고 솟구쳐 오르던 도약의 느낌이 떠올랐다. 아주 오랫동안 잊고 있었는데, 놀랍도록 생생하게 되살아났다.

파도가 보드 뒤쪽을 둥실 들어 올린 것과 동시에 남자가 보드를 세게 밀면서 업! 소리쳤다. 미려는 물속에서 노를 젓던 손으로 보드를 짚고 벌떡 일어났다. 기우뚱하던 허리에 균형이 잡혔고, 그녀는 보드 위에 두 발로 버티고 서서 물결 위를 미끄러졌다.

휴식 시간에, 미려는 피어싱한 남자와 모래사장으로 올라갔다. 정운이 수건으로 머리를 털면서 대여점 뒤에서 나왔다. 괜찮아? 정운이 다가왔다. 원래 하루 강습 받아서는 어렵대. 표정이 딱딱하게 굳어 있었다. 미려는 정운의 젖은 머리카락을 어루만지고 그의 두툼한 가슴에 손을 올렸다. 뭔가 말하고 싶었지만 타이밍을 놓쳐 버렸고, 그것으로 됐다고 생각했다.

미려는 팔을 뻗어 관목 아래 땅에 반쯤 묻힌 돌을 집어 들었다. 한 손에 쥐어지는, 대리석처럼 단단하고 표면이 반짝거리는 돌이었다. 그것을 옆에 내려놓고 오른쪽 발목에 채워진 쇠붙이 고리를 두 손으로 더듬었다. 돌로 내리칠 만한 가장 약한 연결 부분을 찾았다. 양쪽 고리가 맞물리는 곳을 손가락으로 더듬었을 때, 안쪽 홈에 있는 작은 돌출부가 만져졌다. 그러나 손가락 끝이 안까지 닿지 않았다. 미려는 관목의 질긴 줄기를 손으로 끊어 냈다. 작은 쇳조각의 튀어나온 머리가 눌리는 순간, 딱 소리가 나면서 발목의 고리가 반으로 갈라지듯 열렸다. 미려는 길게 숨을 들이마시고, 다시 내쉬었다. 이렇게 간단한 일이었다니. 허탈했다. 자기 자신에게 화를 내야 할지 지금이라도 벗어났으니 다행으로 여겨야 할지 알 수 없었다. 보드는 파도에 떠밀려 온 좁고 긴 보트처럼 가로놓여 있었다.

이제 미려는 그것을 떨어져서 바라볼 수 있었다. 몇 번이나 뒤돌아보면서, 가벼운 두 발로 위쪽으로 올라갔다. 불규칙하게 여기저기 솟아 있는 관목을 따라 걷자 집들이 나타났다. 뒷마당에서 바로 해변으로 내려갈 수 있는 그런 집들이었다. 컸지만 화려하지는 않았다. 해변에서는 건물의 뒤쪽만 보였는데, 벽들은 전부 싸늘하게 습기를 머금은 회색이었다. 뒷마당들과 해변 사이를 낡은 초록색 철제 울타리가 가로막고 있었다. 집과 집 사이의 틈으로 그 너머가, 차가 다니는 길이 보였다. 그러나 울타리로 막혀 있어 거기로 지나가는 것은 불가능했다. 기척이 느껴지고 텔레비전 소리가 창밖으로 새어 나오는 집도 있었지만 나와 있는 사람은 없었다.

미려는 울타리 옆을 걷다가 한 뼘 정도 열린 쪽문을 발견했다. 네모반듯한 2층짜리 집이었다. 울타리 너머로 넓은 뒷마당이 보였다. 바닥은 시멘트였고 물을 뿌린 듯 군데군데 젖어 있었다. 구석에 차양이 있었으며 그 아래 검정색 SUV와 픽업트럭이 나란히 세워져 있었다. 미려는 망설이다가 쪽문 안으로 들어갔다. 낯선 집으로. 쪽문의 경계를 넘어 내딛는 자신의 발을 보았고, 믿을 수가 없었다. 앞으로 돌아가자 현관이 열려 있었다. 통로 건너편으로 어둑어둑한 실내의 한 귀퉁이를 들여다볼 수 있었다. 미려는 거기서 잠시 서 있었다. 뭐라고 입을 떼어야 할지 마땅한 말이 떠오르지 않았다. 뭐라도 말해야 했다. 그런데 소리가 안 나왔다.

안에서 기척이 났다. 미려는 몇 걸음 뒤로 물러났다. 키가 훤칠한 중년 남자가 오른손 검지로 차키를 빙글빙글 돌리며 걸어 나왔다. 그는 신발을 신고 허리를 편 순간에 미려를 발견했다.

미려는 갈라지는 목소리로 길을 잃었어요, 하고 간신히 말했다. 죄송합니다. 저기 쪽문으로 들어왔어요. 두 손이 가슴 앞에서 모아졌다. 남자는 놀랐고, 그다음에는 못마땅한 얼굴이었다. 입을 다문 채 미려를 바라보았다. 의혹에 찬, 낯선 이가 집으로 들어왔다는 사실을 불쾌하게 여기는 눈길로. 이마는 벗어졌으며 뒤쪽 머리는 짧게 밀려 있었다. 쉰은 훌쩍 넘었을 것 같았다. 미려는 오늘 이 해변에 처음 나왔고, 보드를 반납해야 하는 가게의 위치를 기억해 낼 수 없으며, 일행과도 떨어지게 되었다고 빠르게 설명했다. 남자는 신중한 눈길로 미려를 관찰했다. 위에서 아래로, 바닷물에 젖었다가 마른 부스스한 머리카락과 맨발을 훑어보았다. 미려는 남자의 눈에 자신의 꼴이 어떻게 보일지 생각했다.

아주 비참한 모습인 것만은 확실했다.

서핑을 했는데, 보드는 어디에 있지? 남자가 입을 열었다.

미려는 몸을 떨었다. 떨면서도 최대한 목소리를 가라앉히려 애쓰면서 설명했다. 호텔들이 모여 있는 곳까지만 자기를 데려다줄 수 있느냐고 물었다.

남자는 집 안으로 들어갔다. 미려는 기다려야 하는지 판단할 수 없었다. 모든 것이 가능하다는 생각이 들었다. 무슨 일이든 일어날 수 있었다. 다가오는 대로 받아들이는 수밖에 없었다. 통로 한쪽에 놓인 흙 묻은 운동화 두 켤레에 시선을 고정시켰다. 하나는 검정색이고, 다른 하나는 갈색이었다. 막 벗어던지고 들어간 것처럼 아무렇게나 놓여 있었지만 둘 다 같은 사이즈라는 걸 알아볼 수 있었다. 다른 신발은 보이지 않았다. 문득 남자의 훤칠한 키와 두상이 학부 때 교수님을 닮았다는 생각이 들었다. 그 교수님도 머리가 거의 벗어졌고 뒤쪽은 아주 짧게 유지했다. 자기가 머리를 하러 가면 그날 그 미용사는 완전히 횡재한 거라고 수업 시간에 얘기한 적이 있었다. 누워서 떡 먹기니까요, 커다란 손바닥으로 자신의 머리를 훑으면서 그렇게 말했다. 어느 날 강의하러 나오는 길에 이발소에 들렀는데 좀 수상한 곳이었다고 했다. 들어가서 앉은 다음에 알았다고, 예의 바르게 거절하고 바로 자리에서 일어섰다고 했다. 알죠? 너무 좋아서 받을 수가 없죠, 그런 건.

남자가 다시 나왔다. 한 손에 체크무늬 긴소매 셔츠와 탄산수 병을 들고 있었다.

여긴 초보자들이 서핑할 만한 바다가 아니야.

그는 미려를 지나쳐 앞장서 걸으면서 말했다. 불평하는 듯한, 짜증을 억누르는 것 같은 말투였다. 그는 픽업트럭에 올라타 시동을 걸었다. 미려는 머뭇거렸다. 여행지에서 낯선 사람의 차를 타는 것은 평소라면 절대 하지 않을 행동 중의 하나였다. 가장 하지 말아야 할 행동이라고 미려는 생각했다. 하지만 이런 상황이 되자 이전에 생각했던 규칙이라는 것은 아무런 힘이 없었다. 타지 않을 수가 없었다. 미려는 올라탔다.

차는 진입로를 통과해 이차선 도로를 천천히 달렸다. 미려는 셔츠를 두르고 탄산수를 마셨다. 밖은 어두워져 있었다. 연한 어둠이 고루 내려앉았다. 미려는 창밖을 바라보다가 방향이 잘못됐다는 것을, 상아색 호텔이 있는 쪽과 반대 방향으로 달리고 있다는 것을 깨달았다.

어디로 가는 거예요? 미려는 겨우 물었다.

보드를 두고 왔다면서? 남자가 룸 미러로 미려를 흘긋 보고 다시 시선을 앞으로 향했다. 당연하지 않느냐는 투였다. 미려는 방금 자신의 말이 의심하는 것처럼 들렸을 거라고 생각했다. 미려는 보드의 존재를 까맣게 잊고 있었다. 보드를 가지러 가야 한다는 생각조차 하지 못했다. 정신을 차려야 해, 미려는 스스로에게 말했다. 정신 차려.

아가씨를 데려다주고 나도 어서 가야 해. 아가씨도 급하겠지만 나도 바쁘다고.

남자가 짜증을 숨기지 않았다. 미려는 숨이 막힐 것 같았다. 긴장하고 창밖을 주시하다가, 모래사장이 끝나는 곳에서 신호를 보냈다. 그들은 아래로 내려갔다. 보드는 그 자리에 있었다. 보드가 거기 그대로 있다는 것이 몹시 놀라운 일처럼 여겨졌다. 미려는 어둠에 녹아들어 있는 보드를 발견하고 자신의 일부를 보는 것처럼 묵직한, 거의 눈시울이 뜨거워지는 감정을 느꼈다. 남자는 아무 말 없이 보드의 한쪽 끝을 들어 올렸다. 미려는 반대쪽을 잡았다. 그들은 바람을 맞으면서 보드를 운반해 픽업트럭 뒤에 대각선으로 실었다. 체인이 트럭 바닥에 긁히면서 묵직한 쇳소리를 냈다.

피어싱한 스태프는 대여용 보드들이 층층이 쌓여 있는 진열대 근처에 있었다. 문을 닫을 준비를 하다가, 멀리서 미려를 보고 혼자서 뭐라고 말했다. 그는 빠른 걸음으로 다가왔다. 대머리 남자가 수상한 사람이라도 되는 것처럼 보드를 빼앗듯 넘겨받았다.

어떻게 된 거예요? 스태프가 보드를 훑어본 다음 물었다.

멀리 떠내려가 버렸어요. 미려는 주변을 두리번거렸다. 같이 왔던 사람은, 정운은 어디 있느냐고 다급하게 물었다.

그 사람은 갔어요.

갔다고요?

피어싱한 스태프가 고개를 끄덕끄덕했다. 우린 그쪽이 어떻게든 숙소로 돌아갔을지도 모른다고 생각했어요. 주변을 다 뒤졌는데 없었으니까요. 그 남자분은 호텔로 간다고 그랬어요. 혹시 여기로 오면 주라고 쪽지 남겼어요. 안에 있어요.

　미려는 안으로 들어가 옷과 지갑이 들어 있는 비
치백과 정운이 남긴 쪽지를 받았다. 얇아서 잉크가
번지는, 흰색 정사각형 쪽지였다. 정운은 거기에 호
텔의 주소와 버스 번호, 내려야 하는 정류장의 이
름을 적어 놓았다. 그게 전부였다. 쪽지를 뒤집어
보았지만 아무것도 씌어 있지 않았다.

　상황을 이해하는 데 잠시 시간이 걸렸다. 미려는
순간 이 모든 것이 장난이 아닌가, 무슨 속임수가
아닌가 생각했지만, 그것은 정운의 글씨가 맞았다.
정운은 자신을 기다리지 않았다. 무슨 오해가 있었
는지 모르지만, 도저히 이럴 수 없다고 생각되었지
만, 기다리지 않고 떠났다.

　스태프가 데스크 건너편에서 미려를 빤히 쳐다
보고 있었다. 꼭 울기를 기다리는 것처럼. 미려는
허리를 세우고 탈의실로 들어갔다. 몸의 물기는 완
전히 말라 있었다. 옷을 갈아입으려고 보니 체크무
늬 셔츠를 그대로 걸치고 있었다. 미려는 서둘러서
비키니를 벗고, 속옷을 입고, 민소매 티셔츠와 반
바지를 꿰어 입었다. 반바지는 보송보송한 하늘색
타월천 재질로, 이번 여행을 위해 정운과 같은 디

자인으로 구입한 것이었다. 미려는 벽에 걸린 거울을 보았다. 작은 사각 거울 속에 하얗게 질린, 핏기 없는 입술의 여자가 있었다. 미려는 양손으로 머리를 정리해 가라앉히고 밖으로 나갔다.

아가씨, 괜찮겠어?

대머리 남자가 셔츠를 건네받고 나서 한숨을 쉬며 물었다.

픽업트럭은 탁 트인 도로를 달렸다. 미려는 조수석에 앉아 낯선 섬의 어두운 밤거리를 바라보았다. 자기가 자기가 아닌 것 같았다. 그렇지만 머릿속은 맑았다. 상점들이 모여 있는 환한 교차로를 지나자 다시 불빛이 적어지고 주택가가 나왔다.

나는 잘 모르지만, 아무튼 굉장한 서핑을 한 것 같네. 남자가 미려 쪽을 흘긋 보고 말했다.

미려는 고개를 끄덕였다. 양손을 모아 무릎에 내려놓고 낮에, 벌써 유리 몇 겹 저편에 있는 것처럼 아득하게 느껴지는 낮에 있었던 일을 생각했다. 보드 위에 벌떡 일어설 때의 감각을 떠올리려 애썼다. 처음에는 눈물이 고일 것 같아서였다. 그러나 나중에는 정말 몰입했다. 단계별로 감각을 하나하나 되살려 냈다. 마치 보드와 한 몸이 된 것처럼 가슴과 아랫배와 허벅지를 붙이고 납작 엎드려 있을 때, 멀리서 파도가 다가올 때의 조짐과 흥분과 망설임, 난 일어날 수 없어, 이건 불가능해, 그러나 물살이 보드의 뒤쪽을 둥실 들어 올리자 눈을 질끈 감고 벌떡 일어났을 때. 미려는 한 몸처럼 포개져 있던 보드를 짚고 벌떡 일어났다. 가슴과 배와 다리가 서늘해졌다. 그 느낌을 미려는 기억했다. 다음 순간에는 물 위를 미끄러지고 있었다. 해변에 가까워질수록 속력이 점점 느려졌다. 흔들리는 물 아래로 땅이, 물결의 흐름대로 무늬가 새겨진 부드러운 모랫바닥이 투명하게 비쳤다. 생각보다 어려운 일은 아니었다.

픽업트럭이 자갈을 튀기며 진입로에 들어섰다. 남자가 헤드라이트를 껐다가 켰고, 다시 껐다. 왼편에 창마다 불을 밝힌 긴 단층집이 있었다. 미려가 먼저 트럭에서 내렸다. 남자가 시동을 끄자 사방이 조용해졌다. 바람이 나무줄기 사이를 빠져나가는 소리가 났고, 멀리서 철썩거리는 파도 소리도 들렸다. 이곳도 해변이 멀지 않은가 보다고 미려는 생각했다.

카드 게임 할 줄 아나? 남자가 손에서 차 키를

짤랑거리며 물었다. 미려가 미소를 지으면서 고개를 흔들자, 그는 원한다면 배울 수 있을 거라고 말하고 먼저 집 안으로 들어섰다. 미려가 뒤를 따랐다. 현관에 신발들이 많았다. 벽에 옷가지가 어수선하게 걸린 짧은 통로를 지나자 천장이 높은 거실이 나왔다. 창가에 타원형 나무 테이블이 있었고, 남자 세 명과 여자 두 명이 바닥에 앉아 카드를 쥐고 있었다. 몇은 살갗이 진한 갈색이고 눈썹이 짙었다. 미려를 보고 사람들이 고개를 들었다. 눈이 큰 어린아이 둘도 어른들 사이에서 머리를 내밀었다.

안 오는 줄 알았네. 머리를 틀어 올린 여자가 담배를 사기 접시에 비벼 끄면서 말했다. 이분은 누구야?

파도에 떠내려온 아가씨야. 그가 말했다.

카드 하겠어요? 여자가 묻자 미려는 미소를 지으면서 고개를 저었다. 사람들은 다시 몸을 돌리고 카드 게임을 시작했다. 어린아이 둘은 여전히 미려를 관찰하고 있었다. 미려는 거실을 가로질렀다. 발이 가벼웠다. 비어 있는 의자로 향하면서, 미려는 무언가 느꼈고 자신의 감정에 대해 놀랐다. 미려는 자신이 편안하다는 것을 깨달았다.

감정 연습

김정일이 죽었다는 소식은 점심시간에 전해졌다.

　월요일이었다. 그날 아침, 상미는 좀 늦게까지 잠을 자고 말았다. 그녀는 지난달에 회사 근처로 이사했는데, 어찌된 일인지 요즘 지각이 잦았다. 마을버스를 타면 10분 만에 회사에 도착하는데 말이다. 게다가 월요일부터 지각을 하다니. 상미는 오전 내내 파티션 사이에서 몸을 낮추고 있었다.

　마침내 점심시간이 되었다. 상미는 효정 선배와 커피를 사러 나갔다. 날은 흐렸지만 따뜻했고, 축축한 바람이 불고 있었다. 두 사람은 크리스마스

트리가 장식된 입주기업협의회 1층 카페에서 커피를 사고 밖으로 나왔다. 효정 선배가 벤치에 커피를 내려놓고 담배를 꺼냈다. 상미는 한쪽에 엉덩이를 걸치고 앉아 진하게 주문한 커피를 한 모금 삼켰다. 그날의 첫 커피였다. 오전 내내 한 잔도 마시지 못했다. 아침 9시에 시작하는 전체 회의에 늦는 바람에 컵을 들고 왔다 갔다 하기에도 눈치가 보였다.

"상미 씨, 군기 빠졌네."

효정 선배가 말했다. 그러고는 고개를 꺾어 우아하게 담배 연기를 흘려보냈다.

"너무 빨리 변하는 거 아니에요?"

웃음기 있는 얼굴로 말했지만 가시가 있었다. 상미는 어색한 미소를 지었다. 뭐라 대꾸할 말이 없었다. 효정 선배는 마음을 터놓을 수 있는 사람이 아니었다.

상미는 인턴 생활을 끝내고 지난 11월에 정직원이 되었다. 정직원 여부가 결정되자마자 부동산을 통해 회사 근처의 원룸을 알아보고 바로 계약을 했다. 그 전까지는 학생 때 그대로, 대학교 앞에서 룸메이트와 살고 있었다.

"파주에서 살아도 괜찮겠어요?"

사람들이 만류했지만 상미는 흔들림이 없었다. 살던 집에서 회사까지는 너무 멀었다. 사람들 틈에 끼어 만원버스와 지하철을 갈아타고 하루에 꼬박 세 시간을 이동하는 데 썼다. 그래도 한 번도 지각한 적이 없었다. 그런데 이제는 아침에 눈을 뜨면 8시가 넘어 있었다. 언제 알람을 껐는지도 기억이 나지 않았다. 아마 긴장이 좀 풀린 모양이었다.

그들은 커피를 들고 천천히 걸었다. 은행과 약국이 있는 중심 블록을 벗어나자 오가는 사람이 눈에 띄게 줄었다. 빈 논과 맞닿은 단지의 경계까지 걸어가 철창 안의 토끼들을 구경하는 것이 산책 코스였다. 점심시간이 끝나는 건 언제나 아쉬웠다. 시간은 금세 흘러갔고, 대화는 중단되었다. 어둡고 비좁은 화장실 세면대에서 차례차례 불편하게 이를 닦고, 흐릿한 거울을 보며 립스틱을 덧발랐다. 그래도 전에는 셔틀버스를 타고 서울에 내리면 퇴근했다는 실감이 났다. 대로에 서서 매연이 섞인 공기를 깊이 들이마시곤 했다. 8차선 도로를 가득 메운 자동차들, 횡단보도를 건너는 인파, 층층이 화려하게 불을 밝힌 건물들. 헤어지기 전에 선배들과 간단히 저녁을 먹으며 한잔할 수도 있었다. 그러나 이제 상미는 반대편 정류장에서 혼자 마을버스를 탔다.

건너편에서 최 대리의 모습이 보였다. 그는 한 손에 휴대전화를 들고 화면을 보면서 걷다가 두 사람을 발견했다.

"지금 이렇게 한가하게 있을 때입니까?"

그가 길을 건너 다가오면서 말했다. 두 사람의 얼굴을 살피더니, 아무것도 모르는군, 하듯 고개를 절레절레 흔들었다.

"이분들이 기사도 안 봤나 보네. 김정일 죽었대요. 지금 난리 났어요."

상미와 효정이 소스라치게 놀라는 모습을 보고 그는 만족스러운 표정으로 담배를 꺼냈다. 그는 30대 중반인데, 뱅글거리는 입매에 늘 모든 걸 안다는 식으로 말하곤 했다.

"죽은 지 좀 됐대요. 그런데 오늘 발표한 거래요."

스마트폰을 들여다보는 상미와 효정 옆에서 그가 즐거운 듯 말했다.

"이거 엄연히 비상 사태인데, 우리 단축 근무 안 하나?"

"어디가 북쪽이지?"

효정이 멍한 얼굴로 두리번거렸다.

"자유로가 이쪽이니까, 저기가 북쪽이죠."

최 대리가 상미의 집으로 가는 방향을 가리켰다. 멀리 흐릿한 산등성이들이 보였다. 그중 제일 멀리 있는 산들은 북한에 속했을 수도 있었다. 단지에서 차를 타고 20분쯤 달리면 강변을 따라 이어진 철책선이 나왔다. 철책선에는 통일 대비 투자를 전문으로 하는 부동산 중개업소들의 현수막이 펄럭거렸다. 대비하세요! 투자하세요!

그때 사방에서 타닥타닥 소리가 났다. 엷은 녹색 보도 위로 점점이 빗방울이 떨어졌다. 먹구름이 두 꺼운 이불처럼 머리 위로 내려와 있었다.

"이거 무슨 생화학무기 같은 거 아닐까요?"

최 대리가 호들갑스럽게 머리를 수그리며 두 손으로 가리는 시늉을 했다. 상미와 효정이 웃었다. 갑자기 빗줄기가 확 굵어졌다. 그들은 동시에 비명을 지르고 회사 쪽으로 뛰기 시작했다.

2층 사무실은 떠들썩했다. 물류팀 차장이 들어와 있었다. 한 손에는 커피믹스 껍질을, 다른 손에는 김이 나는 종이컵을 들고 정수기 옆에 서서 뭔가 말하는 중이었다. 그는 주로 물류 센터에서 일했다. 단지의 회사들이 공용으로 사용하는 대규모 시설이었다. 기다랗고 네모반듯한 컨테이너 창고들이 줄지어 있고 그 사이를 물건을 잔뜩 실은 트럭들, 후진할 때 멜로디가 흘러나오는 노란색 트랙터들이 왔다 갔다 했다.

"그게 멀리서 보면 무슨 기지처럼 보일 수 있다고. 난 북쪽 친구들이 기왕 할 거라면 우리 창고에다 폭격했으면 좋겠어. 재고 좀 확 다 불타 버리게. 그럼 내 속이 뻥 뚫릴 텐데."

사람들이 와르르 웃었다. 상미는 티슈를 몇 장 뽑아 비에 젖은 얼굴과 코트를 톡톡 두드렸다. 비슷한 농담을 들은 적 있는 것 같았지만 또 들어도 웃겼다. 단지에는 북한을 소재로 한 다양한 조크가 있었다. 서울에서 그리 멀지 않지만, 분위기가 달랐다. 이마 위로 차가운 물이 흘러가는 것처럼 완충지대 없이 북한의 존재를 느꼈다. 무슨 사건이 일어나 남북이 긴장 국면이 될 때마다 사람들은 비슷비슷한 농담을 했고 처음 듣는 것처럼 재미있어 했다. '전쟁', '폭격', '피난'이라는 단어가 나오고 흥분해 열을 올렸지만 왠지 축제 같은 느낌이 있었다. 갑자기 사이가 좋아진 것처럼 서로 웃는 얼굴로 농담을 했고 받아 주었다.

물론, 농담하지 않는 사람도 있었다. 란 선배는 의자 팔걸이에 양팔을 늘어뜨리고 앉아 있었는데, 얼굴이 울상이었다.

"어느 정도 상황이면 근무를 거부할 수 있는 걸까. 휴전선 코앞에 있는 회사에서 가이드라인 정도는 있어야 하는 거 아닌가?"

그녀는 세 살 된 딸아이를 전주의 친정에 맡겨 두고 있었다. 상미는 가끔 화장실에서 휴대전화로 아이의 동영상을 보는 그녀의 모습을 목격하곤 했다.

오후 1시가 되었다. 사람들은 입을 다물고 흩어졌다. 그래도 분위기는 어수선했다. 상미는 자리에 앉아 팔을 쭉 펴고 스트레칭을 했다. 맞은편 빈 책상이 눈에 들어왔다. 태영 씨가 쓰던 자리였다. 위아래로 움직이는 목 받침이 달린 검정 사무용 의자가 상미 쪽을 향해 있었다. 그 빈자리를 볼 때면 마음이 좋지 않았다. 태영에게 미안하다거나 그런 건 아니었다. 그보다는 자기 자신과 관련된 감정 때문인 것 같았다.

태영은 상미와 함께 인턴 생활을 한 동기였다. 3개

월의 인턴 기간을 거쳐 둘 중 한 사람을 채용한다
는 것이 회사의 조건이었다. 상미는 이런 중소기업
까지 인턴제를 채택한다는 사실에 놀랐지만 지원율
은 꽤나 높았다. 태영은 상미보다 다섯 살이 위였
다. 학벌도 더 좋았다. 늦게 군대를 다녀왔고, 대학
원 석사과정을 2학기 다니고 중단한 상태였다. 내
성적인 성격에 바닥만 보고 걸어 다닐 정도였지만,
언뜻언뜻 강한 자의식이 엿보였다.

　상미는 은연중에 두 사람의 경쟁을 부추기며 구
경하는 분위기를 느꼈다. 불쾌하고 자존심이 상하
는 일이었다. 그런 기대를 충족시켜 주지 않으리라
마음먹었다. 어쩌다 경쟁 구도에 놓이게 되었을 뿐
두 사람이 서로 싸울 이유도, 미워할 이유도 없었
다. 그렇게 대단한 회사도 아니잖아, 상미는 생각했
다. 하지만 시간이 흘렀고, 이상한 일이 일어났다.
상미는 어느 순간 자신이 그를 꺾고 싶어 한다는
걸 깨달았다. 그가 실수하기를 바라며 일거수일투
족을 주시하는 자신을 발견했다. 언젠가부터 상미
는 실제로 그를 미워하고 있었다. 입을 가리고 웃는
습관조차 보기 싫었다.

　그 무렵엔 늦은 시각까지 야근을 해도 모닝콜이

울리기 1분 전에 눈이 떠졌다. 눈매가 또렷해 보이도록 아이라이너로 강조했고, 굽이 높은 구두를 신었다. 집을 나서서 사무실 문을 열고 들어설 때까지, 전쟁터에 임하는 것처럼 스스로 무장했다.

김태영은 똑똑했지만, 혼자 하는 일이 어울리는 사람이었다. 학자나 마라토너처럼. 사무실의 일상적인 잡담에 끼지 못했고, 전화 응대하는 걸 특히 어려워했다. 두 달이 넘어갈 즈음, 상미는 자신이 그를 제치고 정규직 자리를 차지하리라는 걸 거의 확신했다. 부장으로부터 슬쩍 암시하는 말을 듣기도 했다. 그런데도 상미는 그를 싫어하는 일을 멈추지 못했다. 왜 이다지도 그가 꼴 보기 싫은지 스스로도 알 수 없을 지경이었다. 하루 종일 파티션을 사이에 두고 마주한 채 지내는 사람을 맹렬하게 증오한 나머지 오후가 되면 머리가 지끈지끈거렸다. 그가 없어졌으면, 하고 생각했다.

그렇다고 해서 상미가 적극적으로 뭔가를 한 건 아니었다. 상미가 실제로 한 일은 아주 작은 것—말 한마디, 비웃듯 입을 꽉 다무는 표정 같은—이었다. 평형대에서 균형을 잃고 허우적대는 사람을 미는 손가락 하나 같은 것.

그런 자신의 마음을, 다른 사람은 몰라도 태영은 알았을 것이다. 그는 알고 있었다. 모를 수가 없었다. 그는 내가 어떤 인간인지 알고 있다. 상미는 생각했다.

반면 그는 끝까지 그런 모습을 보이지 않았다. 둘만 있을 때도 상미를 그런 식으로 대한 적이 없었다. 상미는 이겼지만 패배한 기분이었다. 그걸 뭐라고 표현해야 할까. 그동안 자신이 좋은 사람이라고 생각했던 건 아니었다. 흔히 말하듯 사람마다 그릇이라는 게 있다면, 자신의 그릇이 그다지 넓지 않다는 건 스물여섯 해를 사는 동안 이미 깨달았다. 그래도 내심 중요한 순간에는 올바른 행동을 할 수 있는 그런 사람이라고 생각해 왔었다.

바라던 대로 정식 직원이 된 날, 상미는 설립자인 대표를 만날 수 있었다. 4층 사장님의 방에 처음으로 올라가 봤다. 그는 전망이 좋은 창가에 놓인 커다란 책상에 앉아 있었다. 펜을 쥐고 뭔가를 읽는 중이었는데, 고개를 들어 상미를 보고는 말했다.

"우리가 에이급도 써 보고 비급도 써 봤는데, 에이급들은 금방 그만두더라고."

대체 그건 무슨 뜻이었을까. 여전히 알 수 없다.

악의는 없어 보였다. 진심을 말한 것뿐이었다.

그리고 이제 맞은편 자리는 비어 있다. 그는 눈앞에서 사라졌다. 김정일 사망 소식을 듣고, 태영 씨도 이곳을 떠올리겠지. 상미는 생각했다. 만에 하나 폭격이라도 일어난다면, 그가 더 운이 좋았던 셈인가. 그는 사망자 명단에서 내 이름을 확인하겠지. 속이 후련하다고 생각할까.

그때 전화벨이 울렸다. 부장님 자리였다. 그는 전화를 받아 예, 예, 하더니 잠시 멈췄다가 다시 대답했다. 그러고는 수화기를 던지듯 내려놓았다.

"아니, 왜 이런 걸 나한테 얘기해. 나한테 어쩌라고."

누구한테 하는 말도 아니면서 책상에 앉아 짜증을 냈다. 그러더니 "상미 씨." 하고 불렀다.

그녀가 고개를 들었다. 부장이 말했다.

"사장님 방에 비가 샌다는데, 밑에 아저씨한테 가서 말 좀 해 줘라."

"밑에요?"

그녀는 알아들었으면서 되물었다.

"이선 아저씨요?"

"응. 지하실에 한 번 가 봐. 사장님이 찾는다고

해."

　비는 여전히 세차게 내리고 있었다. 상미는 우산을 쓰고 돌층계를 내려갔다. 바람이 불어 난간에 고인 물을 사방으로 날려 보냈고, 누르스름하게 시든 잔디밭은 수영장같이 변해 있었다. 겉옷을 걸치고 나올걸 싶었다. 몸이 속에서부터 떨렸다. 상미는 잔디밭 가장자리를 따라 조심조심 걸었다. 건물 뒤편에 작은 문이 있었다. 지하실로 통하는 문이었다. 이선 아저씨가 생활하는 곳. 밖에서 들여다본 적은 있지만 안에 들어가는 건 처음이었다. 상미는 조금 주저하며 문을 열었다. 아래로 내려가는 좁고 가파른 계단이 나왔다.

　이선 아저씨는 회사에 거주하는 경비 겸 건물 관리인인데, 정확한 나이는 아무도 몰랐다. 일흔이 넘었다는 말도 있고, 여든이 넘었다는 말도 있었다. 회사가 강남에 있을 때부터 근무했다고 알려져 있었다. 회사 살림 하나하나를 다 알았고, 직원들이 분리수거를 잘못하거나 막 청소한 계단에 뭔가 흘리거나 하면 마음대로 소리를 질렀다. 청소를 마친 이른 아침, 그는 잔디밭에서 맨발로 국선도를 했다.

움직임이 사뿐사뿐 나는 듯했다.

상미는 창립 기념일 행사에서 그를 처음 보았다. 전 직원이 회의실에 모여 케이크를 먹고 돌아가면서 덕담을 했다. 차례가 되자 아주 작고 몸이 가느다란 남자가 벌떡 일어났다. 멀리서 보면 어린아이로 착각할 정도였는데, 목소리만은 깜짝 놀랄 정도로 카랑카랑했다.

"이렇게 좋은 세상이 돼서 우리 사장님이랑 직원들이 일하는 것을 옆에서 보기만 해도 저는 참 감사하고 좋습니다. 얼마나 감사합니까. 왜정 때 생각하면, 말도 못해요. 육이오 전쟁 때 생각해 보세요. 너무 감사해요. 얼마나 좋은 세상입니까."

그는 얼굴을 일그러뜨리며 활짝 웃었다. 얇은 입술 아래 작고 뾰족한 이들이 드러났다. 그러고는 해병대식으로, 위아래로 힘차게 팔을 휘둘러 벌레를 잡듯 박수쳤다. 직원들은 뜨악한 표정으로 입 모양으로만 웃고 있었다.

"솔직히 이런 일 하기엔 너무 늙으셨죠."

나중에 선배들이 아저씨를 두고 말했다.

"무슨 소리예요, 저보다 오래 살 것 같은데요."

"맞아, 100살까지 사실지도 몰라요."

"함부로 단정 짓지 마세요. 이미 100살일 수도 있어요."

가파른 계단을 내려가자 좌우로 공간이 나왔다. 계단을 사이에 두고 오른쪽과 왼쪽으로 나뉘었는데, 오른쪽이 훨씬 넓었다. 그곳은 언뜻 보면 고물상 같았다. 회사에서 나온 온갖 잡동사니가 차곡차곡 천장까지 쌓여 있었다. 사무용 책상과 의자들이 포개져 있고, 동그란 유리 테이블, 철제 캐비닛과 브라운관 텔레비전도 있었다. 상미는 안으로 발을 들여놓았다. 어슴푸레하게 빛이 들어오는 낮은 창문 아래 침상이 있었다. 죄수가 쓸 법한 좁고 딱딱한 침대였다. 흑백영화 화면처럼 모든 게 거무스레했다.

"어서 오세요, 천사님."

뒤에서 카랑카랑한 목소리가 울려, 상미는 비명을 지를 뻔했다. 놀란 가슴 위로 손을 얹었다. 이선 아저씨가 잡동사니 무더기 옆, 커다란 검정 가죽 의자에 앉아 자신을 보고 있었다. 뜨거운 것이 속을 훑고 내려갔다. 당장 눈앞에서 못 볼 일이 펼쳐질 것만 같았다. 천사라니, 혹시 자기가 죽었다고 생각하는 건가?

가죽 의자가 커서 그의 몸은 더 작아 보였다. 사

장님이 썼을 법한, 바퀴 달린 구식 의자였다. 정신 바짝 차리자. 머릿속으로 많은 생각이 스쳐 갔지만, 상미는 "아저씨, 사장님이 찾으세요." 하고 미소 띤 얼굴로 말했다.

"사장님이 나를요?"

사장님이라는 말에 정신이 돌아왔는지, 그가 자리에서 일어났다. 성량이 풍부한 목소리였다.

"사장님 방에 비가 샌대요."

귀가 잘 들리지 않나 싶어 상미는 큰 소리로 말했다.

그는 고개를 끄덕이고 못에 걸린 비옷을 내려 천천히 입었다. 하늘색 비옷 자락이 발목까지 내려왔다.

"저쪽으로 갑시다."

그는 담담하게 말하고 계단을 지나 반대편 공간으로 갔다. 상미는 심호흡을 하며 뒤를 따랐다.

비스듬하게 경사진 천장 아래 이상한 것들이 줄줄이 놓여 있었다. 대용량 케첩 깡통이며 플라스틱 통 같은 것들이었다. 어린아이가 들어갈 정도로 큼직하고 깊은 양동이도 있었다. 각종 용기들이 크기 순으로 줄을 맞춰 가지런히 놓여 있었다. 스무 개는 넘을 듯했다.

"이걸 좀 같이 듭시다."

그가 말했다.

사무실은 훈김으로 꽉 차 있었다. 상미가 흠뻑 젖어 들어오는 걸 보고도 아무도 고개를 들지 않았다. 사무실을 가로질러 자리로 돌아오는 길에 보니 정수기 옆, 테라스로 통하는 문이 활짝 열려 있었다. 안으로 비가 들이쳐 바닥에 얕게 물웅덩이가 생겨났다. 상미는 문을 닫고 종이 수거함에서 신문을 가져와 웅덩이를 덮었다. 신문 뭉치는 젖지 않고 물을 사방으로 밀어 냈다. 웅덩이가 넓게 퍼졌다. 그녀는 신문을 더 가지고 왔다. 이번에는 한 장씩 빼내 뺑 둘러 가며 덮었다. 밖에서 윙윙 바람 소리가 들렸다.

상미는 다시 자리에 앉았다. 친구들에게 메시지가 와 있었다.

—북한 특파원, 살아 있나? 소식 전해 주세요.

—오늘 밤 파주에서 자도 되는 거야? 한강 이남에 있어야 하는 거 아냐?

상미는 휴대전화를 보며 미소 지었다. 장난스러

운 메시지들을 확인하자 친구들이 보고 싶었다. 가까이 앉아서 실컷 이야기를 나누고 싶었다. 그게 간절했다. 그러나 친구들은 전부 서울에 살고 있었다. 빨라도 주말이 되어야 만날 수 있을 것이다. 상미는 이사한 것을 후회했다. 너무 경솔했다는 생각이 들었다. 슈퍼마켓과 부동산 간판에 불이 꺼지고 나면 길에 오가는 사람이 드물었고, 텔레비전을 끄고 자리에 누우면 건물 사이를 가로지르는 바람 소리만 들렸다.

상미는 휴대전화를 넣어 두고 의자를 당겨 앉았다. 포털 사이트에는 김정일 사망 소식을 다룬 기사가 폭발적으로 올라와 있었다. 새로이 북한의 지도자가 될 김정은을 소개한 기사를 읽었다. 김일성, 김정일, 김정은 3대를 분석한 글, 앞으로의 북한 정세를 예측한 기고문도 훑어보았다. 기사들은 전부 비상 사태를 상정하고 있었지만 이상하게 실감이 나지 않았다. 무슨 일이 터지면 어쩌나, 정도의 생각은 들었지만 정말로 두려운 건 아니었다. 상미는 어릴 때 겁이 많았다. 교과서에서 피난 행렬을 찍은 흑백사진을 보면 두려웠다. 고등학생 때까지만 해도 그랬다. 책상 앞에 플로베르가 말했다는, 그러나 진위를 확인할 수는 없는 글귀를 붙여 놓기도 했다. '우리가 두려워할 것은 큰 재난이 아니라 작은 재난들이다.' 전쟁 영화를 보고 극장 밖으로 나가면 볕이 내리쬐는 한낮의 거리가 기적처럼 여겨졌고, 이런 평온이 언제 갑자기 끝나 버릴지 모른다는 생각에 불안했다. 그때 느낀 공포가 지금도 선명하게 기억났다.

상미는 모니터에서 눈을 들었다. 어김없이 맞은편 빈자리가 눈에 들어왔다. 전화벨이 울리면 굳어지던 하얀 얼굴이 눈에 선했다. 상미는 어릴 때 전쟁이 너무 무서웠다고 즐겨 얘기하곤 했었다. 이젠 그러지 못할 것 같았다.

철컥, 사무실 문이 열렸다. 커다란 하늘색 비옷을 뒤집어쓴 이선 아저씨가 서 있었다. 손잡이 달린 하얀색 양동이를 들고 있었는데, 상미가 지하실에서 갖고 올라온 것이었다.

"사방이 물바다예요. 이 방은 괜찮습니까?"

그가 문간에 서서 카랑카랑한 목소리로 물었다.

"또 물이 새나 봐요?"

부장이 자리에 앉은 채 고개를 들고 말했다. 그때 아저씨 눈길이 발코니 문 앞에 깔아 놓은 신문으로 향했다.

"누가 신문을 저래 놨어?"

그는 비옷 자락에서 물을 뚝뚝 흘리며 사무실 안으로 걸어 들어왔다.

"왜 신문을 저렇게 해 놓느냐고? 뭉텅이로 적셔 놓으면 나보고 어쩌라는 거야? 내가 회의실에 걸레 많이 갖다 놨잖아."

상미가 자리에서 일어났다.

"지금 치울게요."

"나무 바닥에 물기는 바로 바로 닦아야지. 그러라고 애써 걸레도 갖다 놨는데 왜 그걸 안 해?"

그가 소리쳤다. 사람들이 하던 일을 멈추고 고개를 들었다. 그는 상미가 방금 전 같이 양동이를 들고 올라온 천사라는 것도 기억 못하는 것 같았다.

"죄송해요. 지금 치울게요."

별일도 아닌 걸 갖고 소리까지 지르고 난리야. 상미는 화를 삭이며 쪼그려 앉아 신문을 걷었다. 신문 뭉치는 물을 잔뜩 머금어 무겁게 젖어 있었다. 조각들이 작게 갈라지며 바닥에 달라붙었다. 손으로 그걸 긁어냈다. 회색 죽처럼 양손으로 퍼 올렸다.

부장이 사무실을 가로질러 다가왔다. 바닥을 살피고, 아저씨를 향해 웃는 얼굴을 했다.

"큰 건물 관리하느라 고생이 너무 많으시지요. 상미 씨가 아저씨 좀 도와 드려라."

그러고는 주변을 둘러보았다.

"또 누가 좀 같이 하지."

상미는 젖은 신문 뭉치를 쓰레기통에 집어넣고, 복도를 지나 회의실에 들어갔다. 캐비닛 안에는 먼지가 두껍게 앉은 종이 상자들이 있었고, 노랗고 빨간 전선 뭉치, 납작한 바구니들이 있었다. 맨 아래 칸에서 노란 봉지가 나왔다.

효정 선배가 뒤따라 문을 열고 들어왔다.

"상미 씨, 민망했죠? 아저씨가 너무 소리 질러서 나도 깜짝 놀랐어."

"정신이 오락가락하시나 봐요."

상미가 냉소적으로 대꾸했다.

"날이 궂어서 그런가. 아, 아까는 정말 이상했어요. 저한테 천사라고 했어요."

"언제요?"

"지하실 내려갔을 때요. 저한테 천사님이라고 하는 거예요. 식겁했어요."

효정이 피식 웃었다.

"여직원들한테 그렇게 많이 불러요. 엔젤이라고 할 때도 있어요."

상미는 봉지 안에 든 것을 널찍한 회의실 테이블에 쏟았다. 물 빠진 면 티셔츠 몇 장, 구겨진 채로 굳은 수건, 축 늘어진 러닝셔츠 따위가 엉켜 한 덩어리로 떨어졌다. 상미는 오른손 엄지와 검지로 긴 팔 티셔츠의 목 부분을 집어 올렸다.

"이거 걸레 맞아요? 혹시 아저씨 옷 아닐까요?"

"상미 씨 같으면 이걸 입겠어요? 이걸 지금 걸레라고 갖다 놨나 봐요."

효정이 옷 덩어리를 뒤적였다. 원래 색깔을 알아볼 수 없을 정도로 물이 빠진, 남성용 트렁크 팬티가 있었다.

"아, 진짜 돌겠네. 이 아저씨 미쳤나 봐."

효정이 중얼거렸다. 몸은 멀찌감치 떨어뜨린 채 오른손 집게손가락만을 이용해 팬티를 펼쳤다. 푸른색 줄무늬 천이었던 듯했다.

상미는 창문 쪽으로 다가갔다. 세로로 긴 유리창이 여러 개였는데, 실제로 열리는 부분은 무릎 높이에 있는 책받침만 한 네모뿐이었다. 창틀에는 물

이 고여 있었다. 그 아래 바닥에도 흘러내린 물이
고여 있었다.

"어떻게 건물을 이렇게 만들까요. 지은 지 몇 년
이나 됐다고."

상미가 말했다. 그러자 효정이 대꾸했다.

"전에 건축학과 학생들이 찾아온 적 있었어요.
목에 카메라 걸고, 안에 들어와서 구경해도 되는지
물어보더라고요. 내가 진짜, 비 오는 날 오라고 하
고 싶었다니까요."

멋진 건물이긴 했다. 구조가 특이했고, 어디에서
고개를 들어도 벽이 만드는 선과 면이 독특한 각도
로 겹쳐졌다. 복도 어느 지점에 서면 사진을 찍고
싶은 마음이 들 만큼 구도가 근사했다. 그러나 사
람이 활동하기에는 엉망이었다. 계단은 너무 가파
른 데다 좁아서 오르내릴 때마다 굴러떨어질 것 같
은 공포심이 들었고, 무엇보다 방수 기능은 건너뛴
모양이었다.

효정은 테이블 위에 펼쳐 놓은 팬티를 물끄러미
보더니, 뭔가 생각난 듯 허리 밴드부터 넓게 둘둘
말았다. 회의실을 가로질러 창가로 가서 보란 듯 창
틀에 끼웠다.

"신문지 쓰지 말라고 했으니까 어쩔 수 없지."

"으악, 진짜 흉물스러워요."

상미가 인상을 찌푸렸다. 그러면서도 웃음이 나와 피식거리며 옷 더미를 뒤적였다. 팬티가 또 있었다. 둘둘 말아서 옆의 창틀에 끼웠다. 둘은 낡은 팬티가 끼워진 창틀 앞에서 소리 죽여 깔깔거렸다. 웃음이 잦아들자 많은 일을 한 것처럼 피로가 몰려왔다. 이제 월요일인데, 벌써 이렇게 피곤하면 어쩌나. 오늘 중에 하려고 계획했던 일들이 상미의 머릿속을 스쳤다. 오늘은 일할 날이 아닌가 보다, 어떻게 되겠지.

문이 열리고, 최 대리가 들어왔다. 세 사람은 바닥의 물기를 닦고 캐비닛을 정리했다. 정리가 끝난 뒤 잠시 테이블에 기대 빗소리를 들었다. 문득 상미가 입을 열었다.

"오늘 밤에 진짜 무슨 일 나는 거 아니겠죠?"

"뭐가?"

효정이 반문했다.

"북한이요. 김정일 죽었잖아요. 두 분은 그래도 서울 사니까 좋겠어요."

효정은 무슨 소리냐는 듯 상미를 쳐다봤다.

"당연히 아무 일 없지. 뭔 소리예요."

최 대리도 말했다.

"지금은 떠들썩해도 또 조용해질 걸요. 항상 그렇잖아요. 참, 효정 씨."

그가 쭈그리고 앉은 채로 고개를 들어 효정을 봤다.

"오늘 퇴근 몇 시에 하실 거예요? 그 동네 갈 일 있는데 태워다 드릴게요."

상미는 회의실에 두 사람을 남겨두고 나왔다. 바깥은 저녁처럼 어두웠다. 긴 복도의 바닥 양쪽에 양동이와 양은 양푼 따위가 띄엄띄엄 놓여 있었다. 통유리 너머로 단지 중앙로가 보였다. 북쪽으로 가는 차선에 군용 지프와 트럭들이 한 줄로 달리고 있었다. 트럭 뒤에는 얼룩덜룩한 옷을 입은 군인들이 마주 보고 앉아 있었다. 우산도 쓰지 않고 비를 그냥 맞았다. 그때 코앞에서 똑 하고 맑은 소리가 울렸다. 상미의 발치에 놓인 흰색 양동이 안으로 물방울이 떨어졌다.

퇴근길에 상미는 슈퍼에 들러 팩에 든 버섯과 양파 한 망, 초록색과 노란색 피망을 샀다. 야채 볶음을 만들어 저녁으로 먹고, 내일 점심 도시락을 쌀 생각이었다.

요리를 하고, 조리대 앞에 선 채로 밥을 먹었다. 도시락으로 가져갈 반찬을 담고 설거지를 했다. 시계를 보니 벌써 9시였다. 내일은 꼭 7시에 일어나야지. 상미는 생각했다. 머리를 감고 오랜만에 옷을 차려입고 출근해야지.

그녀는 일찌감치 불을 끄고 잠자리에 누웠다. 여기가 끝인가? 이제 시작인데, 왜 끝인 것만 같지? 어둠속에서 그녀는 생각했다. 대학 입학을 앞두고 서울로 갈 때는 미지의 세계가 열리는, 이제 막 그 속으로 발을 디디는 실감이 있었다. 앞으로 살게 될 낯선 대도시를 방문해 밤을 새우고, 도시가 내려다보이는 건물 옥상에서 새벽을 기다리는 기분. 흥미진진하고 완전히 새로운 부분은 모르는 사이에 이미 지나온 것 같았다. 그런 생각을 하다가 까무룩 잠이 들었다.

한밤중, 초인종이 울렸다. 크고 날카로운 소리에 눈이 번쩍 떠졌다. 전자 벽시계의 빨간 숫자를 보니 1시 45분이었다. 이 시간에 누구일까.

처음에 상미는 자기 집 벨 소리라고 생각했다.

그런데 인터폰 화면에 불이 들어오지 않는 걸 보니 옆집인 모양이었다. 갑자기 잠에서 깨어 가슴이 두근거렸다. 나쁜 꿈을 꿨을 때 같았다. 누군가 계속 벨을 눌렀다. 세 번 네 번 소리가 났고, 그 뒤로는 벨이 울리는 것인지 귓속에서 이명이 반복되는 것인지 분간이 되지 않았다.

한참 뒤에, 거의 눈이 감기려 할 때쯤, 문을 쾅쾅 두드리는 소리에 정신이 번쩍 들었다. 옆집에서 나는 소리였다.

"119입니다. 문 열어 보세요. 119입니다."

젊은 남자의 크지도 작지도 않은 침착한 목소리가 들렸다.

"119입니다. 문 좀 열어 보세요."

침대에서 일어나 작은 등을 밝혔다. 옆집 사람에게 무슨 일이 생긴 걸까. 상미는 옆집에 사는 여자를 잘 몰랐다. 얼굴만 아는 정도였다. 그 집에 샴고양이가 한 마리 있다는 건 알고 있었다. 창틀에 앉아 있는 모습을 여러 번 본 적이 있었다. 이 소동에 샴은 어떻게 하고 있을지 걱정이 되었다.

자리에서 일어나 인터폰 화면을 켰다. 문 앞은 텅 비어 있었다. 사람들이 있을 거라 생각했는데,

아무도 없었다. 맞은편 집의 문과 그녀의 집 사이 공간에는 아무도 없었고, 왼쪽으로 계단의 일부가 보일 뿐이었다. 온몸에 소름이 끼쳤다.

상미는 창문을 열고 고개를 내밀었다. 차가운 공기가 밀려들었다. 밖은 연기 같은 안개가 자욱했고, 건물 아래 구급차가 있었다. 붉은빛이 젖은 도로 위에 번쩍거렸다. 계단에서 무거운 쇠붙이가 떨어져 구르는 듯한 소리가 들렸다. 쾅쾅 내리치는 소리가 연달아 났고, 사람들의 말소리도 들렸다. 새벽 2시에 들릴 법한 소리는 아니었다. 상미는 맨발을 차가운 슬리퍼에 넣고 조심스럽게 현관문을 열었다.

그녀가 착각한 것이었다. 소리는 옆집이 아니라 아래층에서 나고 있었다. 계단을 서너 개 내려가자 경찰들이 보였다. 그중 한 명이 고개를 들어 상미를 흘긋 보더니 올라가라고, 거만하게 손짓했다.

"집주인한테 연락을 해야 해요."

여자 목소리가 들렸다.

상미는 집 안으로 들어와 현관에 잠시 서 있었다. 어째서 경찰들이 와 있는 건지 알 수 없었고 막연하게 불길한 마음이 일었다. 자살이라는 생각이 들었다. 달리 할 수 있는 일이 없어 불을 끄고 침대에 누웠다. 출근하려면 잠을 자야 했다. 그러나 아래층은 계속 시끄러웠다. 내리치고 부수는 소리가 멈추지 않았다. 무전기에서 나오는, 지직거리며 증폭되는 남자의 목소리도 들려왔다. 상미는 아까 보았던 경찰들의 얼굴을 떠올렸다. 살인 사건이나 자살이라면 그렇게 뻣뻣하게 서 있지는 않을 것 같았다. 곰곰이 따져 보니 집주인에게 연락을 해야 한다는 목소리도 그렇게 다급하지는 않았던 듯했다.

삭막한 동네라고, 상미는 어둠속에서 천장을 보며 생각했다. 야근하고 돌아오는 길이면 걸을 때 나는 발소리조차 무서웠다. 건물과 건물 사이는 너무 어두웠고, 길은 텅 비어 있었다.

소음은 점점 더 커졌다. 그녀는 다시 일어나서 불을 켜고 밖으로 나갔다. 이번에는 반 층 아래 젊은 여자가 서 있었다. 옆집 여자였다. 잠옷에 겉옷을 걸치고, 동그란 안경을 끼고 있었다.

"소리 때문에 나오신 거죠?"

여자가 상미에게 말을 건넸다. 고개를 끄덕이자 여자가 말했다.

"안에 사람이 연락이 안 돼서 119가 현관문을 부쉈대요. 지금 다시 원상 복구하고 있대요."

"무슨 일 있는 거예요?"

"문 부수고 들어간 다음에 복구하는 중이래요."

여자는 같은 말을 반복했다. 그러고는 층계를 올라왔다. 상미는 그대로 서 있었다. 여자가 힐끗 상미를 쳐다보자 그제야 길을 비켜 주었다. 여자는 상미를 지나쳐 자기 집으로 들어갔다. 도어락이 묵직한 소리를 내며 자동으로 잠기는 소리가 들렸다.

상미는 몇 초간 거기 그렇게 서 있었다. 그러다 집으로 들어갔다. 차가운 현관문에 등을 기대고 잠시 서 있었다. 상미는 그 여자가 자기에게 뭔가 더 따뜻한 말을 해 주길, 심지어 가벼운 포옹을 해 주기를 기대했다는 사실을 깨달았다.

창문을 열고 내다보니 밖에 구급차는 그대로 있었다. 옆집 여자도 단지의 회사에서 근무할지 모른다. 문득 그런 생각이 들었다. 어쩌면 아래층 사람, 무슨 일인지는 모르지만 구급차에 실릴 사람도. 그럴 확률은 충분했다. 상미는 불을 껐다. 침대로 들어가 이불을 턱까지 끌어올렸다. 양팔을 빼내 손으로 두 눈을 덮었다. 창문에 번쩍이는 붉은빛은 그래도 보였다.

말
과

키
스

고현진은 대학을 졸업하고 보험회사의 팀 비서로 근무하다 결혼했다. 상대는 계리사였다. 현진이 담당한 부서 소속은 아니지만 같은 층을 써서 자주 마주치던 남자였다. 그녀의 부모님은 보험 계리사에 관해 들어 본 적이 없었다. 앞에 '보험'이라는 말이 붙지 않았다면 아마 닭과 관련된 일이라고 여겼을 것이다.

　그녀 인생의 첫 번째 사회생활은 그렇게 사내 스캔들의 주인공이 되면서 막을 내렸다. 결혼을 앞두고 회사를 그만둘 때 주변 사람들의 시선이 따가웠다. 봉 잡았다거나, 얼마 못갈 거라는. 그때 현진은 스물여섯이었다. 어깨를 한쪽으로 기울이고 깔깔대며 말했다.

"살아 보고 아니면 이혼하죠 뭐. 위자료만 많이 받으면 돼요."

친구들에게도, 잘 모르는 사람들에게도 그렇게 말했다. 상처받지 않으려고 한 말이었지만, 반복하는 사이 스스로도 암시가 되었다.

결혼 생활은 생각보다도 더 빨리 끝났다. 잠실의 그 9층 아파트, 현관 바닥의 오색무늬 타일, 자동차 시트에 밴 방향제 냄새. 전부 또렷하게 떠오르는데, 그 속에 자기가 있었다는 게 실감나지 않는다고 그녀는 이야기했다.

그곳을 나와 경기도의 부모님 집으로 돌아갔다. 가족과 싸우면서도 악착같이 머물렀다. 1년가량 쉬다가, 아는 사람 소개로 미술 학원에서 아이들을 가르치며 조금씩 만화를 그려 무료 연재를 하기 시작했다. 학원 수업은 일주일에 사흘 나갔는데, 그 외의 시간에는 뭘 하는지 모르지만 늘 바빴다. 가족들에게 전화가 자주 왔고 만나는 남자도 있는 듯했다.

나는 현진의 삶에 관해, 그녀가 직접 들려준 부분 말고는 거의 몰랐다. 주말은 누구와 보내는지, 친한 친구가 있는지. 그해 봄과 여름, 가을을 지나는 동안 그녀와 나는 한 달에 한 번씩, 매번 다른 장소에서 만나 이야기를 나눴다. 낯선 동네의 낯선 공간을 물색했다. 친숙한 물건이 없고 창밖으로 보이는 풍경도 낯선 곳. 눌린 베개가 지난밤의 잠을, 가운데가 움푹 팬 왁스 양초가 그것을 선물한 사람과 보낸 시간을 불러내 훼방 놓지 않는 곳으로. 눈에 익은 사물들이 익숙하게 배열된 공간에서는 이야기도 이미 패어 있는 홈, 늘 가던 경로로 흘러가려 했다. 우리가 나눈 말들 중 친교를 위한 말은 거의 없었다. 그녀와 나의 몸이 닿는 일도 없었다. 그러고 보면 세상에는 불필요한 말과 몸짓이 어찌나 많은지! 어떤 때는 주요 참고인으로서 캠코더 앞에 앉아 진술하는 기분이 들었다. 이야기가 시작되고 거기 집중하면 자세는 점차 느슨하게 허물어졌지만, 의식은 아주 추운 날, 텅 빈 밤거리를 혼자 걸을 때처럼 팽팽했다.

　제일 멀리 간 곳은 강화도였다. 현진이 어머니의

낡은 아반떼를 가져왔다. 강화대교를 건널 때, 잠시 눈이 멀 정도로 빛이 가득했다. 그 순간을 지나 또 다른 육지처럼 보이는 섬으로 들어갔다. 현진이 예약한 곳은 베란다 창들이 전부 바다를 향해 있는 낡고 휑한 콘도였다.

들어가기 전에 잠시 해변을 산책했다. 무더위가 막 지난 9월 중순이었다. 모래에는 열기가 배어 있었고, 바람은 서늘했다. 벙거지를 쓴 노인 셋이 팔짱을 낀 듯 수평선에 나란히 떠 있었다. 가운데 노인은 양쪽 젖가슴이 조금 처졌고 할머니인지 할아버지인지 구별이 되지 않았다. 하늘은 우중충한 회색빛이었지만, 그래도 바다를 몇 초 이상 응시하면 눈이 부셨다.

"지금 저기, 할머니예요?"

나는 눈을 가늘게 뜨고 세 노인을 바라보며 현진에게 물었다. 잘게 부서지며 끝없이 찰랑거리는 수면에 빛이 반사돼 초점을 맞추기 어려웠다. 현진에게 눈짓으로 가리켰다.

"저 가운데요. 할머니가 상의 탈의하고 계신 건가."

"할아버지잖아."

현진이 선글라스를 위로 올리고 잠시 보더니 말했다.

"완전 할배네! 렌즈 꼈는데 안 보여?"

현진이 쨍하게 높은 소리로 오호호호 웃었다. 느닷없는, 연극적이라는 느낌을 지울 수 없는 특유의 웃음소리인데, 한 손에 담배를 끼우고 그렇게 웃을 때면 영화에 나오는 수완 있는 마담 같았다. 내겐 너무 천박하게 들렸다. 그녀를 만난 지 반년이 지났지만, 고요한 해변 정취를 망치는 그 웃음소리를 듣자 반사적으로 몸이 굳었다. 우리가 서로에게 온전히 속할 수 없음을 깨닫게 만드는, 어쩌다 이 해변에 나란히 있을 뿐, 그래, 이 정도까지야, 라고 생각하게 만드는 웃음소리.

빈약한 소나무들이 만든 그늘에 자리를 펴고 앉아 있던 노인 몇 명이 고개를 돌려 우리를 쳐다봤다. 펼쳐진 찬합, 울긋불긋한 과일들. 울퉁불퉁한 땅에 막걸리 병이 굴러다녔다. 넓은 해변에는 거의 사람이 없었는데, 현진과 나를 빼고는 전부 노인이었다. 한 사람도 빠짐없이. 그곳이 노인들의 피크닉 장소로 이름난 해변인지, 아니면 그저 우연이었는지?

할아버지 둘이 바다에 들어가려고 양팔과 가슴에 물을 끼얹고 있었다. 수영 바지가 아니라 그냥 흐물흐물한 트렁크 속옷 차림이었다.

"저 사람들 물에서 나오기 전에 가자."

현진이 눈을 크게 뜨고 단호하게 말했다.

나는 고현진을 만나기 전에 이미 그녀의 이름을 알았다. 이름만 안 정도가 아니었다. 4월에 어느 모임에 초대 받았는데, H가 어디서 들었는지 내게 그 자리에 현진이 올 거라고 하면서 자기가 그녀의 만화를 아주 좋아한다고 전해 달라고 했다.

구글 검색창에 '고현진' 세 글자를 입력했다. 크고 작은 네모의 이미지 조각들이 모니터에 가득 찼다. 숱한 동명이인들, 그리고 알 수 없는 연결 고리로 줄줄이 딸려 올라온 사진들 사이에서 그녀의 사진 한 장을 찾아냈다. 그리 특별한 얼굴은 아니라는 것이 첫인상이었다. 일단 안도의 숨을 길게 내쉬고, 자세를 똑바로 한 다음 꼼꼼히 살폈다. 상당히 가까이서 찍은 사진이었다. 눈썹이 짙고 이목구비가 뚜렷하며, 존재감 있는 입술은 일자로 다물었다. 농촌 여자처럼 투박한 인상이었다.

모임 장소는 논현역 근처에 있었다. 유리 너머로 안이 훤히 들여다보이는 1층이었다. 옆자리에 앉은 남자와 뜻밖에 말이 잘 통했다. 군더더기 없이 깔끔하게 말하고, 매우 현실적인 가치관을 가진 사람이었다. 웹툰 공모전 출신인데, 지금은 아르바이트를 여러 개 하며 다음 작품을 구상 중이라고 했다. 괜한 자존심만 버리면 계속 자기 작업을 할 수 있는 길은 있다고 했다. 작업과 작업 사이 기간엔 어시스턴트나 스태프로 여러 일을 한다고. 그리고 크게 보면 그게 작품에도 도움이 된다고.

　처음에는 어색했지만 점차 내 입에서도 말이 술술 나왔다. 그는 현진이 곧 올 텐데 나와 잘 맞을 것 같다면서, 상당히 특이하다고, 현진에 대해 그렇게 말했다. 지금 오고 있는 중이라고 했다.

　"캐릭터가 있어요, 보면 아시겠지만."

　그는 자신의 여동생에 관해 이야기하듯 미소를 띠고 말했다.

　"아, 그래요?"

　"네. 재미있는 친구예요."

　그 태도가 거슬렸다. 그 여자가 스타야 뭐야? 왜 다들 그 여자 이야기야? 그는 현진의 만화들이 주목받고 있다고, 주변에서 들으니 좋은 평가를 얻고 있더라고 했다. 나는 속으로 갸웃했다. 내가 보기에는 아마추어 티를 벗지 못한 평이한 일상툰이었다. 자기 이야기를 담담하게 풀어 낸.

"요즘 1인칭 만화가 많이 나오잖아요. 좋은 작품들이 여러 개 동시에 나오면서 흐름이 만들어지니까 탄력을 받는 것 같아요."

그가 말했다. 그러고는 내 잔을 채워 주며 물었다.

"준희 씨는 그런 쪽 관심 없어요? 전 여자 작가들 부럽던데."

"왜요? 관심 있으면 하면 되죠."

"사람 나름이긴 한데, 전 안 돼요. 자기 스토리도 있어야 하고 좀 섬세해야 하는데, 저는 그런 쪽이 안 되더라고요."

그리고 그녀가 나타났다. 내 자리는 출입문을 등진 쪽이라, 그녀가 도착했다는 걸 깨닫자마자 거기 그녀가 있었다. 고개를 드는 순간 가슴 아래쪽에서 조각 하나가 빠져나가는 느낌이었다. 예상을 벗어나는 많은 일들 앞에서 그렇듯, 평정을 가장하기 위해 최선을 다해야 했다. 현진은 사진으로는 결코 짐작할 수 없었던 성숙한 스타일이었다. 이목구비는

사진과 같았지만 인상은 완벽하게 달랐다. 새까만
긴 머리에 눈이 반짝반짝했고, 입술에는 원색 빨강
립스틱을 칠했다. 무릎까지 내려오는 얇은 카디건
자락 사이로 풍만한 몸매가 언뜻언뜻 드러났다.

고현진이 합류한 뒤로 나는 거의 말을 하지 않았
다. 그러지 않으려고 애썼지만 자꾸 그녀를 뚫어지
게 바라보게 되었다. 내 주변에는 그렇게 원색 빨강
립스틱을 칠하고 다니는 여자가 한 명도 없었다. 그
런데 현진에게는 잘 어울렸다. 무엇보다 그녀는 종
잡을 수가 없었다. 어떤 타입의 사람인지, 파악이
되지 않았다. 허세 있는 소리를 하는 사람에게 가
차 없이 무안을 주었는데, 그러면서도 냉소적이지
가 않았다.

"근데, 본인이 진짜 이상한 거는 알죠? 자기 정상
아니야, 진짜로."

그러고는 턱을 비스듬히 들고 오호호호 웃었다.

가끔 수위가 좀 아슬아슬했지만, 그것조차 매력
적으로 보였다. H가 이 자리에 있다면 얼마나 매혹
되었을까. 분명 정신없이 찬미하고, 공격당하고 웃
고, 멍하니 입을 벌린 채 눈을 떼지 못했으리라.

그녀를 볼수록 고통스러웠다. 조명 아래, 널찍하고

시끌시끌한 테이블에서 나는 홀로 있었다. 사람들의 빛나는 얼굴과 웅성거림 속에서, 내 얼굴에는 힘없는 미소가 걸려 있었고 마음은 들끓었다. H의 눈으로 그녀를 보았고, H가 되어 받아들이고 생각하며 스스로 끊임없이 고문하고 고문당했다. H가 이 자리에 있는 것처럼 나는 그녀를 바라보는 H의 얼굴, 그녀의 말에 반응하는 H의 표정을 보았다. 낯설지는 않으나, 오랜만에 찾아온 감정이었다. H는 일탈을 갈망하는 모범생 스타일이라, 저런 여자에게 빠져들 수밖에 없었다. 솔직하고, 대담하고, 게다가 저 풍만한 몸매에 어떻게 반하지 않을 수 있을까. 어린 나이에 이혼이라는 사연까지. 반대로 내게는 H가 흥미를 가질 만한 점이 하나도 없었다.

나는 계속 현진을 관찰했다. 현진 같은 여자에게는 H가 아무런 매력 없는 모범생으로 보일 것 같았다. 그것은 내게 위안이 되지 않았고 오히려 고통을 배가시킬 뿐이었다. H가 이 자리에 없다는 사실만이 유일한 위안이었다. 내 상상 속에서 이미 H는 그녀에게 사랑을 고백하고 있었다. 그 꼴을 보느니, 두 번 다시 H를 마주하지 않겠다고 마음먹었다.

그 자리에는 줄곧 소외되었던 남자가 있었다. 자

신의 말이 아무런 호응도 받지 못한다는 사실을 깨달은 뒤로는 맨 안쪽에 앉아 꿈꾸는 듯한 눈길로 사람들을 관찰했다. 그 남자의 자리가 어느 사이에 비어 있었다. 몇은 나가는 모습을 봤지만, 잠깐 전화를 하러 갔거나 아니면 자기 집으로 꺼졌거나 신경 안 썼다. 그 남자를 둘러싼 이야기가 시작되었다. 거듭된 실패와 과민한 성격, 점차 자라난 피해의식이 이제 중증이 된 것 같다는. 그때 현진이 편을 들었다.

"그래도 저 선배님 사람 안 좋단 이야기 난 못 들어 봤어. 정은 제일 많은 사람이에요. 상 당했다는 얘기 듣고 조문하러 가 보면 항상 먼저 와 있어."

"갈 데가 없어서 아닐까요."

갑자기 내 입에서 왜 그런 말이 튀어나왔는지 모르겠다. 나는 사람들의 웃음소리를 기대하며 작은 소리로 농담했다.

"야."

고개를 들자 표정 없는 얼굴로, 현진이 나를 보고 있었다.

"너 지금 뭐라 그랬니?"

아 왜 그래, 옆에서 사람들이 말렸다.

"쟤 누구야?"

현진이 말했다. 그러고는 너무 날을 세웠다고 생각했는지 시선을 돌리며 한마디했다.

"저 선배 그런 말 들을 사람은 아니야."

자리는 2층 족발집으로, 거기서 또 천장이 쿵쿵 울리는 지하 술집으로 옮겨졌다. 금연 부스가 따로 있었으나 공기가 뿌옇고 답답했다. 다들 테이블에 팔을 올려놓고 담배를 피웠다. 그녀는 내 옆에 앉아 불쑥 "말 놓는 거 괜찮지?" 물었다. 다정하기도 하고 동시에 좀 무서웠다.

"이따 여자들끼리 따로 나갈 건데 같이 가자."

어디로 가는지도 모르면서 두 쪽으로 갈려 택시를 탔다. 택시 기사는 창을 반쯤 내리고 출발했다. 전혀 취하지 않은 기분이었으나 말이 조금씩 헛 나올 때마다 그렇지 않다는 사실을 깨달았다. 취했어, 위험해. 조심해야 해. 속으로 중얼거렸다. 무척 피곤했고 집과 먼 곳이라 마음도 편치 않았다. 그만 가야겠다고 생각하면서도 몸은 택시 뒷좌석에 실려 어디론가 달리고 있었다. 조수석에 앉은, 비스듬한 각도에서 보이는 그녀의 얼굴은 창백했다. 그녀는 눈을 감고 있었다. 나는 계속 그녀를 바라봤다. 남편의 애인에게서 눈을 뗄 수 없는 여자처럼.

좁은 바닥에 상을 펴고 앉아 여자 다섯 명이서 레드 와인을 세 병 마셨다. 불을 끄고 사방에 작은 초들을 켜 놓아 벽에 붉은 빛이 일렁였다. 그곳은 40대 여자의 작업실이었는데, 둥글고 큼직한, 제대로 된 와인 잔이 있었다. 씁쓸한 것에서 시작해 점점 달콤해진다는 것만 구별할 수 있었다. 그리고 도수가 점점 더 세진다는 것. 배도 별로 부르지 않고 술이 끊임없이 들어갔다. 나는 차가운 벽에 등을 기대고 양반다리를 했다. 자세를 꼿꼿이 하고, 괜히 헛기침을 했다.

"둘이 화해했어?"

40대 여자가 굵은 딸기가 담긴 접시를 내려놓고 현진과 나를 봤다.

"누구?"

제일 나이가 많은 여자가 물었다.

"둘이 언제 싸웠어?"

"에이, 그게 뭐 싸운 거야."

"화해의 뜻으로 뽀뽀 한번 해."

다들 한마디씩 거들었다.

"뭐라는 거야. 이 언니들 진짜 웃겨."

현진이 대꾸했다.

"왜? 못해? 그게 뭐라고?"

"아 진짜. 이 언니들 미쳤나 봐."

현진이 오호호호 웃었다. 그러더니, "그래, 내가 언니한테 한다, 언니한테." 하고 옆에 앉은 40대 여자의 입술에 쪽 소리를 내며 입을 맞췄다. 입술이 닿았는지 안 닿았는지는 보이지 않았다. 다들 가벼운 농담을 한 것처럼 웃었다.

그리고 한순간, 어떤 느낌이 찾아왔다. 아랫배 깊은 곳에서부터 파동이 퍼져 몸을 가득 채웠다. 질투와는 다른 어떤 것. 깊게 찔린 듯 움직일 수가 없었다. 나는 혼돈 속에서 눈을 감았다. 그것은 강렬한 끌림이었다. 자석처럼 몸 전체가 강하게 이끌렸다. 그리고 강렬한 바람. 나는 현진이 내게 입을 맞춰 주었으면 하고 바란다는 걸 깨달았다. 그 자리에서 일어나 내가 그녀에게 입을 맞출 수도 있었다. 장난처럼, 커다랗게 쪽 소리를 내고. 그러나 나는 그녀에게 장난을 칠 만한 사이가 아니었다. 우리 둘 사이에는, 비록 내 느낌이지만, 어쩐지 어색한 기류가 흐르고 있었다. 나는 못 박힌 듯이 자리에 앉아 있었다. 주술에서 풀려나 조금씩 웃고 사람들의 말에 대꾸는 할 수 있었지만 여전히 못 박힌 기분이었다.

　얼마 뒤 현진은 높은 침대에 올라가 등을 돌리고 잠들었다. 나는 바닥에 앉아 계속 술을 마시면서 한 번씩 흘깃 침대 위를, 그녀의 어깨와 등을 보았다. 4시 40분이었다. 그녀는 아침 일찍, 두 시간 뒤면 출발해야 했다. 종일 수업이 있는 날이라고 했다. 창백한 얼굴을 하고 얼룩덜룩 물감이 묻은 앞치마를 입고 작은 의자에 앉아 있는 현진의 모습이 전에 본 적 있는 것처럼 선명하게 그려졌다. 피곤함을 감추고 장난치면서 아이들을 보살피는 모습. 화장실에 가서 손을 씻고 조용히 거울을 들여다볼 것이다. 점심을 거르고 대신 소파에서 잠을 잘지도 모른다.

　H가 여기 있었다면 그런 장면을 상상하며 안타까워했을 터였다. H는 바람둥이긴 하지만 좋아하는 여자에 대해 어처구니없을 정도로 순정한 면을 갖고 있기 때문이다. 현진이 침대에 올라간 뒤로 나는 더 이상 말하고 싶지 않아 테이블에 엎드려 잠든 척 눈을 감았다. 점점 그녀를 염려하는 사람이

나인지, 나의 상상 속 H인지 알 수 없었다.

그 뒤로 현진의 만화를 다시 찾아보았다. 자기 이야기를 바탕으로 삼는 작가들은 보통 필명을 썼지만, 현진은 본명으로 연재를 했다. 서툴게 그린 컷들이 이어졌다. 단순한 선들로만 이뤄진, 그렇게밖에 그릴 줄 모르거나, 아니면 작정하고 유려하게 그리지 않은 그림체였다. 그건 변함없었다. 그런데 그 뒤쪽으로 그림자처럼, 전에는 안 보이던 것이 눈에 들어왔다. 단순한 선에 배어 있는 깊은 우울 같은 것.

의아한 것은 그녀의 열등감이었다. 현진은 이혼한 뒤로 어릴 때부터 살았던, 경기도에 있는 부모님 집에 들어가 조부모까지 포함한 대가족과 생활하고 있었다. 그런 생활을 자세하게 옮겼다. 주고받는 날선 대화들, 상처 주는 말들. 그녀는 자신이 쓸모없고, 뚱뚱하며, 누구에게도 사랑받을 수 없는 존재라고 여러 대사에서 되풀이해 담담히 말하고 있었다. 어린 시절부터 그랬다고. 어떻게 이렇게 생각할 수 있을까. 자신의 대담함과 도발적인 매력에 관한 내용은 한 줄도 없었다. 아무도 그런 말을 해 주지 않았다고? 그런 말을 그녀에게 해 준 사람이 지금껏 한 명도 없었다고?

남자들이 매혹될 여자라고, 현진을 두고 나는 그렇게 생각했다. 그런데 알 수가 없어졌다. 내가 보기에 매력적인 건지, 남들이 보기에 그럴 것 같다는 건지. 그렇게 고백하자, 현진은 턱을 옆으로 쳐들고 오호호호 요란하게 웃었다.

대낮의 햇살 아래, 그녀가 내 앞에 앉아 있다는 사실에 나는 굳어 버렸다. 이 만남을 어떻게 이끌어야 할지 알 수 없었다. 그녀에게 전화한 것이 후회되었다. 나는 그녀에게 연락을 할지, 아니면 이대로 모든 인상이 희미해지길, 그래서 결국은 사방으로 흩어져 증발하길 기다릴지 며칠 동안 망설였다. 결국 그녀를 한 번 더 보고 싶다는 마음이 이겼다. 결단을 실행으로 옮기는 순간에는 늘 그러듯 만사가 모래처럼 손가락 사이로 빠져나가는 것을 느끼며 통화 버튼을 눌렀다. 가슴이 두근거렸다.

"아, 안녕?"

내가 누구인지 밝히자 그녀는 당황한 듯했다. 나는 그녀에게 한번 만나고 싶다고, 가볍고 경쾌

하게 들리도록 신경 쓰며 말했다. 그녀를 언니라고
불렀다.

"무섭다. 나 때릴 거 아니지?"

나는 어리둥절했다. 차갑게 식은 손에는 땀이 배
었다.

"제가 왜 때려요?"

"내가 그날 좀 막 하지 않았니? 너무 많이 마셨
어, 그날."

그리고 눈앞에 마주앉은, 살아 움직이는, 속을
전혀 알 수 없는 고현진은 실컷 웃은 다음 어이없
다는 표정으로 말했다.

"애 진짜 골 때리네."

나는 주눅이 들었다.

"그냥 솔직하게 말한 것뿐이에요. 그 말이 하고
싶었어요."

여전히 믿을 수가 없었다. 아무도 그런 말을 해
주지 않았다고요? 그런 말을 해 준 사람이 지금껏
아무도 없었다고요? 예전 남편은?

한동안 침묵이 흐른 다음에, 그녀가 말했다.

"근데 네가 솔직한지는 별로 모르겠는데?"

나는 무슨 소리인가 싶어 그녀를 쳐다봤다.

"H가 내 만화에 관심 있다는 말, 전해 달라고 했다면서."

속이 쿵 내려앉았다. 눈앞에서 그녀의 새빨간 입술이 무자비하게 움직였다.

"내 기억으로는 그날 H 얘기가 여러 번 나왔는데. 기회가 여러 번 있었는데 안 했네?"

현진은 나를 빤히 보다가 조롱하듯 덧붙였다.

"뭐 네 나름대로 이유가 있었겠지."

다시는 현진을 만날 일이 없으리라는 걸 깨달았다. 맞아, 이런 사람이었지. 이런 면이 있었어. 나는 현진을 딱 한 번 만났고, 그 뒤로 마음속에서 그녀를 왜곡하고 자의로 해석하고 있었다. 내 모든 왜곡과 해석과 신비화에 관련 없이, 그녀는 자신의 모습대로 존재했다.

"뭐지?"

그녀가 눈을 가늘게 뜨고 나를 봤다.

"너 그 사람한테 관심 있니?"

그러고는 또 오호호호 웃었다.

"그 사람 결혼하지 않았니?"

돌아오는 길에, 혼자 카페에 들어가 생각했다.

나는 세상 속에 있고, 세상과 접촉한다. 나의 눈, 나의 몸으로. 그렇지만 스르르 미끄러져 들어오는 것들, 나와 세상 사이에서 어른거리는 것들. 그것들은 또 한 겹의 피부처럼 나와 세상 사이에 분명히 자리하고 있었다. 어떤 때는 그것들이 전부 내 안에 들어와 있는 것 같기도 했다. 내 안에서 목소리들이 자루에 갇힌 유령들처럼 와글거리며 서로 자기 주장을 하고 힘을 겨루었다. 마치 내가 한 사람이 아닌 것처럼.

2층 유리창 밖으로 무성한 녹색 잎사귀들이 흔들렸다. 아래는 4차선 도로가 뻗어 있었다. 활기 넘치는 거리를 나는 한참 내다보았다. 그러나 내가 보고 있다고 믿을 때조차, 나는 어디까지 내 눈으로 그걸 보고 있는 걸까?

그것이 일어났다고밖에 달리 설명할 수 없는 관계가 시작되었다. 우리는 천천히 이야기를 나누기 시작했다. 돌아가며 장소를 정했고, 한 달에 한 번씩 만났다. 살면서 만난 흥미로운 사람들, 기이한 인물들, 여행에 관해서 말했다. 자기 자신 외에 누구에게도 중요하지 않고 맥락조차 분명치 않은, 그래서 아무에게도 말할 기회가 없던 이야기들.

우리는 남대문 시장 한복판에 있는 1980년대부터 있었다는 여관에 가기도 했고, 우이동 계곡 근처 펜션에도 갔다. 초여름 저녁 한적한 한강변을 거닐고 10대들이 주로 드나드는 멀티방에도 가 보았다. 장소는 중요하지 않은 텅 빈 배경에 불과했지만, 배경이야말로 중요한 것처럼 보이기도 했다. 현진과 나는 마지막까지 친해지지 않았다. 친해지려고 애쓰지도 않았고, 굳이 서로 마음에 들려고 하지 않았다. 그녀에게는 나를 두렵게 하는 면이 있었다. 미지의 것들이 그렇듯 잘 모른다는 데서 오는 두려움이었을까? 그녀와 나는 성장 환경이 무척 달랐고, 만나는 사람들의 부류도 그랬다. 우리가 함께하는 어떤 장면을 상상할 때면 그녀는 늘 내가 감당할 수 없는 일을 저질렀다. 들어줄 수 없는 부탁을 하고, 내가 중요하게 여기는 사람들 앞에서 나를 조종하려 했다. 늘 그런 일들만 연상됐다. 그러면서도 나는 그때 그녀를 알아보았다고 믿었고, 오랫동안 그렇게 여겨 왔다.

이야기를 나누기 위해 그렇게까지 했다는 게 지금은 놀랍게 여겨진다. 갑자기 '사랑을 나눈다'는 말이 떠오르고, 이야기를 나눈다는 것이 은밀하고 에로틱한 행위처럼 여겨진다. 이야기를 나누고, 타액을 섞듯 기억을 교환하고…… 그런데 내가 현진과 하고 싶었던 게 뭐였을까?

한번은 둘 다 모르는 사람 집에 갔다. 동교로 언덕배기에 있는 원룸이었다. 건물 외벽은 흰 페인트로 칠해져 있었고 복도 창에는 격자무늬 장식이 있었다. 지금은 외국에서 돌아온 젊은 쉐프들과 플로리스트들, 가죽공예인들이 연 작은 가게들이 늘어서 있지만, 당시에는 홍대 번화가에서 멀찌감치 떨어진 조용한 주택가였다. 간판 칠이 벗겨진 세탁소가 있고, 동네 아주머니들을 충실한 단골로 둔 미용실이 있는. 최근 그 길에 다시 가 보았는데, 우리가 방문했던 건물 전체가 게스트하우스로 바뀌어 있었다.

즉흥적으로 벌인 일이었다. 홍대 미대에 다니는 대학원생이 붙인 전단지를 내가 발견했다. 토요일 오후 1시부터 일요일 오후 1시까지 자기 집을 빌려 주겠다는 내용이었다. 1명 또는 2명. 그 시간 동안은 완전히 당신 것이다, 이웃에게 폐를 끼치지만 않는다면 집 안에서 뭘 해도 상관없다. 물론 합법적인 테두리 안에서. 요리도 가능하며, 텔레비전을 봐도 되고, 꺼내 놓은 가전제품은 다 써도 된다. 이용료는 없지만 사진을 한 장 남기는 것이 조건이었다. 얼굴이 나올 필요는 없다고 했다. 그러면 자기는 좋지만, 원치 않으면 목 아래나 발만 촬영하거나 뒷모습을 찍어도 괜찮았다. 그 사진들로 나중에 자기가 무슨 작업을 할 수도 있고, 안 할 수도 있다고.

그 집은 4층이었다. 엘리베이터는 없었고, 낮은 계단이 펼쳐지듯 건물 벽을 따라 나선형으로 올라갔다. 계단을 오르면서 나는 걱정이 되었다. 지하철역 출구에서 담배를 피우고 있는 현진을 보는 순간 자신감이 사라졌다. 우리는 늘 다른 사람의 냄새가 배지 않은, 누구나 이용할 수 있지만 어느 개인도 독점할 수 없다는 점에서 누구의 것도 아닌 공간들만을 찾아다녔다. 내가 실수를 저지른 것 같았다.

네 자리 숫자를 누르자, 스르륵 잠금 장치가 돌아갔다. 문이 열렸고, 직사각형의 의외로 널찍한 원룸이 모습을 드러냈다. 현관에는 낡은 갈색 조리한 켤레만 나와 있었다. 나는 선뜻 발을 들이지 못하고 머뭇거렸다.

"안녕하세요."

현진은 안에 주인이 있는 것처럼 발랄하게 인사하고 구두를 벗었다. 그러고는 백을 바닥에 내려놓고 집을 둘러봤다. 현관 맞은편 벽 중앙에 창이 하나 있었고, 오른쪽은 베란다였다. 현진이 창문을 열고, 베란다 창도 전부 열었다.

"여기 마네킹이 있어."

현진이 베란다 구석을 가리켰다. 좁은 베란다 끝에 팔이 없는 깨끗한 마네킹이 있었다. 베란다에 서니 건너편 건물 옥탑은 건너갈 수 있을 정도로 가까웠다. 옥탑 마당에는 빨랫줄이 느슨하게 가로질러 있었는데, 무엇 때문인지 빨래 대신 젖은 비닐봉지들이 나란히 걸려 있었다. 전부 똑같은 노란색 비닐이었다. 손잡이가 아래로 향하도록 빨래집게에 가지런히 물린 노란 봉지들은 새파란 11월 하늘을 배경으로 줄에 엮인 해파리 떼처럼 바람에 흔들렸다.

현진은 양손으로 주름치마를 펼치고 일인용 소파에 털썩 앉았다.

"집 좋네. 깔끔하네."

나를 격려하듯 말했다.

"침대가 없네."

"그러네. 침대가 없으니까 넓어 보인다."

작은 테이블과 의자가 있었고, 이케아 옷장 안에는 옷이 빼곡하게 걸려 있었다. 허리 높이의 책장 위에는 은색 액자에 끼운 사진들이 줄줄이 놓여 있었다. 각각 다른 나라인 듯했고, 인물은 같았다.

"나도 저기 간 적 있는데."

현진이 다가와 액자 하나를 집어 들었다. 얼굴이 작은 여자가 발목까지 내려오는 원피스를 입고 고대 유적처럼 보이는 석상 옆에서 눈이 부신 듯 찡그리고 웃고 있었다.

"여기 이스탄불이야. 나도 이 앞에서 사진 찍었어."

현진이 액자를 들고 말했다.

"어떤 터키 아저씨가 오더니, 어디에서 왔느냐고 묻더라고. 한국이라고 하니까 코리아! 소리치면서 이러는 거야. 한국에 대체 무슨 일이 벌어진 거냐고. 여행객이 전부 다 젊은 한국 여자래. 한국 젊은 여성들이 막 쏟아져 들어온다고."

그 비슷한 말을 나도 들은 적이 있었다. 하와이에서였다. 그 순간 내가 하와이에 방문했을 때에 대해 이야기해야겠다는 생각이 들었다. 준비해 온 다른 이야기가 있었지만 이 공간에 들어서자마자 그 애기를 할 마음은 사라져 버렸다.

교환 학생으로 하와이 대학에서 수업을 들을 때, 강사 중에 원주민 여자가 있었다. 미국 근현대사 수업 담당이었다. 자그마한 몸집에 팔과 다리는 마라톤 선수처럼 근육질이고 피부가 초콜릿색인 여성으로, 하와이 왕가의 피가 섞인 로열 패밀리라고 자신을 소개했다. 카메하메하 학교는 왕실 후손들만 입학할 수 있었다고 가르쳐 주었다. 여자는 그 학교 출신이었다.

나는 미국 영토 안의 유일한 왕궁이라는 이올라니 궁전을 찾아가 봤다. 단순한 호기심으로 오래전 하와이 왕가 사람들이 어떤 옷을 입고 어떤 식으로 방을 꾸미고 살았는지 궁금했으나, 이올라니 궁전은 뜻밖에도 완벽한 서양식 건물이었다.

잘 가꿔진 잔디밭을 지나 '하얀 창문'을 보러 궁전 뒤편으로 갔다. 한 무리의 관광객들이 고개를 들고 같은 쪽을 바라보고 있어 쉽게 찾을 수 있었다. '하얀 창문'은 마치 액자에 끼워진 미술 작품 같았다. 단지 높은 곳에 걸려 있다는 점이 다를 뿐인 것이다. 마지막 여왕 릴리우오칼라니는 백성들을 일으켜 반란을 꾀하려다 침실에 감금되었고, 백인 사업가들은 그녀가 자신의 대지와 백성들을 볼 수 없도록 창문을 하얗게 칠했다. 전날, 강사는 하와이와 대한제국의 멸망 과정이 상당히 흡사하다고 했다. 비극적인 최후를 맞은 황후와 여왕의 존재 역시 비슷했다. 그녀는 한국에 관해 상당히 자세히 알고 있었다. 2차 세계대전이 끝난 뒤 한국은 주권을 되찾을 수 있었지만, 하와이는 그러지 못했다.

궁전 안으로 들어가자 유리 진열대 안에 여왕의 사진들이 있었다. 중년의 릴리우오칼라니는 한국 아줌마들처럼 친숙한 생김새였는데, 표정에 위엄이 넘쳤다. 거무스름한 살결에 짧은 머리는 컬을 넣어 부풀렸고, 민소매 드레스를 입어 굵은 팔뚝이 드러났다. 그녀가 사용했던 테이블과 식기는 베르사유의 진열대 안에 놓여 있어도 가려낼 수 없을 듯했다. 그리고 영국 여행 중 구입했다는 커다란 보석들. 아무리 시간이 흘러도 바래지 않고 지금도 찬란하게 빛을 발하는, 아름답게 세공된 그 돌멩이들.

그녀는 백인들에게서 왕궁을 되찾기 위해 반란을 도모했지만, 궁전 내부를 서양식으로 꾸미고 서양식 드레스와 보석으로 자신의 몸을 치장했다. 나는 그녀의 왕조가 무너지고 역사 속으로 사라진 것보다 그 미감이 더 슬펐다. 어째서 그들이 더 아름답다고 여기게 되는 걸까? 왜 그들은 이목구비와 신체의 비율이 세련됐고, 도시와 길과 건물도 가슴이 미어질 정도로 아름다우며, 집과 의복과 식기마저도 멋진지? 왜 그들을 선망할 수밖에 없는지?

그때 현진이 소파 위에서 꼬고 있던 다리를 내렸다.

"그런데, 이게 무슨 소리지?"

"뭐가?"

"아, 방금 또. 들었지?"

무거운 깔개나 카펫을 부딪쳐 터는 듯한, 둔탁한 소리였다. 말하는 도중 몇 번 들었는데, 밖에서 뭔가 하나보다 스치듯 생각했다.

한 번, 또다시 한 번 소리가 났다.

"나는 이렇게 규칙적인 것 같으면서 아닌 소리를 못 참겠더라. 너무 거슬려."

현진은 방충망까지 열고 고개를 밖으로 내밀었다.

"아, 저거였어!"

현진이 옆 건물을 가리켰다. 벽 위쪽에 검은색 굵은 선이 둥글게 늘어져 있었다. 케이블 선이나 그

비슷한 뭔가 같았다. 줄이 바람에 흔들리면서 건물 외벽에 부딪치는 타이밍과 소리가 정확히 일치했다.

"저게 저렇게 큰 소리가 나네."

현진이 감탄하듯 말했다. 나는 갑자기 말이 끊겨 무색했지만 그쪽으로 다가갔다. 옆 건물은 앞으로 쑥 나와 있었다. 보이는 쪽은 창이 하나도 없는 매끈하고 거대한 붉은 벽이었다. 꽤 높아서 고개를 한껏 들어야 겨우 꼭대기가 보였다. 들어올 때 저런 건물이 옆에 있었나? 기억이 나지 않았다.

바람은 그리 세게 불지 않았으나, 줄은 출렁이며 크게 흔들렸고 한 번씩 벽에 철썩 부딪쳤다. 현진은 창밖을 한참 내다보았다. 문득 H가 현진에 관해 했던 말이 떠올랐다. 우습게도 H는 현진에게 관심을 보이지 않았다. 좀 무례하더라고, 불편했다고 했다. "웃음소리 특이하지 않아요?" 물었더니 "웃음소리? 그건 그냥 뭐." 잘 모르겠다는 듯 말했다.

우리는 다시 자리에 앉았다. 릴리우오칼라니의 자서전이 어딘가 있을 텐데, 집에 가서 찾아봐야겠다는 생각이 들었다. 표지에 여왕의 사진이 작게 실린 문고본이었다. 그 책은 대학 근처 헌책방에 들렀다가 발견했다. 한쪽에 마련된 여행자를 위한 코너에 릴리우오칼라니의 자서전이 여남은 권이나 있었다. 손에서 손으로 전해졌을 법한, 하나같이 손때가 묻은 책이었다. 그중 가장 깨끗해 보이는 책한 권을 빼들고 카운터로 갔다.

"한국 사람?"

흑인 청년이 거스름돈을 건네며 쿨하게 물었다. 고개를 끄덕이자 그는 눈을 찡긋했다.

"오아후는 아름다운 섬이죠. 여기엔 한국 사람이 아주아주 많아요."

우리는 그날, 그곳에서 하룻밤을 보냈다. 갑작스러운 변덕으로 현진이 거기서 자겠다고 했다. 집이 마음에 든다고, 다시 못 올 테니 좀더 머물고 싶다고. 7시가 조금 넘은 시각이었다. 옥탑 위로 하늘이 어두워지고 있었다. 어스름 속에서 비닐봉지들이 나부꼈다.

"그럼 나도 자고 갈까요? 혼자 있고 싶은 거 아니면."

물었더니 별로 개의치 않는 기색이었다. 약속이 있었지만 현진이 화장실에 간 사이 취소했다. 맛없는 중국 음식을 시켜 먹고, 그릇을 내놓은 뒤에는 갑자기 어색해졌다. 현진은 텔레비전을 틀었다. 예능 프로들은 끝난 시각이었고 다큐멘터리와 뉴스가 방영되고 있었다.

현진은 바닥에 앉아 계속 채널을 돌리다가, 그냥 광고를 틀어놓았다. 나는 뒤쪽 일인용 소파에서 휴대전화로 게임을 몇 판 했다. 현진이 중얼거렸다.

"참, 나. 전지현이 한 병에 만 원 하는 스킨 로션을 쓸 리가 없잖아. 장난하나."

화면에서 로드숍 화장품 광고가 나오고 있었다.

"그냥 광고인데 뭐."

내가 고개를 들고 말했다.

"이상하지 않아? 저렇게 광고하는 것도 그렇고, 아무렇지도 않게 보는 것도 그렇고. 저런 말이라도 안 하면 모르겠는데, 나의 뷰티 시크릿 어쩌고 진심인 것처럼 구는 게 더 싫어."

현진이 대꾸했다. 나는 저런 광고야 하루이틀 일도 아닌데 처음 보는 것처럼 뭘 저렇게 질색하나 싶었다. 그러나 다음으로 만성 영양실조 상태로 보이는 깡마른 여성 아이돌 그룹이 단체로 접시를 받쳐 들고 뛰어나와 1인 1피자죠, 여기 한 판 더 주세요! 외치는 걸 보고 피식 웃고 말았다.

자정이 되기 전 불을 끄고 누웠다. 그녀는 잠을 이루지 못하는 듯했다. 처음 본 날처럼 벽을 향해 등을 돌리고 있었다. 팔을 뻗으면 닿을 거리에서 어깨가 조용히 오르내렸다.

"준희, 너 H 만나니?"

어둠 속에서 눈을 떴다. 넘겨짚는 건지, 아니면 무슨 이야기를 들은 건지 분간이 되지 않았다. 자랑스럽기도 하고 창피하기도 했다. 뭔가 말하고 싶었지만, 그래도 되는지 망설여졌다.

"결국 그거였구나."

"뭐가 그거예요?"

현진은 대답하지 않았다. 바깥에서 줄이 벽에 부딪치는 소리가 어렴풋하게 들렸다. 물 먹은 채찍처럼 무겁고 둔탁한 소리. 침묵 속에서 그 소리에 귀를 기울이고 있었다. 전혀 잠이 올 것 같지 않았지만, 그래도 어느 결엔가 잠이 들었다.

아침에 눈을 뜨자 비가 내리고 있었다. 집주인은 일기예보를 주의 깊게 확인하지 않는 성격인 듯, 신발장 바닥에 편의점에서 파는 싸구려 비닐우산이 여러 개 있었다. 그중 두 개를 골라 들었다. 식탁 위에 우산 값으로 만 원권 한 장과 메모를 남겼다. 메모는 내가 썼다. 현진이 그걸 사진으로 찍었다.

우리는 건물 밖으로 나와 각자 우산을 썼다. 골목을 벗어나 바로 반대 방향으로 헤어져야 했다. 현진의 몸이 가까워지더니, 우산 속에서 내게 소리를 내서 입을 맞췄다. 안녕. 나는 우산을 들지 않은 손을 흔들면서, 그 순간 그녀가 정말 아름답다고 생각했다. 그 모습이 마지막이었다. 나는 잠시 서 있다 몸을 돌렸다. 홀로 매연이 섞인 습한 공기 속으로, 비 내리는 이른 아침의 거리로 나갔다. 교차로 마트 앞에서 푸른 조끼를 입은 남자 둘이 문을 열 준비를 하고 있었다. 횡단보도에 서서 신호가 바뀌기를 기다릴 때, 나오면서 옆 건물이 뭔지 보려 했는데 잊어버렸다는 사실이 떠올랐다. 얼마 전 다시 그곳을 찾았을 때, 게스트하우스 창문들을 올려다보며 돌아 나오다 또 잊고 말았다.

2015년부터 2018년까지 발표한 소설들을 묶어 세상에 내놓는다. 이 소설들을 쓰는 동안 나는 스물아홉에서 서른둘이 되었고, 삶의 몇몇 국면을 지났다. 사회에서 완전히 적이 없어졌고, 결혼을 했고, 임신과 출산의 과정을 거쳐 한 아이의 엄마가 되었다. 이 소설들을 쓰고 있었기에 그 모든 순간에 나 자신을 열어 놓을 수 있었다. 돌이켜보면 문학은 늘 내게 감당해야만 하는 것을 감당하겠다는 용기를 주었다. 소설을 쓰지 않았다면 나는 지금보다 훨씬 더 변화와 혼란을 두려워하는 사람이었을 것이다.

오랜만에 원고를 다시 읽으며 여러 친구들의 얼굴이 떠올랐다. 그중에는 절친한 친구가 된 이들도 있고, 멀어진 이들도 있다. 그들 모두에게 감사한다. 그들의 조언을 듣기 전 단계의 초고가 얼마나 단순하고 빈약했는지 기억한다. 좋아하는 작가와 책들에 대해, 서로의 글에 대해 밤늦도록 이야기를 나누던 시간들이 지금의 나를 만들었다. 돌이켜 보면 소설을 쓰면서 좋은 동료들을 참 많이 만났다. 나 역시 그들에게 그런 존재였기를 바랄 뿐이고, 앞으로도 다정한 친구이자 자극을 주는 동료일 수 있게 노력하겠다.

이 책을 만들어 준, 소중한 친구가 된 민음사의 김화진 편집자에게 감사한다. 부족한 글들을 나만큼이나 아껴 주고 함께 고민해 주어서 작업 내내 마음이 든든했다. 잊지 못할 해설을 써 주신 신샛별 선생님께 감사드린다. 해설을 읽으면서 이 여덟 편의 이야기가 나의 작은 세계를 떠나 세상 속에서 자기들의 자리를 찾아가는 느낌을 받았다. 코끝이 시큰한 경험이었다.

첫 번째 독자인 남편에게 감사한다. 시간이 흐

를수록 그를 닮아 가는 내 모습이 좋고, 나를 닮아 갈 당신을 위해 더 좋은 사람이 되고 싶다고 생각하는 마음이 내 삶의 중요한 동력이다. 그는 자신에 대해 아무렇게나 막 쓰라고 말하는, 소설가의 남편으로서도 귀한 덕목을 갖고 있다. 다만 그는 나를 객관적으로 보지는 못한다. 그래서 이 책이 잘 팔릴 거라고 철석같이 믿고 있다…… 그가 너무 실망할까 봐 걱정이다.

오랜만에 메간 트레이너의 노래를 듣다가 "I won't take you for granted"라는 대목에서 갑자기 눈물이 났다. 등단 전에는 내 소설이 발표되는 날이 올까 싶었던 적도 있고, 등단한 뒤로도 첫 책을 낸다는 건 먼 미래의 일처럼 여겨질 때가 많았다. 그때의 마음을 기억한다. 나는 평정을 잃는 걸 무엇보다 두려워하는 사람이라 이 소설집을 묶으면서도 대수롭지 않은 일로 여기려고 애쓰고 있지만 실은 심정이 예사로울 리 없다. 글을 쓰고 책을 내는 삶을 결코 당연한 것으로 여기지 않을 것이다.

2019년 2월
김세희

우리의 모든 처음들

신샛별(문학평론가)

1 처음을 위한 처음

『가만한 나날』은 김세희의 '첫' 소설집일 뿐만 아니라 '첫'에 대한 이야기들로 빼곡하게 채워져 있다. 표제작 「가만한 나날」의 첫 구절이 "첫 출근을 앞둔 일요일"(97쪽)인 것은 우연이 아니다. 이 구절은 이 소설집에 일관되게 흐르는 어떤 분위기를 함축한다. 첫 출근을 앞둔 이가 느낄 법한 기분 좋은 떨림과 설렘, 막연한 기대와 낙관을 떠올려 보자. 그리고 동시에 그를 엄습해 올 불안과 두려움, 모종의 책임감까지 상상해 보자. 김세희는 이 모두가 뒤엉켜 있는 복잡하고 혼란스러운 상태에 가닿고자 한다. 첫 출근의 문턱을 넘어(「감정 연습」) 첫 상사와 만나고(「드림팀」) 드디어 첫 직장 생활에 진입한(「가만한 나날」) 이들이 주인공으로 등장하거니와, 연애와 결혼에 관련된 고민에 시달릴 때에도 김세희의 인물들은 서핑을 배우고(「얕은 잠」) 낯선 여정을 치르며(「그건 정말로 슬픈 일일 거야」, 「말과 키스」, 「우리가 물나들이에 갔을 때」) 급히 이사를 하는(「현기증」) 등 특정한 변화의 국면에 처해 있다. 그 변화들은 하나같이 난생 '처음' 맞닥뜨린 것들이라 어렵고 불편하며, 끝까지 겪어 낸 뒤에도 쉽게 해명되지 않는 감정들을 남겨 놓는다. 요컨대 김세희의 소설들은 인생의 여러 '첫'들이 우리의 내면에 남긴 아득한 파문에 대한 끈질긴 응시의 기록이다.

'첫'을 탐구하는 이 소설집에 20대 중후반에서부터 30대 초반까지의 청년들이 다수 등장하는 것은 자연스럽다. 독립, 연애, 취업, 결혼과 같은 청년기의 핵심 과업들은 일생 동안 반복 경험할 유사한 사건들의 시초가 된다. 바꿔 말해, 우리는 청년기에 인생에서 중요한 첫걸음들을 내딛으며, 그 걸음들은 이후 삶의 형식과 내용을 조건 짓는 데 결정적인 역할을 한다. 이 소설집이 줄곧 '첫'에 주목하는 이유가 바로 여기에 있다. 결혼도 출산도 마다하고 이른바 '소확행'에 매혹돼 있는 지금-여기 청년들의 삶은 도대체 어디로부터 왔는가. 그들 내면에 어지럽게 번져 있는 파문들, 그 얼룩의 근원을 추적하면서 김세희는 이 소설집에 실린 여덟 개의 원형적 서사를 발굴해 냈다. 이 서사들은 피상적 청년 관련 담론의 사각지대를 비추면서, 그들 삶의 진상을 다각도로 조명하고 그들 고유의 심리적·윤리적 중핵을 가리켜 보인다. 이 소설집이 세심히 관찰하는 그들에게서 나는 나와 내 또래 친구들의 얼굴을 자주 발견했고, 그때마다 독서를 중단한 채 호흡을 가다듬어야 했다. 우리의 '첫'들이 어떤 특수한 사정과 맥락 안에서 체험되는지를 진지하고 솔직하게 전달하는 이야기를, 나는 꽤 오랫동안 기다려 왔다.

2 '나'라는 타자의 발견: 연애 이야기

등단작 「얕은 잠」을 비롯해 「그건 정말로 슬픈 일일 거야」와 「말과 키스」에서 김세희가 예민한 시선으로 좇는 것은 청년기의 연애, 그리고 '연인'이라는 내밀한 관계를 경유해서만 가능해지는 성장의 궤적이다. 『젊은 베르테르의 슬픔』 이래 청춘의 사랑은 그들 삶의 전부 또는 유일의 목표처럼 여겨져 왔다. 하지만 누구나 베르테르처럼 애끓는 사랑이 끝나면 죽음으로 직행할 수 있는 것은 아니어서, 우리는 사랑의 실패가 '모든 삶'의 끝이 아니라 '단 한 삶'의 소멸을 의미할 뿐이라는 것을 안다. 어쩌면 인생에서 청년기란 '단 한 삶'의 소멸이 얼마든지 반복되어도 괜찮은, 아니 반복될수록 그 자리에서 보다 나은 다른 삶이 탄생하기 쉬워지는 유일한 토양일지 모른다. 언급할 세 편의 소설에서 세 연인의 이별을 소멸의 고통보다는 탄생의 징후로서 포착하는 것은 그런 연유에서다. 세 연인은 헤어질 것처럼 위태로워 보이지만, 그들은 그들 삶에 여러 번 닥칠 '단 한 삶'의 장례를 앞두고 있을 뿐이다. 애도의 기간이 지나면 새로운 '단 한 삶'의 가능성과 한계를 실험하기 시작하리라. 이와 같은 성숙한 인식을 바탕에 둔 김세희의 소설들은 연애 서사인 한편 성장 서사로 완성될 수 있었다.

「얕은 잠」과 「그건 정말로 슬픈 일일 거야」는 20대 초반부터 이어져 온 '미려-정운', '연승-진아'

커플의 장기 연애가 곧 끝나리라는 전조를 보여 주며, 동시에 그들의 이별이 '독립' 또는 '자아 찾기'라는 과제에 긴밀히 연동돼 있음을 비교적 분명하게 밝힌다. 예컨대 「얕은 잠」의 '미려'는 '정운' 없이는 자신의 시공간적 좌표를 인지할 수도 없을 만큼 연인에게 의존적이다. 이 소설은 그런 미려를 수영도 못하는데 서핑을 배우고 급기야 해변에 표류하는 곤혹스런 상황, 흡사 조난 현장과 닮아 있는 위험으로 내몬다. 미려는 "무방비한 존재"(197쪽)로서의 무력감과 "익숙한 낭패감"(197쪽) 속에서 울음을 참으며 "정운이 나타나기를, 늘 그랬듯 듬직한 태도로 단숨에 문제를 해결해 주기를 간절히 바랐다."(210쪽) 그러나 정운은 나타나지 않고, 미려는 '처음' 가 보는 길을 따라 걷고 '처음' 만나는 이들에게 말을 걸고 '처음' 보는 집에 들어가 도움을 청하는 모험을 하게 된다. "엄마와 떨어지는 아이처럼 온몸이 얼어붙었다."(205쪽)라는 문장이 암시하는 바처럼, 미려의 모험은 그녀가 '아이에서 성인으로' 성장하기 위해 거쳐야 할 불가피한 과정이나 다름없다. 미려가 정운에게 되돌아가는 길을 선택하지 않고 낯선 여행지를 편안하게 느끼게 된 소설의 마

지막 장면에서 그녀의 성장은 '의존적 자아의 폐기
와 독립적 자아의 획득'을 뜻하는 것 같다. "보드
위에 벌떡 설 때의 감각을 떠올리려 애썼다. 처음
에는 눈물이 고일 것 같아서였다. 그러나 나중에는
정말 몰입했다. (……) 생각보다 어려운 일은 아니었
다."(221~222쪽) 보드 위에 우뚝 선 그녀의 모습에
는 세상이라는 파도와 '처음' 홀로 대면하는 경이
와 기쁨이 어른거린다.

　그러나 「그건 정말로 슬픈 일일 거야」는 '의존적
자아'에서 '독립적 자아'로의 변화가 그리 즐거운
일만은 아닐 거라고, 어쨌든 이별을 감당해야 하
므로 '그건 정말로 슬픈 일'이기도 할 거라고 이야
기한다. 캠퍼스 커플로 만나 취업을 한 후에도 연
애를 지속해 오다 이제는 결혼까지 염두에 둔 '연
승'과 '진아'의 갈등은 연승이 다큐 영화를 찍겠다
는 소망을 피력하면서 벌어진다. 연승은 자기의 꿈
을 앞서 실현한 선배 '소중한'에게 진로 상담을 받
기 위해 그의 집을 방문하고자 하고, 그 길에 진아
가 동행해 줄 것을 청한다. "현실적이고 앞가림을
잘하는 자신"(11~12쪽)에 대한 자부심을 갖고 있
는 진아는 연승과 동행하면서도 속으로는 불만을

품는다. 충동적으로 퇴사를 결정한 것도 모자라서 세속적 삶의 방식들과 일정한 거리를 두고 살아가는 선배를 본받으려 하는 연승의 모습에서, "자신을 연승과 떨어뜨려 생각할 수 없다"(14쪽)는 그동안의 믿음이 깨질 수도 있겠다는 불길한 징조가 느껴진 탓이다. 관계에 찾아온 고비를 비탈진 언덕을 함께 오르내리는 연인의 모습으로 은유하고 있는 이 소설은 그 힘겨운 여정이 마무리된 직후, 연애 초기를 떠올리는 진아의 회상으로 마무리된다. "연승과 이렇게 오랫동안 함께일 거라 생각했던 건 아니었다. 그래도 상관없었다. 어디를 둘러봐도 젊음과 시작으로 가득했고, 그녀는 자신만만했으니까. 그런데 언제부터인가 다가오는 것들이 두려워지기 시작했다. 그녀는 생각했다. 그게 언제부터였을까. 그녀는 낯선 장소에서 추위에 떨며 기억을 되짚었다."(54쪽) '젊음과 시작'에서 멀찍이 떨어져 나온 진아는 자신의 일부 같았던 연승을 '타자'로 바라보게 됐다. 연승의 '자아 찾기'와 진아의 '자아 성찰'이 두 갈래의 길로 갈리게 된 '낯선 장소', 그곳에는 '두려움'과 '추위'라는 표지판이 이별이라는 최종 목적지를 가리키고 있다. '소중한'과 '소우주'

는 그들이 만나고 온 선배와 그의 아이의 이름이기도 하지만, 사랑의 절정을 공간화한 언덕의 꼭짓점에 이 젊은 연인이 남겨 두고 떠나온 어느 한 시절을 정확하게 형용하는 이름이기도 할 것이다.

이 두 편의 소설이 우리가 사랑의 가장자리에서 '자아 찾기' 또는 '자아 성찰'을 하게 되고 '독립'이라는 말에 합당한 성장에 이를 수 있다고 말하는 반면, 「말과 키스」는 사랑의 한복판에서만 찾을 수 있는 자아의 이면이 있다고 주장한다. 이 소설에서 화자 '나'는 '현진'이라는 여성을 앞에 두고 흥분한다. 만화 작가인 현진을 소개해 준 것은 'H'였는데, 그녀의 매력적인 실물을 만나 보니 어쩌면 H는 팬으로서가 아니라 남성으로서 그녀에게 호감을 갖고 있는 게 아닌가 하는 의심이 든 것이다. "H의 눈으로 그녀를 보았고, H가 되어 받아들이고 생각하며 스스로 고문하고 (……) 내 상상 속에서 이미 H는 그녀에게 사랑을 고백하고 있었다. 그 꼴을 보니, 두 번 다시 H를 마주하지 않겠다고 마음먹었다."(268쪽) 그러나 현진을 보며 질투에 빠져 괴로운 줄 알았던 나는 이내 자기의 감정이 "질투와는 다른 어떤 것"(272쪽)임을 깨닫는다. '혼돈',

'주술', '강렬한 끌림', '입을 맞춰 주었으면 하는 바람' 등으로 설명되는 그 감정을 섣불리 '사랑'이라고 명명하지 않는 것은 이 소설이 성적 지향에 대한 화자의 충격적 각성, 즉 정체성의 혼란을 그녀 스스로 통과해 나가는 과정을 정직하게 다루려 했기 때문일 것이다. 화자는 현진과 한 달에 한 번씩 인터뷰를 하기 위해 만나는데 '낯선 동네, 공간, 풍경'을 배경으로 진행된 대화에서 그녀들은 '낯선 주제, 경로'만을 일부러 택한다. 이처럼 '일탈적 순간'을 향해 최대한 열려 있는 독특한 인터뷰 형식은 서로의 진심을 표현하고 또 알아보기 위해 설계된 묘안이었을 것이다. 그 대화에서 화자와 현진의 마음은 통했을까. "이야기를 나누기 위해 그렇게까지 했다는 게 지금은 놀랍게 여겨진다. 갑자기 '사랑을 나눈다'는 말이 떠오르고, 이야기를 나눈다는 것이 은밀하고 에로틱한 행위처럼 여겨진다."(279~280쪽) 세 계절 동안의 대화가 그녀들에게는 연애였을 수 있다는 전언을 품으면서, 이 소설은 '낯섦'으로 경도된 만남 가운데 "마치 내가 한 사람이 아닌 것처럼"(278쪽) 느낀 화자의 심경에 주목한다. 그러니까 있는 줄도 모르고 살아온 자아의 이면이란 사랑의 충격을 온몸으로 관통해 보려는 용기를 낼 때 비로소 깨어나고 또 깨닫게 된다는 것일까. 그렇다면 「말과 키스」는 사랑과 탄생의 역학 관계를 다룬 이야기라고 말해도 좋을 것이다.

3 이렇게 살아도 좋을까: 직장 이야기

청년기의 연애가 '나는 누구인가'라는 질문을 해결하기 위해 건너야 하는 다리라면 취업은 '세계란 무엇인가'라는 추상적 질문을 구체적으로 실감해 볼 수 있는 일종의 체험 학습장이다. 「감정 연습」, 「가만한 나날」, 「드림팀」으로 이어지는 직장 이야기 세 편에서 김세희는 경쟁이 전면화된 한국 사회를 스케치하며, 기성의 체제에 편입돼 가는 또는 편입되기를 원하는 사회 초년생의 심리적·윤리적 고충을 털어놓는다. 이 소설들에는 '만인에 대한 만인의 투쟁'이 진리로 통용되는 세계의 가혹함에 대한 불만과 두려움이(「감정 연습」), 착잡한 현실과 그보다 나을 리 없는 미래를 견인하는 데 자신역시 이미 연루돼 있을지 모른다는 죄책감이(「가만한 나날」), 새로운 삶의 모델이 제시되기를 기대하는 마음과 그 기대마저 포기하게 만드는 선배 세대를 향한 원망과 울분이(「드림팀」) 배음으로 잠겨 있다. 그 쓸쓸한 음률에 귀를 기울이면서 작가의 현미경적 시야가 열어젖힌 청년 세대의 일상을 곱씹을 때, 서서히 드러나는 것은 한국 사회를 장악하고 있는 미시 구조의 단면들이다.

먼저 「감정 연습」을 살펴보자. 한 중소기업의 인턴을 거쳐 정직원이 된 주인공 '상미'의 하루를 따라 전개되는 이 소설의 지배적 감정은 안도감이나 성취감이 아니라 긴장과 불안, 공포다. 북한과 가까운 파주에 직장과 거주지가 있는 상미가 김정일 사망 보도로 인한 전국민적 불안에 상대적으로 더 취약한 형편이었던 것은 사실이다. 그러나 인턴 동기였던 '태영'을 낙오시키기 위해 전쟁 같은 하루하루를 살아온 상미에게 북한의 심상찮은 동향은 농담의 소재가 될 수는 있어도 공포의 대상에는 미달했다. '만약 전쟁이 난다면'으로 시작되는 문장에 각자의 희망 사항을 얹어 농담을 주고받는 상미의 동료들을 보여 주고 "'전쟁', '폭격', '피난'이라는 단어가 나오고 흥분해 열을 올렸지만 왠지 축제 같은 느낌이 있었다."(232쪽)라고 적으면서, 이 소설은 전쟁불감증이 전쟁을 경험해 보지 못한 청년 세대에 국한된 것은 아님을 분명히 지적한다. 전쟁불감증의 만연과 대비해 김세희가 강조하는 것은 상시적 전쟁 상태나 다름없는 한국 사회의 풍경이다. 상미는 입사하자마자 "은연중에 두 사람의 경쟁을 부추기며 구경하는 분위기"(234쪽)를 느꼈고, 아무리 저항해 본들 그러한 구조적 압박에 짓눌리면서 태영을 미워하지 않기란 불가능했다. "평형대에서 균형을 잃고 허우적대는 사람을 미는 손가락 하나 같은 것"(235쪽)에 비유되는 미움의 감정이 자기 안에서 커져 가는 것을 수동적으로 지켜보면서, 상미는 세계가 그녀를 일원으로 받아들이며 요구한 '감정 연습'을 통과한 셈이었고, 그 대가로 정직원 자리를 얻었다. 그러나 그녀는 그새 자신이 크게 달라졌다는 것을 안다. "이겼지만 패배한 기분이었다."(236쪽)라는 상미의 말은 적대와 경쟁을 부추기는 세계에서 적을 물리치는 데는 성공했으나 세계의 부조리와 부정의는 외면해 버린 그녀가 자신을 책망하며 던지는 자조다.

그러나 이 소설의 진가는 적대와 경쟁을 인간관계의 기본으로 삼도록 유도하는 동시대적 구조가 북한과의 대결 구도를 양분 삼아 유지돼 온 남한의 통시적 구조와 은밀히 공모하고 있다는 것까지 꼬집는 대목에 있다. 상미가 다니는 회사의 경비 겸 건물 관리인, 백 살 언저리로 짐작되는 노인이지만 건강한 데다 목청은 크고 성미가 괴이한 '이선 아저씨'는 그 통시적 구조의 작동 원리를 몸소 체현하고 있는 인물이다. "이렇게 좋은 세상이 돼서 (……) 얼마나 감사합니까. 왜정 때 생각하면, 말도 못해요. 육이오 전쟁 때 생각해 보세요. 너무 감사해요. 얼마나 좋은 세상입니까."(239쪽) 건물의 누수에 대해 임시방편을 마련하는 데만 열심인 그에게서 총체적 난국에 빠진 한국 사회의 근본적 쇄신에는 무관심하고 현상적 발전을 말하는 데는 능란한 기성세대의 일면이 겹쳐 보이는 것은 왜일까. '누수'는 언젠가 '침수'로 번질 것이다. 더군다나 그 건물은 누구라도 '추락'할 가파르고 좁은 계단이 특징이라고 하니, 상미의 '입사'가 진행된 그 건물은 세월호 참사(침수)와 세계 최고의 자살률(추락)에 무능한 한국의 축소판이 아닌가. 상미는 소설 말미에서 "이제 시작인데, 왜 끝인 것만 같지?"(251쪽)라고 묻는다. '첫' 입사식을 치른 그녀가 던진 이 질문은 이상한 세계가 너무 익숙해져서 이상해졌다는 것마저 잊어버린 동시대의 무딘 감각을 새삼스레 자극한다.

「감정 연습」이 입사가 청년 세대의 감정 생태계에 초래한 혼란을 살피고 그로 인한 양심의 변화 가능성을 예감했다면, 표제작 「가만한 나날」은 거기서 한발 더 나아간 역작이다. 이 소설은 초국적 자본 권력의 횡포와 거기에 결탁한 사법·행정·지식 권력의 부패를 '가습기 살균제 사태'라는 동시대적 이슈와 엮어 고발하면서, 사회 초년생이 담당하는 업무가 그와 같은 권력의 작동에 '자기도 모르게' 관여·복무하게 되는 메커니즘을 짚는다. 광고대행사에 취직해 바이럴 마케팅 업무에 투입된 주인공은 가습기 살균제 '뽀송이'를 홍보하기 위해 조작된 상품 후기를 올렸다. 그 후기를 통해 '뽀송이'를 접하고 사용한 누군가가 건강에 큰 손상을 입게 됐으며, 같은 피해를 입은 많은 이들이 제대로 보상받지 못한 채 권력에 맞서 싸우고 있다는 사실을 주인공은 나중에서야 알게 된다. 그런데 이 소설에서 작가의 눈길이 오래 머무는 곳은 권력의 메커니즘 자체라기보다 그 흐름을 직·간접적으로 인지하게 됐을 때 주인공이 입는 마음의 상처 쪽이다. 작가는 그 상처가 삶에 각인됨으로써 주인공의 윤리 의식과 도덕 감각에 어떤 변동이 일어날지, 또 그로부터 추출될 시민 의식은 종전의 시민 의식과 어떻게 다를지를 짐작해 보라고 주문하고 있는 것 같다. 이와 관련해 이 소설의 마지막 문장은 예사롭지 않게 읽힌다. "나는 그런 사람이 되었다." (131쪽) '그런 사람'이란 어떤 사람일까.

블로그 후기를 통해 광고를 대행하는 직장에서 주인공 '경진'이 맡은 일은 '채털리 부인'이라는 가상의 인물로 분해 거짓 일기를 생산하는 것이었다. 그 일기가 누군가에게 유용한 정보로 받아들여지고, 그로 인해 확산된 불행에 책임을 느끼게 될 상황까지 미리 고려할 수는 없는 노릇이었다. 경진이 의도하지 않았으나 범하게 된 자신의 잘못을 헤아리는 계산에 착수할 즈음 '가짜 나'의 불행을 염려한 누군가의 '진심'이 예기치 않게 당도한다. 그리고 그녀는 속수무책 '그런 사람'이 된다. 말하자면 경진의 삶은 '진심'의 존재를 확인하기 이전과 이후로 나뉠 수 있는 것이다. 걱정과 연대의 마음을 담은 가습기 살균제 피해자의 쪽지를 수신한 날 경진의 귀갓길이 미약한 희망의 기미가 내포된 '첫눈'의 세례를 받는 모습처럼 보이기도 하는 까닭이 여기에 있다. "그해의 첫눈이었다. 바람을 따라 잠깐 흩날리다 흩어져 버리는 가루 같은 눈이었지만, 첫눈이라고 버스 안 여기저기서 작게 탄성이 터졌다. 사람들은 창문을 열고 사진을 찍어 친구에게, 연인에게 전송했다."(121쪽) '첫눈'의 찰나를 소중한 사람과 나누려는 이들과, 선의의 쪽지에서 '진심'의 가치를 엿보게 된 경진은 자기 자신을 '관계적 존재'로 이해하고 있다는 점에서 동일하다. 앞서 살펴본 연애 서사들이 의존적 자아가 독립적 자아로 성장해 가는 길목을 비췄다면, 이 입사 서사는 독립적 자아가 '세계'라는 문을 열고 관계적 자아로 옮겨가는 장면을 제시하고 있는 것이다.

노동을 포함한 삶의 여러 영역에서 경진처럼 블로그나 SNS를 주요 매체로 수용한 오늘날 청년 세대에게 '사회적 책임감'이나 '시민 의식'과 같은 단어는 이전 세대의 그것과는 다른 외연과 실감 속에서 체득되고 있는 것이 아닐까. "그곳을 나온 이후 나는 『채털리 부인의 연인』을 읽을 수 없게 되었다."(131쪽)라는 고백을 앞세우고 경진은 사회생활의

'프로'가 되는 데만 몰두해 온 과거의 자기 자신을 부끄러워하고 있을 것이다. 또 그녀는 무심히 하는 자신의 수많은 행위들이 타자에게 미칠 영향을 예민하게 따져 묻는 사람으로 변했을 것이다. 물론 이 소설 이후 펼쳐질 경진의 삶을 예견해 '그런 사람'으로 명명된 그녀가 어떤 윤리 의식과 도덕 감각을 갖게 됐는지 단정해 말할 수는 없겠지만 그녀가 어떤 경우에도 '계산' 너머에 '사람'이 있으며, '0'과 '1'로만 변환될 전기적 신호들 저류에 사람을 향한 '진심'이 흐르고 있다는 것을 사유하게 됐다는 것만큼은 분명하다. '너머'와 '저류'에 눈을 뜬 그녀가 세계의 법칙을 의심하지 않고 다만 준수하는 데 능숙한 '프로'로 살아갈 리는 만무하다. 이 소설은 경진이 입사 후 자신의 업무가 무엇이었는지를 돌아보는 '첫 회고'의 기록이기도 하지만, 보다 중요하게는 세계에 대한 그녀의 '첫 회의(懷疑)'의 기록이다.

「드림팀」의 주인공 '선화'는 '첫 업무'가 아니라 '첫 상사'를 회의한다. 면접에서 자신에게 후한 점수를 주고, 팀원이 되자 훈계에 조언을 곁들여 가며 살뜰히 자신을 챙겨 주었던 팀장 '은정'은 특별한 존재였다. 지방대 출신이라는 공통점이 있는 데다 "본

인도 처음에 일할 때 꼭 '자기' 같았다"(138쪽)는 말로 자매와 유사한 친밀감을 주는 은정이 사회 초년생 선화에게는 단지 직장 선배가 아니라 배우고 따라야 할 삶의 전범처럼 보였다. 선화는 은정으로부터 사회생활의 기술적 측면이나 직장 생활의 노하우뿐만 아니라 사람과 세계를 대하는 방식 그 자체를 배웠다. 그러나 어느 시점 이후부터 선화는 은정을 극복해야 할 장애물로 여긴다. 사회생활이 수많은 금기들로 점철돼 있으며 금기를 어길 경우 치열한 경쟁에서 낙오하기 십상이라고 말해 왔던 은정을 절대적으로 신뢰해 온 선화가 "꼭 이렇게 해야만 할까?"(145쪽)라는 의문을 품자, 독선적이고 강퍅한 은정의 모습이 보였던 것이다. 특히 팀원의 의식주에까지 관심을 갖고 호의를 베풀던 은정이 다른 팀들과의 신경전에서는 공격적이었다는 선화의 기억을 참조할 때, 은정은 '팀'을 마치 '가족'처럼 꾸려 온 것 같다. 경쟁과 대결이 일상화된 세계에서 가족만큼은 유일한 안식처로 기능해야 한다는 한국 사회의 관습적 인식을 은정 역시 갖고 있었을 것이고, 선화의 복장과 식사와 주거에 대해 애정 어린 참견을 해 온 것이다. 선화의 이직이 은

정에게 준 과장된 상실감은 이런 맥락에서 이해가 된다. "난 네가 날 버렸다고 생각했어."(153쪽)

이 소설은 가족주의에 근간한 직장 문화의 온존에 일조해 온 은정이 아이러니하게도 엄마로서의 삶에 소홀해지는 모습을 후배 여성 선화의 시선으로 주시하면서 페미니즘적 문제 제기로 나아간다. 점심시간에 아이의 이상 행동 때문에 유치원에 다녀온 것을 누군가가 알고 힐난할까 봐 노심초사하며 야근을 자처하는 은정은 소위 '슈퍼우먼 콤플렉스'의 전형처럼 보이는데, 선화는 그런 은정이 안쓰럽고 또 답답하다. 여성의 삶에 대한 이해와 존중이 없는 '한국 사회'나 '남자들', '사람들 시선'을 탓하면서도 그와 같은 환경에 순응한 채 살아온 은정에게서 선화는 자신의 미래를 보고, 곧 퇴사를 결정한다. 그러나 선화는 이직 후에도 은정에게 전수받은 순응적 태도가 자기 내부에 남아 있을지 모른다는 불안감과 자괴감을 떨쳐 내지 못한다. "난 지금도 하루에도 몇 번씩 내 안에 있는 팀장님 목소리랑 싸워요."(155쪽) '골드미스', '커리어우먼', '슈퍼우먼' 등, 일하는 여성을 가리키는 단어들은 여성의 사회 진출 증가를 부각시키면서 여성에 대한 차별과 배제가 사라진 것처럼 보이게 한다. 맞벌이, 공동 육아, 가사 분담에 대한 사회적 인식 수준이 점차 개선되고 있지만, 여전히 여성은 일과 육아 사이에서 선택을 강요받거나 이중 부담을 짊어지고 좌절을 경험하는 경우가 많다. 여기서 비롯되는 여성의 고통은 재생산과 돌봄의 주체로 여성을 호명하는 습속과도 무관하지 않은데, 이는 가족주의를 기초로 하는 직장 문화와 직장 문화의 확장판인 한국 사회가 여성을 착취하는 몇 겹의 구조로 이루어져 있다는 뜻이기도 하다.

　페미니즘의 관점을 견지해 읽는다면 「드림팀」은 전통적으로 남성에게만 할당돼 온 역할을 동등하게 맡을 수 있게 되는 것 이상의 선택지가 여성에게 주어져야 한다고 주장하는 것 같다. 예컨대 여성에게는 '일할 수 있는 권리'만이 아니라 '아이를 돌볼 권리'도 보장돼야 하며, 원한다면 일과 육아를 병행해도 아무런 제약과 어려움을 느끼지 않아도 될 권리가 있음을 환기하는 식이다. 엄마로서의 삶과 직장인으로서의 삶, 둘 모두를 포기하지 않고자 퇴사를 하고 새로운 삶을 계획 중인 은정에게 선화가 선뜻 축복과 격려를 할 수 없었던 것은

개인적 원망 때문이 아니라, 그녀 역시 여성에게 허락된 열악한 삶의 조건을 너무나 잘 아는 여성이기 때문이었을 것이다. 자신의 삶의 방식을 일방적으로 종용했던 과거를 사과하고자 찾아온 은정을 싸늘하게 대하는 선화는 그 재회의 순간에 은정이 일러준 것 이외의 다른 삶의 방식을 아직 발명하지 못한 자신의 미래와 마주하고 있었던 것이 아닐까. 이 소설은 '여성'이라는 운명 공동체로 묶여 있는 직장 선·후배가 서로 다른 생애 주기를 살고 있는 자기 자신을 거울상으로 비춰 보는 구조로 돼 있다. 따라서 은정의 삶을 축복하고 격려하는 데 주저하는 선화의 모습은 자신의 미래에 어떤 희망도 품지 못한 후배 세대의 좌절로 읽혀야 한다. 이 소설이 주목한 후배 세대의 울분은, 피하고 싶지만 결국 선배 세대 여성과 똑같은 삶을 살게 될 게 뻔해서 차라리 결혼과 출산을 단념한 오늘날 청년-여성들 모두의 것이라고 해도 과언이 아닐 것이다. 여성의 평등한 삶의 조건을 선배 세대 여성과는 다르게 살겠다는 자의식 속에서 근본적으로 재고하며 '차이를 지우는 평등'이 아니라 '차이가 배려되는 평등'을 상상하게 만드는 이 소설은 평등의 진의

를 페미니즘의 관점에서 사유해 본 최신의, 범상치
않은 시도다.

4 함께 산다는 불안: 결혼 이야기

이 소설집에는 '연애 ─ 상견례 ─ 결혼식 ─ 혼
인신고 ─ 동거' 순으로 상상되는 '정상적' 결혼은
등장하지 않는다. 「우리가 물나들이에 갔을 때」와
「현기증」에서 김세희는 그와 같은 규범적 결혼의
이상이 청년 세대가 살고 있는 현실과 얼마나 유
리돼 있는지, 또 그들이 결혼과 관련해 어떤 심리
적 난관에 봉착하게 되는지를 이야기하는 데 열중
한다. 각각 남성과 여성이 초점 화자로 설정돼 있는
이 두 편의 소설은 배우자를 선택하고 새로운 삶을
예비하는 와중에 남녀가 공통적으로, 혹은 다르게
경험하는 곤란이 무엇인가를 살피기 위해 차례로
쓰인 짝패처럼 보인다. 오늘날 청년들이 결혼을 기
피하는 이유에 대해서는 다양한 답변이 있을 수 있
겠으나, '세대'에 더해 '젠더'라는 좌표까지 고려하
도록 이끄는 이 두 편의 소설을 나란히 놓고, 함께
또 따로 읽으면서 보다 중층적 인식에 도달할 수

있지 않을까.

「우리가 물나들이에 갔을 때」의 '나'와 '루미', 그리고 「현기증」의 '상률'과 '원희'는 동거 중이다. 그들이 함께 살기로 한 데는 주거 문제가 결정적이었다. 「우리가 물나들이에 갔을 때」의 연인은 신혼부부에게만 주는 저금리 대출을 받기 위해 혼인신고를 먼저 하고 결혼식을 차후에 치르기로 약속한 경우다. 「현기증」의 연인은 한 명이 보증금을, 다른 한 명이 월세를 담당하는 식의 경제적 분담을 하고 있다. 요컨대 이 두 커플 모두에게 동거는 주거의 불안정성을 해소하는 유력한 방법이었던 것이다. 어떤 이들에게는 비싼 집값이 비혼을 결심하는 동기가 되기도 하지만, 이 소설들에 등장하는 지방 출신의 청년들에게는 혼자서 감당하기 버거울 정도로 높은 서울의 주거비용이 동거나 결혼을 감행하지 않을 수 없는 이유가 되기도 하는 것이다. 문제는, '정상적' 결혼은 아닌 그들의 삶의 방식이 그 '비정상성' 때문에 그들 내면에 어떤 종류의 불안을 계속적으로 야기한다는 데 있다.

「우리가 물나들이에 갔을 때」의 남성 화자 '나'는 알코올 중독인 아버지를 어머니와 누나가 강제로 요양 병원에 입원시키면서 별안간 아버지 부양의 책임을 떠맡게 됐다. 요양 병원에서 나와 산간에서 혼자 지내겠다는 아버지의 고집을 꺾지 못한 그는 아버지를 허름한 시골집에 모셔 놓고 죄책감과 무력감에 시달린다. 결혼을 예정하고 동거하는 사이이긴 하지만, 루미에게 부모 부양에 대한 속내를 드러내고 도움을 받을 용기는 없는 '나'는 슬며시 불안해진다. 술을 좋아하는 자신이 아버지처럼 늙게 되리라는, 그렇게 되면 어머니처럼 루미 역시 자신을 가구를 폐기 처분하듯 버릴지도 모른다는 생각이 든 것이다. "루미의 뒷모습을 보면서 그녀가 이대로 사라져서 영영 돌아오지 않을 것 같은 기분에 사로잡힌다."(174쪽) 더욱이 루미의 부모님은 건강한 데다 직장 생활까지 하고 있다는 점에서, '나'와 루미가 짊어져야 할 인생의 짐은 애초에 큰 차이가 있었다. 아버지와 관련된 문제가 불거진 이후, 루미와 자신 사이에 "보이지 않는 선"(170쪽)이 있다고 느끼는 화자의 모습은 소위 '수저계급론'의 최하층 계급인 '흙수저' 안에서도 부모를 부양해야 하는 책임 정도에 따라 다시 계급이 갈라질 수 있다는 것을 시사한다. '나'는 루미가 자신과 법적 부부 관계를 맺은 이유가 단지 '낮은 금리'의 혜택을 받기 위해서가 아니었을까 하고 의심한다. 일생을 돈 버는 기계로 살아온 아버지의 최후에 자신의 부족한 경제력을 잇대어 보면서 이 소설의 남성 화자는 결혼에 대한 약속, 즉 루미가 자신을 사랑하고 있다는 사실마저도 신뢰하지 못하는 지경에 이른다. 맞벌이 가정이 늘어나면서 부양의 책임에 균형이 생겼다고는 해도 한국 사회가 남성에게 부양의 의무를 상대적으로 더 많이 부여하고 있다는 데 동의한다면, 이 소설이 포착한 남성 화자의 불안에 공감할 여지는 충분하다.

그런가 하면 「현기증」은 2년간 원룸에서 동거를 해 오던 원희와 상률 커플이 집을 넓혀 이사를 가는 과정을 따라가면서 '동거'라는 삶의 방식이 여성에게만 가하는 부담과 공포에 대해 탐색하고 있다. 그 부담과 공포는 여성에게만 특별히 엄격한 금기, 소문, 평판의 세계로부터 비롯된다. 교회나 직장, 친척과 마을 공동체를 중심에 둔 생활 반경 안에서 살아가는 원희의 엄마가 소설 안에서 빈번히 '목소리로' 등장하는 것은 그 때문이다. 비록 엄마와 동떨어져 서울에서 살고 있으나 원희는 엄마의 목소리, 그 목소리가 수시로 전달하는 여성에 대한 금기, 소문, 평판에 무방비로 노출돼 있다. 원희가 결혼하지 않고 상률와 함께 산다는 사실이 그 세계에 흘러들어 가는 순간, 그녀와 그녀 가족의 삶은 오물을 뒤집어쓸 것이 뻔하다. 그러나 원희가 겪는 '여성으로서의' 질곡을 상률이 이해하는 데는 한계가 있다. 이 소설은 결혼과 다를 바 없는 두 번째 동거를 실행하기에 앞서 그녀가 외로이 통과해야 했던 심리적 분투의 현장을 생생하게 담아낸다. 새로 살게 될 집을 계약하면서 집주인에게 '동거인'이 아니라 '신혼부부'라고 가장할 때의 열등감, 혼수를 중고로 장만할 정도의 가난을 들켰을 때의 수치심, 열등감과 수치심을 도저히 피해 갈 수 없는 참담한 현실을 내 것으로 인정해야만 할 때의 서글픔까지. 원희의 감정선을 좇아 이 소설을 읽다 보면 현실이 곤궁해서 결혼이 어려운 것이 아니라 결혼이라는 제도에 부착된 우리의 관념이 곤궁해서 도리어 현실이 어려워지는 것은 아닌가 하는 의심마저 든다.

5 다음을 위한 처음

이 글의 서두에서 김세희의 소설들은 이제 막
인생의 첫걸음을 내디딘 청년 세대의 내면에 일어
난 아득한 파문을 응시하는 기록이라고 했거니와,
「현기증」에서 작가는 그와 같은 사태를 '현기증이
일어나는 순간'에 비유하여 다음과 같이 묘사하고
있다.

> 현기증이 일어나는 순간이 있다. 현실을 인정해야
> 만 하는 순간. 아직 받아들이지 못한, 채 인식하지도
> 못했던 광경이 갑자기 빛을 비춘 듯 적나라하게 모습
> 을 드러낼 때. 눈을 감고 고개를 돌리고 싶지만, 그조
> 차 허락되지 않을 때. 지금이 바로 그때였다.
>
> ──「현기증」, 80쪽

돌이켜 보면 이 소설집이 서사화한 '첫' 연애와
이별, 취업과 사회생활, 동거나 결혼은 그 사건이
우리의 인생에 어떤 의미를 지니는지 생각하고 알
기 이전에, 갑작스레 찾아오는 '현기증'처럼 맞닥뜨
리게 되는 것들이 아닌가. 어느 방향으로 나아가
야 할지 갈피를 잡을 수 없는 어지러움 속에서 일

단 치르게 되는 '첫'들에 방심과 주저, 혼란과 실수, 상처와 좌절, 의심과 후회가 끼어드는 것은 당연하다. 그러므로 정작 중요한 것은 '첫'을 얼마나 잘 통과했는지가 아니라 더 나은 '다음'을 예비하며 이미 일어난 '첫'을 성찰해 보려는 태도일지 모른다. 이 소설집에 실려 있는 '첫'에 대한 여덟 편의 기록들이 귀한 까닭이 바로 여기에 있다. 다음을 준비하는 사람만이 처음을 반추하여 기록한다. 이 소설집의 '첫'에 대한 탐구 저변에 있는 것은 다음이 있었으면 하는 간절한 소망이다. 다음이 처음과 얼마나 어떻게 다를지를 예견하기는 어렵지만, 이 소설집을 통해 나와 내 친구들은 우리의 '첫'에 대한 기록들을 얻게 되었고, 이 기록들이 있는 한 우리의 다음은 처음 이전으로 되돌아갈 수 없을 것이다. 이 소설집의 인물들이 그렇듯, 모든 게 처음이라 얼마든지 방황해도 무방한 시절을 나는 거의다 지나왔다. 마치 처음을 잊은 것처럼 방향을 잃고 흔들릴 때, 나는 이 소설집을 다시 펼쳐 보게 될 것만 같다.

가만한 나날

1판 1쇄 펴냄 2019년 2월 15일
1판 10쇄 펴냄 2022년 7월 29일

지은이 김세희
발행인 박근섭, 박상준
펴낸곳 (주)민음사

출판등록 1966. 5. 19. (제16-490호)
서울특별시 강남구 도산대로1길 62(신사동) 강남출판문화센터 5층
대표전화 02-515-2000 팩시밀리 02-515-2007
www.minumsa.com
ⓒ 김세희, 2019. Printed in Seoul, Korea
ISBN 978-89-374-3974-2 03810

* 이 책은 서울문화재단 2018 첫 책 발간 지원사업의 지원을 받아 출간되었습니다.
* 잘못 만들어진 책은 구입처에서 교환해 드립니다.